TURKUVAZ
KİTAP

Kalp
İskender Pala
Çağdaş Edebiyat

Birinci Baskı: Nisan, 2019

Genel Yayın Yönetmeni: Gülenay Börekçi
Kitap Kategori Yönetmeni: Erdem Öztop
Yayına Hazırlayan: Esra Nur Akbulak
Editör: Rabia Aydın
Kapak ve Sayfa Tasarımı: Gülay Tunç

ISBN: 978-605-2169-75-9
Sertifika No: 12815

Baskı-Cilt
Turkuvaz Haberleşme ve Yayıncılık A.Ş.
Akpınar Mah. Hasan Basri Cad. No: 4 Sancaktepe-Kartal/İst.
T:+90 216 585 90 00
F:+90 216 585 91 30

İSKENDER
PALA

KALP

İskender Pala

1958, Uşak doğumlu. İstanbul Üniversitesi Edebiyat Fakültesi'ni bitirdi (1979). Divan edebiyatı dalında doktor (1983), doçent (1993) ve profesör (1998) oldu. Divan edebiyatının halk kitlelerince yeniden sevilip anlaşılabilmesi için klasik şiirden ilham alan makaleler, denemeler, hikâyeler ve gazete yazıları yazdı. Seminerleri ve konferansları geniş kitleler tarafından takip edildi ve "Divan Şiirini Sevdiren Adam" olarak anıldı. Bazı çalışmalarıyla Türkiye Yazarlar Birliği Dil Ödülü'nü (1989), AKDTYK Türk Dil Kurumu Ödülü'nü (1990), Türkiye Yazarlar Birliği İnceleme Ödülü'nü (1996) aldı. Hemşehrileri tarafından "Uşak Halk Kahramanı" seçildi. *Babil'de Ölüm İstanbul'da Aşk, Katre-i Matem, Şah&Sultan, OD, Efsane, Mihmandar, Karun ve Anarşist, Abum Rabum* ile *İtiraf* adlı romanlarının baskıları yüz binlere ulaştı, ödüller aldı ve yabancı dillere çevrildi. Türk Patent Enstitüsü tarafından marka ödülüyle taltif edilip adı tescillendi. 2013 yılı Cumhurbaşkanlığı Büyük Ödülü'ne edebiyat dalında layık görüldü. *Bülbülün Kırk Şarkısı* adlı kitabını ömrünün en güzel çabası sayan İskender Pala evli ve üç çocuk babası olup İstanbul Kültür Üniversitesi öğretim üyesidir.

www.iskenderpala.com
www.iskenderpala.net

KALP

İÇİNDEKİLER

BİRİNCİ BÖLÜM - KALP KÜLLİYATI

İKİNCİ BÖLÜM - KALP MUHTEVİYATI

ÜÇÜNCÜ BÖLÜM - KALP SPEKTRUMU

TEŞEKKÜR

Bu kitabın projelendirme aşamasında değerli fikirlerinden ilham aldığım arkadaşlarım Gülenay Börekçi ve Erdem Öztop'a; hazırlıklarım sürerken katkılarını esirgemeyen meslektaşlarım Ahmet Attila Şentürk ile Bilal Güzel'e; dizgiye emek veren değerli asistanım Mehmet Ali Uçar'a; son okuma aşamasında öneriler getiren dostlarım Funda Kaba, Aslı Erkmen, Faruk Erkmen ve çocuklarım sevgili Hilye Banu, Elif Dilâsa ile Ahmed Alperen'e; değerli editörüm Rabia Aydın'a; itinalı bir baskı gerçekleştiren Turkuvaz Kitap'ın sayın yetkili ve çalışanlarına; yazdıklarımın her zamanki ilk okuyucusu, ilk eleştirmenim, sevgili eşim Hülya Pala'ya ayrı ayrı teşekkür ederim.

SUNUŞ

"Kalbine baktır Hocam!"

"Kalbim bana ihanet etmez doktor!"

"Ya ederse?"

"Etmez doktor, etmez, çünkü kırk yıldır öğrencilerime kalbin içindeki sevgiyi, aşkı, dostluğu, erdemi anlatıyorum. Kalp, herkesin kendini unuttuğu bu çağda, bunca iyilik gördüğü birine ihanet etmez!"

Bu konuşmayı birkaç yıl evvel bir hekim arkadaşımla, göğsümdeki muvakkat bir ağrıdan söz ederken yapmıştık. Kalbi tanıdığımı, bildiğimi zannediyordum ve kalp üzerine meraklı okumalara alışıktım. Ama mesela kalbi hiç Hz. Âdem'in sinesine bağlı duran Havva gibi düşünmemiştim. Kalbimi çok düşünmüştüm de mesela, kalbimi dinlemeyi düşünmemiştim. Bu kitabı yazarken sık sık kalbimin atışını dinledim. Kalbim atarken kendimi dinledim. Bence her ikisi de dinlemeye değer... Bir deneyin!

O konuşmadan sonra kalbe dair bilimsel ve kültürel bir farkındalık oluştu bende. Daha çok okumaya başladım. Kalp hakkında ne varsa... Ve iki şey dikkatimi çekti; birincisi, kutsal kitapların kalbe verdikleri önem, ikincisi de kalp ile çizginin buluşması. Bunlardan birincisi kalbin sanata dönüşmesine; ikincisi ise sevgi anlatımına çok eski zamanlarda başlanıldığını gösteriyordu. İnsanlığın kalbe ilk ilgisi, galiba, kalbin şeklini çizerek başlamıştı. Okumayı bilmeyen eski zaman toplumları için toprağa, kile, taşa, deriye vs. çizilen bir şekil binlerce kelimeye bedeldi. Bu şekil bir kalp olduğundaysa yalnızca cahiller için değil, entelektüeller için de çok zengin anlatımlar ihtiva ediyordu. Tarih akarken bu çizimlerde hiç eksilme olmadı. Sonraki zamanlarda kalp, dünyada şekli en fazla çizilmiş nesne olacaktı. Günümüzden pay biçin, amblemlerden tıp kitaplarına, bilimsel sembollerden ezoterik şifrelere sevgililer günü materyallerinden emojilere kadar kalp çiziminin yer aldığı binlerce, milyonlarca şekil dünyamızı istila etmiş durumda. Eros'un yaralı kalbinden Yedi Kederli Bakire'nin yedi hançer saplanmış kalbine, Hz. Hamza'nın ciğerini dişleyen Hind'in avuçlarına değen kalpten, Mansur b. Muhammed'in anatomi atlasına, şairlerin uzaklaşan sandal veya kandil görünümlü kalp anlatımlarından, gamze oklarının delip geçtiği kalp çizimlerine, "I ♥ New York", "I ♥ Paris", "I ♥ İstanbul" gibi giysi desenlerinden pembe dizi çıkartmalarına kadar kalp çizimleri ve şekilleri dünyamızı istila etmiş durumda. Dahası, ticarî değer bakımından en ziyade alıcı bulan metalar da kalp çizimleriyle sembolize ediliyor. Kalp biçiminde defterleri, anahtarlıkları, kilitleri, zarfları, mektup kâğıtlarını, post-itleri, çıkartmaları ve iskambil kâğıdındaki kupa kalbini veya gündelik hayatta kullandığınız eşyaları gözden geçirin. Kalbin sizi kuşatmış olduğunu, en azından size kendisini durmadan hatırlattığını göreceksiniz. Kalbin mücevher halini hatırlayın mesela, pırlanta halini hatırlayın; küpeler, yüzükler, gerdanlıklar... Öte yandan ressamlar, şairler, denemeciler, romancıları düşünün; okuduğunuz onca kitabı. Her zaman ve her defasında kalbi anlatmak isteyen ve karşılarında da anlamak isteyen insanlar, kadınlar, erkekler. Romantik, trajik, dramatik ve satirik... İnsanlığın başlangıcından bu yana her kültür ve coğrafyada belirleyici bir ikon; kalp. Kalpler artık yenilen vanilyalı pasta, meyve aromalı içecek kabı. Kalp her şeyin içine sinmiş, her şey kalp ile sembolize edilir olmuş. Soru şu: Bunca kalp ikonu bilinçaltındaki bir arayışın eseri olmasın?

Evet, tam da bu! Farkında olalım yahut olmayalım, modern çağda insanlık kalbinden uzaklaşmanın sancısını yaşamaya başladı. Materyalizm her şeyi maddeye indirgeyince insana ait mâna yitirildi. Son yüzyılda somut olanı sahiplenmek için uğraş veren insan, soyut bir yanının da olduğunun nihayet farkına vardı. Bozulan dengeyi düzeltmek, kayan ekseni yuvasına oturtmak için bir başlangıçtı bu. Kalbin önemi, anlamı, mâna ve mefhumu birdenbire laboratuvarlardan sosyologların, siyaset bilimcilerin, mutluluk koçlarının, psikiyatristlerin ilgi alanlarına taştı. Gelinen noktada duygusal zekâyı yeniden inşa etmeye çalışan, kalp sağlığını diğer hastalıkların önünde tutan bir moderniteyle kuşatıldık. Bilim tarihi boyunca bilincin merkezini beyin olarak gören tıp dünyası onun kalp olduğunu söylemeye başladı. En ileri teknoloji araştırmacıları bütün mesajların zihin yerine kalp tarafından anlaşılmak üzere kodlandığını itiraf ettiler. İnsan kalbiyle daha mutlu olduğunu keşfettiğinden beridir, ilim adamları her geçen gün kalbin bir başka yönünü şaşkınlıkla anlatıyor, hayranlıkla dillendiriyor. Ve sonuç: "İnsanın inanma ihtiyacı kalbine olan ihtiyacı kadar kalbindeki bir ihtiyacın da tezahürüdür."

Birinci ve İkinci Dünya Harbi'nde kalbini yitiren insanlık onsuz olamayacağını anlayıp kalbe dönüyor. Batı dünyasında hızla yayılan Uzakdoğu menşeli reikiler, yogalar, meditasyonlar yahut tasavvufî ilgiler hep kalbimizden kurtulamayacağımız, kaçışımızın olmadığına dair göstergeler. Modern insan kalbe dönüşten bahsediyor ve bunun gerekliliğini vurguluyor. Artık biliyoruz ki kalbimiz yalnızca maddî hayatımızın vazgeçilmezi değil, manevî hayatımızın da düzenleyicisi. İnsanlığın yitiği, sılası. Hakikate açılan kapı ve salt hakikat. Bu kitap sılaya dönmek isteyenlerin hakikat kapılarını açmak için hazırlandı. Kalbinizin atışını dinlemek veya kalbiniz atarken kendinizi dinlemek üzere...

Kalbin kitabı yazılsa nasıl olur diye düşündüğüm günlerde kafamda şöyle yüz elli, iki yüz sayfalık bir okuma metni kurmuştum. Bir okunacaklar listesi hazırladım. Arkadaşlarım istediğim kitapları buluyor, bulduruyor, yazıhâneme gönderiyorlardı. Bir müddet sonra kitaplar masamdan konsola, oradan sehpaya taşmaya başladı. Eskiler meğer kalbi ne kadar önemsemiş ve bir kalp külliyatı için ne derece çok çalışmışlardı. Okudukça keşfetmeye başladığım bir hakikatler evrenindeydim artık. İtiraf ederim ki ben derslerimde kırk yıldır anlattığım kalbi hiç bilmiyormuşum. Emin olunuz bu kitabı seve seve 800 yahut 1000 sayfaya çıkarabilirdim; yazılacak fevkalâde güzel fikirler, anlatımlar, edebiyat şahikaları vardı. Ne var ki okuyucumuzla aramızda şöyle kalpten kalbe yol olacak, hani eskilerin ifadesiyle "efrâdını câmi, ağyarını mâni" bir metin ile yetinmek bize cazip geldi. Bu kitapta yaptığımız şey kalbin kültüre bakan yönünü anlatmaktan ibarettir. Yoksa kalp körlerin fili tarifi misali anatomiden sosyolojiye, felsefeden tarihe, maddeden mânaya hangi gözlükle bakılsa yine bu hacimde bir kitabı hak eder.

Çalışmamızı üç bölüm halinde düzenledik. "Kalp Külliyatı" adını koyduğumuz ilk bölümde kalbe dair, "Kalp Muhteviyatı" dediğimiz ikinci bölümde kalbin içindekilere dair, "Kalp Spektrumu" adlı üçüncü bölümde ise kalbin coşkun halllerine dair açıklamalara ve bilgilere yer verdik. Birinci bölüm kalbi tanımak, ikinci bölüm kalbi yönetmek, üçüncü bölüm ise kalbi içselleştirmek için... Ta ki kalbi daha iyi anlayalım, dinleyelim, razı edelim. Arada sırada da hikâyeler anlattık ki kalbimizde olup bitenlerle kalbin eylem ve sıfatları daha iyi anlaşılsın ve sancılı kalplerimiz atalardan kalan iyi ve güzel örneklerle kendini tanıyıp huzura yönelsin. Dakikada 70, saatte 4200 ve günde ortalama 100.800 defa bizim için kasılıp gevşeyen ve bunu hiç aralıksız yapan şu kalbimiz bizden bir parçacık huzur dışında ne isteyebilir ki?

Teşekkür ederim doktor, kalbime hâlâ baktırmadım ama sayende kalbe baktım!..

Aklın yolu bilgiye, kalbin yolu bilgeliğe...

Ya sen yolcu?

Yunus'un Kalbi

Hak bir gönül verdi bana
Ha demeden hayrân olur
Bir dem gelir şâdân olur
Bir dem gelir giryân olur

Bir dem sanasın kış gibi
Şol zemheri olmuş gibi
Bir dem beşâretden doğar
Hoş bağ ile bostân olur

Bir dem gelir söyleyemez
Bir sözü şerh eyleyemez
Bir dem dilinden dür döker
Dertlilere dermân olur

Bir dem varır mescitlere
Yüz sürer anda yerlere
Bir dem varır deyre girer
İncil okur ruhbân olur

Bir dem gelir İsâ gibi
Ölmüşleri diri kılar
Bir dem girer kibr evine
Firavn ile Hâmân olur

Bir dem döner Cebrâil'e
Rahmet saçar her mahfile
Bir dem gelir gümrâh olur
Miskin Yunus hayrân olur

GİRİŞ

Kalp...
Tezatlar ve aykırılıklar mahzeni, zıtlıklar kitabı...
"Ha!" der demez hayran eden, giryan eden, şâdan eden... Mestlik de ondan, gözyaşı da mutluluk ve sevinç de... Bir dem kışlardan zemheri, bir dem baharda bağ bostan. Bazen suskun, bir kelimeden âciz; bazen dilinden inciler saçılır, dertlilere derman. Bazen göklerin de üstünde, bazen yedi kat yerin altında. Damla iken deniz, deniz iken damla... Bir bakmışsın mescide girmiş, başını secdeden kaldırmayan mümin, bir bakmışsın kilisede İncil okuyor, papazlık peşinde. Kâh tevazuda bir tohum gibi başını toprağa koymuş kâh Firavunlar kadar kibrin içinde... Kimi zaman Cebrail kanadından her yana rahmetler saçar kimi aşk ile hayran, yol yürüyemez olur...

Kalp...
Bir med ve cezir içinde sürekli kabarıp alçalan kas yığını. Et ve kan; madde ile mâna... Kış ile bahar, hüzün ile keder, hasret ile özlem... Harman harman... Zıtlıklar arasında durmadan dalgalandığı, halden hale girdiği için adına "kalp" demişiz. Sözlükteki anlamı "bir şeyi bir yönden öteki yöne çevirmek". Yunus'un şiirindeki televvün, renkten renge gi-

riş, kararsızlık, dönüşüm, değişim onun adında saklı. Bazen katı, bazen yumuşak; bazen sıcak, bazen soğuk; bazen mutlu, bazen üzgün... Göğsümüzün içinde ahenkle kasılıp gevşediğine bakmayın, onun her büzülüp genişlemesinde insanoğlu içten içe süratle değişiyor ve halden hale giriyor. Bir ânının bir ânına uymayan aceleci tavrı hep onun yüzünden. Çünkü içinde daimi bir diyalog; tez ve antitez, iddia ve itiraz, ayrılık ile vuslat... Leyte ve lealle; olsaydı da, bulsaydı...

Kalp...
Yazı yoktu ama o vardı. Tekerlek icat edilmemişti ama o yerli yerindeydi. Dünya yaratılmamıştı ama o kasılıp gevşiyordu. İnsan henüz cennetteydi ve o vardı. Mekân cennet olunca elbette kalp de yalnızca erdemler barındırıyordu; aşk, sevmek, anlamak, paylaşmak, şükretmek, hamdetmek vs... Âdem ata, kalbinin sesini dinlemeseydi, kalbinden geçeni uygulamasa ve kalbindeki arzuyu giderme gayretine düşmeseydi belki de yasak meyve dalında hâlâ bekliyor olacaktı. Kalbin o günkü mutluluk rüyası, yeryüzüne gelindiğinde tövbelere, pişmanlıklara ve yeniden cennet umutlarına dönünce her şey yeniden başlayacak ve kalp imtihanın tam da merkezi, kulluğun nirengi noktası, ekseni oluverecekti. Derken daralmalar ve genişlemeler, arınmalar ve kirlenmeler, yangınlar ve donmalar kuşattı kalbin çevresini. Her birine iyilik ve kötülük, iman ve inkâr adına anlamlar ve görevler yüklenerek... İnsana insan olduğunu böyle böyle hissettirdi kalp. Bazen aydınlıktı, bazen karanlık; gören gözümüz, işiten kulağımız bazen... İsterse et oluyordu, isterse kan, dilediğinde mecaz, dilediğinde mâna... Durmadan sesleniyor; "bud-dub... bud-dub... bud-dub..." Sesindeki bu ters-yüz oluş bile "kalb" olduğu içindi.

Tıpkı bir edebiyat sanatı gibi* dönüşüp duruyor ve kâh aşkı kâh ayrılığı anlatıyordu durmadan. Dilini anlayabilirseniz gizli veya âşikâr; sadık veya hain, iyi veya kötü oluveriyordu. Bazen yarım, bazen tam; bazısında dert, bazısında şifa; tercih onun... İsterse tuhaf ve aynı zamanda ilginç... Kutlu Nebî kalbin bu değişkenliğini anlatırken ısrarla kuş vurgusu yapmıştı: "Kalpler her saat yer ve şekil değiştirme konusunda kuşlara benzer"** ve "Kalp, çölde bulunup rüzgârın alt üst ederek çevirdiği kuş tüyü gibidir."***

Kalp...
Hafıza gerisinde cennetteki o eski günlerin tadını hiç unutmayan cevher. Allah, kendi hakikatini insana yakınlaştırmak için kalpleri bir özleyiş yurduna çevirmiş çünkü. Bu özleyiş akla yüklenmiş olsaydı belki tek boyutlu olacaktı ama kalbe yüklenince daima bir dalgalanmayla şekilden şekle, sûretten sûrete, halden hale, mânadan mânaya dönüşüp duruyor. Eğer insanın kalbiyle bir derdi varsa, o dert baştan sona bir vatan, bir Kalû Belâ özleyişidir ve kıyamete kadar değişim ve dönüşüm, zıtlık ve aykırılık içinde devam edip gidecektir. Çünkü kalp her kasıldığında veya gevşediğinde, her daraldığında veya genişlediğinde yeni bir halin, yeni bir tecellinin, yeni bir umudun arayışıyla ya uyanıyor ya sarhoş oluyor; ya araştırıyor ya arıyor. Nadiren de buluyor.

İnsanoğlunun kalbini keşfi uzun zaman aldı; tabiri caizse onu yavaş yavaş öğrendi. İçindeki binbir türlü duygular, hesaplar, kinler güzellikler, çirkinlikler hep bu süreçte sökün

* Kalb: Aynı harflerle ama birbirinin tersinden yazılan kelimeleri bir beyitte bulundurma sanatı. Harflerin yüz yüzeliği, müsenna yazılış veya aynada akis gibi.

** Aclûnî, *Keşfü'l-Hafâ*, II, 405.

*** İbn Mâce, *Mukaddime*, 10.

edip geldiler. Ete kemiğe bürünmenin çok ötesinde, evvelden taşıdığı ruhla birlikte nefis sahibi de olmuş bir insandı artık o ve nesiller boyunca ruh ile nefsin kalbe etkisiyle –tersinden söylersek kalbin nefse ve ruha hükmedişiyle– imtihan olunacaktı. Ölümlü insanın cennetten getirdiği ölümsüz duygularına dair ne varsa zıt iki kutupla yer aldı kalbinde ve "*İnsanların kalbine kötü şeyler fısıldayan sinsi vesveseci*" (Kur'ân-ı Kerim, Mücâdele, 19) iş başındaydı artık. Onları cennetten kovdurmakla kalmadı, kalplerine beyaz olanla birlikte siyah olanı da tanıtıp cazip gösterdi. Aşk gibi masum bir duyguyu kullanarak üstelik... Önce Kâbil Hâbil'i öldürdü kalbine uyarak ve ardından zulmün kapıları açıldı. İyilik, güzellik ve erdem hamurundan yoğrulan kalp, kötülük, çirkinlik ve zalimliğin tadını hissetti.

Uzundan uzun çağlar boyunca, belki de milyonlarca yıl, insan duygulandığında ve içinde bir şey hissettiğinde elini sol böğrüne götürdü ama oradaki çam kozalağının bütün bu duygular için bir tecelli mekânı olduğunu, hayatın özünde bulunduğunu düşünmedi. Bir hayvanı öldürmek için koşarken yüreğinin daha hızlı attığını biliyordu ama kovaladığı hayvanın kalbinin daha da hızlı attığını henüz öğrenmemişti. Öldürmenin en kestirme yolu olarak avının kalbini hedef almayı keşfettiğinde kalbin hayatla olan ilgisini kurdu. Başka bir kalbi durdurduğu için çoluk çocuğuna karşı kalbi gurur duyduğunda kalbi önemsemek gerektiğinin de farkına vardı. Korktuğunda, öfkelendiğinde, sürprizle karşılaştığında, karşı cinsle ilişkilerinde ve heyecan verici daha pek çok durumda kalbinin daha hızlı attığını hissediyor, içindeki kozalağı adım adım öğreniyordu. En çok da sevdiği, önemsediği, değer verdiği insana karşı duyduğu heyecandı onu ilgilendiren. Milyonlarca yıldır aşkı içinde saklaması bu yüzden...

Zaman hızla akmaya başladığında sağlığın sebebini kalbiyle ölçtü ilkin, güzel bir şey yaptığında huzur hissetti, iyiliklerle yüceldi, birilerini severek mutlu olmayı öğrendi. Sonra ve daha sonra, cennetten getirdiği aşkı evlâtlarına miras bıraktı. İhanetle sadakati, unutmakla unutamamayı, özlem veya nefreti özümsemesi bu devrede oldu.

Ve bir gün geldi; insan her şeyi kalbinden bilmeye ve kalbine sorular sormaya başladı. İyilik veya kötülük içindeyse kalbini, mutluluk veya mutsuzluk hissediyorsa kalbini, sağlıklı düşünüyor veya çıldırıyorsa hep kalbini övdü veya sorumlu tuttu. Kalbini memnun etmek için bazen nefsini, bazen ruhunu ve kimileri de canını ortaya attı. Sümerliler kalbin med-cezir halinde sürekli bir kasılma-gevşeme talimi yaptığını gözlemlediğinde, insanlık sonsuz ritimler içindeki ihtişama şahit oldu. Ardından Çin, Mısır, Hindistan, Yunan, Arap derken mikrokozmostan makrokozmosa doğru, kalbe dair ne varsa incelenmeye, araştırılmaya, keşfedilmeye başlandı. Bir maddenin içine saklanmış mânaları bilmek, anlamak, görmek ve göstermek için kalpler yarılıp içine bakıldı. Orada maddeden bir şey bulunmayınca mânalarla yorumlamalar başladı. Adı yürek olmaktan çıkıp gönül oluvermişti.

Kalp...
Çoktan öğrendik ki beden ile can orada karışıyor, Allah ile kul orada buluşuyor, seven ile sevilen orada kavuşuyordu. Fizik duyguya, kas yığını cevhere dönüştüğündeyse Şark coğrafyalarında bir gönül medeniyeti kurulmuştu. Artık kalp, medeniyetin merkezindeki hükümdar; benzeyişleri ve benzetilişleri olan bir efendiydi. Kâşânelerdi yeri söz gelimi veya virâneler... Siz deyin saray, ben diyeyim yuva. Kâbe'ydi veya Hira. Beden ve can, iman ve günah. Sonunda kutsal da, bayağı da; mümin

de kafir de ona iltica etti. Hem somut hem soyuttu; hem eril hem dişil... Bazen dindir o ve imandır, bazen erkek ve kadın...

Kalp...
İnsan benliğinin ve kimliğinin somut veya soyut, geçmiş veya gelecek her safhasında en önemli rolü oynayan aktördür. O ne bir organ, ne bir enerji, ne bir tanım. Yine de anbean, dakika be dakika insaniyetimizi harmanlayıp duran yüzlerce huy, sıfat ve tecellinin sahibi... Sanki her şeyin merkezinde ve sanki kendine her şeyi yönetmek gibi de bir vazife bulmuş. Bildikleri insanın bildiği, hissettikleri insanın hissettiği... Bedenin bütün organları insanın çevreyle ilişkisine yönelik çalışıp ona çevreyi hissettirirken kalpler kendi merkezine ve kendi çekirdeğine yönelmiş durumda. Odur bize kendimizi hissettiren ve odur hissettiğimiz. Odur bize hakikati gösteren ve odur hakikatimiz.

Düşünün bir kez, insandan kalbi çıkardığınızda geriye ne kalır?

BİRİNCİ BÖLÜM

KALP KÜLLİYATI

TARİHİN KALBİ

Kalbim sana olan aşkımı düşünüyor
Saçımın yarısını ördüğümde
Koşa koşa seni bulmaya geleceğim
Ve artık saçlarımı ihmal edeceğim

(Eski Mısır, Arris 500 Papirüsü'nden)

BUGÜN isteyen herkes kalbinin nasıl çalıştığını, neler yaptığını, hastalıklarının neler olduğunu, kalp-damar cerrahisinin gelişme düzeyini veya kalbin anatomisini herhangi bir tıp kitabından veya internetteki ilgili verilerden öğrenebilir. Oysa henüz neşter icat edilmeden, mum ışığında bedenlerin ameliyat edildiği çağlarda kalp neredeyse bir muamma idi ve insanoğlu onun ne olduğunu yalnızca merak ediyordu. Tıp tarihi yahut hekimlikteki gelişmelerin kalbe dair bulguları bunca az iken, günümüz modern tıbbının ve değme hekimlerin bile bu derece ihtiyatla cümleler kurduğu bir konuda edebiyat hocası olarak cür'etkâr cümleler kurmak değil kastımız, hayır. İllâki Hippokrat'ın kalbe değer veren eski meslektaşlarının fikirlerini de birazcık tanımamız gerekir:

Yaratılışın özünde zıt çiftler (erkek-dişi, siyah-beyaz, dağova, el-ayak, karaciğer-akciğer, sevgi-nefret, tebessüm-kaş çatma vb.) belirleyicidir. İnsandaki her şeyi içinde barındıran bir tekillik halidir bu;* her organla ilişkili, her hal ile hemhal, her şeyimizden bir özet. Sanki bir meyvenin çekirdeği gibi. Öyle bir çekirdek ki hem insan denen meyvenin hem de kâinat denilen ağacın özü. O özün içindeki öz de kalbimiz. Rab Teâlâ'nın "*Düşünüp öğüt alasınız diye, her şeyi çift yarattık*" (Kur'ân-ı Kerim, Zâriyât, 49) buyurduğu bütün çiftlerin içindeki tek ve tekillik o. Çünkü "*Allah hiçbir adamın içinde iki kalp yaratmamıştır*" (Kur'ân-ı Kerim, Ahzâb, 4). Bu yüzden özeldir ve değerlidir. Çamurunu Kâbe toprağından almıştır** ve insanın özü, özetidir. Her çekirdek meyvenin ve ağacın bir açılımıdır madem, Mevlânâ, "Ey can bülbülü, bu kafesin içinde ne zamana dek bu yalnızlıkta tek kalacaksın?" diye sormakta haklıdır.

*

Meksika Müzesi'nde insan şeklinde tasarlanmış dört bin yıllık bir Aztek seramiği sergilenmektedir. İki odacıklı ve üst kısmından atardamarlar ile toplardamarların saçaklandığı bu oturmuş insan figürü bize üç boyutlu bir kalbi gösterir. Yine Aztekler, hayatın kaynağı olarak gördükleri ve ilahî vasıflar izafe ettikleri güneşe karşı yüksek piramitlerin ve zirvelerin üstünde insan kurban ederek kalplerdeki kanı akıtırlar, böylece güneşi beslediklerini düşünürlermiş. Buna rağmen kalbi için insan kurban eden veya kalbin önemini kavramış ilk toplum Aztekler de değildir. Daha firavunlar çağında Mısırlılar,

---

* Bütün canlılarda kalp tektir; biri müstesna... Ahtapot. Ahtapotların sekiz bacakları ve üç kalpleri vardır.

** Rivayete göre Hz. Âdem yaratılacağı vakit Allah Teâlâ Azrail aleyhisselâma yeryüzünden toprak getirmesini buyurmuş, o da dünyanın değişik yerlerinden topraklar almıştır. Yaratış esnasında kalbe denk gelen toprak meğer Kâbe arazisinin toprağıymış.

kalbi tanımlamak üzere yüreğe benzer bir hiyeroglif icat etmişler ve bütün yazılı metinlerde kalbi o şekilde ifadelendirmişlerdir. Keza Mısırlılar atardamarların attığını biliyorlardı ve bu sayede insanın irade ve vicdan sahibi olduğunu düşünüyorlardı. Böylece kalp varlığın sonsuzluğunu temsil ediyordu. Daha sonra Yunan kültürüne geçen bilgiler, Hippokrat'ın tıbbî metinlerindeki reçeteler veya Platoncu felsefenin kökenindeki fikirler hep buradan kaynaklanıyordu. Eski Mısır'ın tıp anlayışına göre, organlar tek tek varlıklar olarak değil üstün bir iradeye bağlı bir bütün olarak mevcut idiler. Vücuttaki bütün "metu"lar yani kanallar, damarlar "hati" (kalp) ve "ib" (gönül) sayesinde işliyor, beden de bunların çevresinde biçimleniyordu. Mısır'ın kalp için ayrı, gönül için ayrı kelime kullanması bile onların kalbe verdikleri önemi göstermektedir. Firavunlar çağının anlayışına göre kişinin ölüm sonrasındaki kaderi kalbine bakarak belirleniyordu ve eğer ölü, erdemli, dürüst ve safsa kalbi de tam olarak bir kuş tüyü kadar hafif olacak, böylece öbür tarafa geçmeye hak kazanacaktı. Ama eğer ağırlığı kötülüklerle ve günahlarla fazlalaşmış ise hem kalbin hem kişinin işi zordu. Buradaki kalp temizliği, hafifliğini semavî dinlerin de aynı önemde gördüklerine dikkat buyurulsun lütfen. Nitekim Kur'an *"O gün, ne mal ne evlâtlar fayda verir, ancak Allah'a arınmış bir kalple gelenler müstesna!"* (Şuarâ, 88) buyuruyor.

Pagan Ortadoğu inanışlarında ölümden sonra kişiyi yargılayan mabutlar kalbi yerinde bulamayacak olurlarsa o kişinin ebedî hayat için sorgulanmasına gerek duymazlar, dolayısıyla onun cennete gitmesine geçiş izni vermezlermiş. Anlaşılan o ki ikonografik özelliğiyle dünyanın pek çok kültür ve inanç sisteminde önemli bir yer işgal eden kalp eğer doğru şekilde kullanılmaz, temiz ve berrak tutulmaz, içine doldurulan ihtiraslarla hırpalanır, karartılırsa...

*

Batı toplumlarının pagan geçmişinde kalp en başta üremeyle alâkalı bir yaptırıma sahiptir. Avrupa'nın kalp geçmişi, tıbbî amaçlar -bilhassa da doğum kontrolü- için kullanılan ve tohumları kalbi andıran bir bitkiyle (silphium) anlatılır ve kalp üremenin ve cinsel ihtiyaçların bir sembolü olarak görülür. Vezüv yanardağının korkunç lavları altına her şeyiyle birlikte gömülen ünlü Pompei şehrindeki genelevlerin kapısında kalp sembolleri bulunması bu yüzdendir.

Dünya milâdî yedinci yüzyılın başında İslâm ile aynı yüzyılın sonunda da İslâm bilimiyle tanıştı. İskenderiye Kütüphanesi'nde Eski Yunan'ın bilimsel mirasıyla karşılaşan Müslümanlar kitaplardan öğrendiklerine İslâm'ın sağlam bakış açısını ilave ederek bilimsel alanda ilerlediler ve daha 800 yılında Bağdat'ta ilk hastaneyi kurdular. Buna paralel olarak Galenos'u örnek alan çeşitli anatomi kitapları hazırlandı ve çömelen insan iskeletleri üzerinde kaslar, kemikler ve sinirler ayrı ayrı gösterilip incelenmeye alındı. Elbette hepsinin göğsünde bir kalp ve kalbe ulaşan damarlar yer alıyordu. Ali b. Abbas (930-994) kalbe dair önemli çalışmalar yaptı ve ilk kez büzülme (inkıbaz) ve genişleme (inbisat) -modern tıbbın sistol ve diyastol ayırımı- kuramını temellendirip kalp ile solunum arasındaki ilişkiyi ortaya koydu. Atan damarlar ile atmayan damarları (toplardamar) birbirinden ayırıp kalbin içindeki kanı ölçtü. 1250'li yıllara gelirken İbnü'n-Nefis, Kahire'de akciğer dolaşımını inceledi. Kan kalpten çıkıyor, akciğerlere gidiyor, sonra kalbe geri dönüyordu. İbnü'n-Nefis bir adım sonrasında kalpteki sıcaklığı ve kanın havayla temas ederek zenginleştiğini keşfetti.

Takip eden birkaç yüzyılda İslâm dünyasının kalbe dair araştırmaları tıptan tasavvufa ve irfana kaymaya başladı. Artık kalbin kanla dolu oluşu metaforlar vasıtasıyla kültür ve edebiyata girmiş, hayaller kalbi binbir imajla tanımlamaya başlamıştı. Üstelik İbn Sinâ'nın yazdığı ve dünya bilim tarihinde Ortaçağ tıbbının en yetkin kitabı olarak kabul gören *el-Kanûn fi't-Tıb* bütün Batı biliminin kalp tasavvurlarına yön veriyordu ve onun sayfaları arasında bu etten ve kandan müteşekkil kozalağa dair önemli tanımlar, açıklamalar, tespitler yer alıyordu. Dünya tıp tarihinde daha sonra yapılacak bütün araştırmalara kaynaklık eden *Kanûn*'u Mansûr b. Muhammed b. İlyas'ın Timur için özel olarak kaleme aldığı *Teşrîh-i Beden-i İnsan* (İnsan anatomisi) takip etti. *Teşrîh-i Mansûrî* olarak da bilinen bu kitaptaki kalp çizimleri daha sonraları dünya anatomi tarihine ilk mükemmel kalp çizimi olarak geçecekti. *Teşrîh*'in, özellikle hamile bir kadının atardamar sistemini gösterdiği bölümü bugün bile kullanılacak isabettedir.

Kalbin tıp kitapları kadar irfan ve sanatla ilişkili görülmesi elbette onu yazarların ve şairlerin hayallerine de sokacaktı. Sümerlerden itibaren hemen bütün toplumların edebî yazıtlarında kalbe dair metaforlara rastlanılması bu yüzdendir. İslâm edebiyatlarında kalbe dair terennümler, o coğrafyalarda kalbe verilen önemin büyüklüğünü gösterircesine tedricen artmış ve kalbe dair sanatkârane ürünler maddi ve manevî dünyanın neredeyse merkezine yerleşmiştir. O kadar ki birinin sınırının nerede başlayıp bittiği ancak diğerinin sınırını ölçebilmekle anlaşılır olmuştur. Çağının pek çok ilmini topladığı *Netâyicü'l-Fünûn* adlı ansiklopedik bir eser yazan ünlü şair Nev'î'nin (ö. 1599) bir beytini okuyalım mesela:

Dil safhasına baktım, etrafı cümle meşrûh
Bildim bu nüsha çıkmış bir zûfünûn elinden

Beytin görünürdeki anlamı şöyle: "Gönül denen aşk sayfasına baktım, kenarları hep şerh edilmiş, açıklamalarla doldurulmuş. Anladım ki bu nüsha (aşkı bilen) birinin elinden geçmiş." Ancak buradaki "meşrûh" kelimesi bize derhal teşrih ilmini (otopsi, parça parça kesme) hatırlatır ki zû-fünûn (fen sahibi, bilgin) da zaten bir cerrah için uygun kelimedir. Bu durumda beytin bir başka anlamı şöyle oluşur:

"Kalp denen sathı inceledim; çevresi neşter neşter yarılmış. Bildim ki bu yarıklar, fenler sahibi bir bilginin işi (ameliyatı hâzık bir hekim yapmış)."

Tıbbî bilgileriyle hayal gücünü ortak kullanan Nev'î burada kendisinin bir aşk hastası olduğunu ve aşkı iyi bilen sevgilisi tarafından bir cerrah titizliğiyle kalbinin delik deşik edildiğini söylüyor. Bu ifadesinde şair mecazî olarak kalbinin kırıldığını ve üzüntüsünü bize bildiriyorsa da hakikatte bir kalp ameliyatından bahsediyor. Ve bu ansiklopedist şair, bu sözü ettiğinde Dr. Barnard'ın kalp nakli ameliyatını gerçekleştirmesi için yaklaşık dört yüzyıl bekleneceğini henüz bilmemektedir. Yazık ki ondan sonraki Osmanlı zamanları fizikî kalple değil manevî kalple ilgilenmiş, onun yerine Avrupa bilimi kalbi şerha şerha parçalamaya başlamıştır. Batı aydınlanmacılığı kalbin XVII. yüzyıldan sonraki anatomik yolculuğunu hızlandırıverir. 1750 yılında hekim Jean-Baptiste Sénac (1693-1770) kalbin yapısı, işleyişi ve hastalıkları üstüne yetkin incelemelerde bulunur (*Traité de la Structure du Coeur, de Son Action, et de Ses Maladies,* Paris, Méquignon, 1749) ve büyük bir çığır açar. Nabız araştırmalarıyla işe başlayan hekim Sénac yine nabız üzerinden ilerleyerek kalp hastalıklarını anlamaya ve tedaviye çalışmaktadır. Ona göre kalbin atış ritmi bozuluyorsa, sonra tekrar düzene giriyorsa, belli durumlarda (korku, koşma, sevişme vb.) hızlanıp duruluyor veya kasılıp gevşiyorsa, nabızdaki değişimler bize rehberlik edebilir, kulakçıklar veya karıncıklardaki açılıp kapanmaların dışsal etkisini gösterebilirdi. Ona göre nabız sürekli değişkense, hafifse, zayıfsa ya da düzensizse; sevilen veya korkulan biriyle karşılaşıldığında hızlanıyor veya düzensizleşiyorsa bütün bunlar kalbe ait hastalıklar değil, tabii işleyişin birer parçası olarak görülmeliydi. Sonra sorular başladı: Dehşet ve keder göğsümüzü sıkıştırıyor, nabız atışımızı değişikliğe uğratıyorsa ne olacaktı mesela? Bu bir hastalık mıydı? Hastalık ise nasıl tedavi edilecekti? Aşk hastalarını tedavi etmek mümkün müydü? Yığınla soru...

Doktor Sénac'a göre bütün bunlar incelenmeli ve sonuca kavuşturulmalıydı. Böylece bedendeki pek çok hastalık için suçlanacak en önemli organın kalp olup olmadığı ortaya çıkacaktı. Kalp bozulunca diğer organlar da bozuluyordu çünkü. Bunları cevaplandırmak için Doktor Sénac'ın ömrü yetmedi. Ama onun açtığı yoldan ilerleyenler bir kâğıda en fazla iki kalem hareketiyle çiziverdiğimiz kalbi araştırdılar, incelediler, keşfettiler ve en son evrenin frekanslardan oluştuğunu söyleyen kuantuma uygun hareket ettiğini de bulabildiler. Daha neler neler bulunacağını siz buna göre kıyas edin...*

Ah kalbim, seni bir anlayabilsem!

* Kalp hakkında tıp tarihinin verilerini öğrenmek isteyenler değerli dost ve hocalarımız Hüsrev Hatemi ile Aykut Kazancıgil'in birlikte yürüttükleri Tıp Tarihi Araştırmaları'na yönelebilirler. Türkiye'de şimdilik, üstad-ı evvel Calinos'tan rahmetli Süheyl Ünver'e kadar tıbbın hikmet, felsefe, düşünce ve bilim olarak kalbe dair ürettiklerini süzmek için bu bir yoldur.

KALBİN ANATOMİSİ

"Dikkat edin, vücutta bir et parçası vardır,
eğer o iyi olursa vücudun tümü iyi olur;
şayet o bozuk olursa vücudun tamamı fena
ve bozuk olur. İşte o kalptir."

(Hadîs-i şerif, Buhârî, "Îmân", 39)

XIX. YÜZYIL ressamlarından William Holman Hunt'ın ünlü bir tablosu vardır. Ressam, geceleyin elindeki fenerle bahçede duran filozof kılıklı bir adamın göründüğü bu tabloya "Kâinatın Işığı" adını vermiştir. Resimdeki adam serbest kalan eliyle bir kapıya vurmakta ve içeriden gelecek cevabı beklemektedir. Rivayet edilir ki bu tabloyu tetkik eden bir sanat eleştirmeni ressama dönerek takılmış:

"Güzel bir tablo üstat, lâkin mânasını bir türlü kavrayamadım; adamın vurduğu kapı hiç açılmayacak gibi duruyor, çünkü kapıya bir tokmak takmayı unutmuşsunuz..."

Ressamın cevabı eleştirmenin yüzünde bir mahcubiyet kızarıklığına yol açmış:

"Adam alelade bir kapıya vurmuyor ki azizim; bu kapı, insan kalbini temsil ediyor. Yalnızca içeriden açılabildiği için dışında tokmağa ihtiyaç yoktur."

Bir kalbi, üstelik de yalnızca içeriden açılan bir kalbi kilitli tutmak için duygusuz olmak lâzımdır. O kalp ki yalnızca duygu pompalamıyor; biz farkında olmasak da asıl işi kan pompalamak. Onu "tertemiz" görmek isteyişimiz, temizliğiyle övünmemiz veya temiz kalplileri tercih etmemiz, belki de kanımızı bıkmadan yorulmadan temizleyip durduğu için, kim bilir? Temiz kalp elbette çok değerli ama bazılarında olduğu gibi içeriden kilitleyecek kadar som altından yapılmış değil, sonuçta o da bir et parçası. Kırıldığına bakmayın, pıhtılaşmış kanı kuşatan bir kas yığını işte. Kan ağladığı, kanadığı veya kanattığı ise hep kanla dolu oluşundan kinâye. Bazen karardığı veya parladığı söylenir, aldanmayın, o da bir mecazdan ibaret, ne parlıyor ne de kararıyor. Kararmadığının delili, dıştan koyu kahve, içten koyu kan kırmızı renge sahip oluşu. Üstelik bu rengi hiç değişmiyor.

Yine de kalp bu... Seviyor ama okşamak için elleri yok. Tıbben ağrıması mümkün değil ama bir şekilde ağrıyor işte. Beyne musallat olan migrenden daha şiddetli bir ağrısı var. Hafızası da beyin hafızasından daha kuvvetli. Ayaklarımızın veya beyin hücrelerimizin bizi götüremediği yerlere kadar götürdüğü biliniyor ama asla ne kendisi bir taşıma aracı ne de bizden taşıma ücreti talep ediyor. Biz onu terk etmezsek o bizi terk etmiyor. Nadiren de olsa sahibine iyilik yapacağı tutarsa cildine güzellik, yüzüne aydınlık, saçına parlaklık, gamzelere keskinlik katarak bunu gösteriyor ve sahibine yaşadığını bütün hakikatiyle hissettiriyor.* Bedendeki diğer organlar, söz gelimi böbrek, karaciğer, akciğer öyle kendi hallerinde diğer organlarla uyum içinde çalışırken bizimki birden düzeni bozup her şeyi allak bullak ediveriyor. Hatta sevgiden

---

* Eğer böyle bir gün yaşarsanız bilin ki kalbiniz de yaşadığını hissediyor demektir.

aç bırakıldığında sol böğrümüzdeki yerinde bir boşluk hissi bile bırakıyor. Bazıları onun yorulduğundan şikâyet ediyorlar ama biz bu yorulmanın çalışmaktan olmadığını biliyoruz. Yorulsa günde yüz binden ziyade kasılıp gevşemeye devam eder miydi? Eğer yorulsa Allah'ın günü bunca yorgunluğa kalp mi dayanırdı?

Kalp işte... Sevmek ve sevilmek istemesi asla şımarıklığından değil, damarlarındaki asil kandan. Akıl ile çatışıp durması geçimsizliğinden değil, bilakis hilesiz, hakikatli ve hasbî oluşundan. Uzmanlar en iyi yaptığı işin unutmamak olduğunu bildiriyorlar; lâkin bir beyni de yok. Eşyanın hakikatini, perdenin ardını, gizlinin içindekini görüyor ama bir gözden de mahrum. Buna rağmen gözsüzlere göz o, kulaksızlara kulak o ve dilsizlere dil o. Kelimesiz ve hecesiz konuşan; sessiz ve sözsüz işiten...

Kalptir bu... Anatomi atlaslarında karşımıza organik bir kas dokusu olarak çıkar. Üstelik biz onu göğsün sol tarafında biliriz. Oysa iki göğsümüzün arasında, sola yakın kısımdadır. Bir organ olarak işlevini yaptığı zamanlar her şey çok yeknesaktır, alışılmıştır ve sıradandır. Söz gelimi biz bunları düşünürken veya okurken o her zamanki yalınlığıyla kan pompalamaya devam etmektedir. İçinde benzeşen boyutta katmanlar mevcuttur. Dıştan bakanlar için yapısı çok basittir ama kardiyologlar için karmaşıktan da karmaşık bir mucizedir. Frekanslar üretircesine çalışmakta ve kuantumcuların bahsettiği evrenin frekansıyla uyumlu bir yapı sergilemektedir. Bu frekanslar o daha ana rahminde "Ol!" denildiği ve oluşuverdiği gün başlamış ve bugüne kadar gelmiştir. Kalbimizin durmadan kasılıp genişlemesi aslında içimizden evrene dağılan bir yayın frekansı, bir radar dalgasıdır. Ürettiği manyetik alanın beyninkinden beş bin kat büyük olduğunu biliyor muydunuz? Yani biz farkında olsak veya olmasak, kalbimizin kendine göre bir bilinci var ve ürettiği manyetik frekanslarla beynimiz dahil bütün bedenimizi kontrolde tutabiliyor.

Kalptir dedik ya... Bilim adamları onun enerjetik yapısını gözlemlediklerinde insanın tamamen soyut varlığına açılan bir kapı olarak görmüş ve tanımlamışlar. Bu sayede arzu duyuyor, korkuyor, seviniyor veya üzülüyoruz. Endişelerimiz, umutlarımız, hırs veya kinlerimiz kalpten bedenimize yayılıyor. Demek ki kalbimizin arada sırada teskin edilmeye, sık sık ikna edilmeye, bazen de şefkat gösterilmeye ihtiyacı var. Cesur veya sert, kırık veya zayıf halleri, isyanı yahut inatçılığı, kuş gibi uçarı veya tüy kadar hafif oluşu hep o manyetik dalgaların tezahürlerinden olsa gerek.

Kalp bizim yerimize anılarımızı saklıyor veya unutuyor, bizim için özlüyor veya terk ediyor. Üstelik beyin gibi algılama teferruatıyla oyalanmadan, doğrudan yapıyor bunu. Tıpkı hissederken doğrudan hissettiği gibi. Yine de hem zekâ hem de bilgi, beyinden ziyade kalbin içinde yaşıyor ve orada birbirine karışıp "anlayış" haline dönüşüyor. Bilim insanları kalbin zekâsının aklın zekâsından ileri olduğunu ve kötü düşüncelerin bu yüzden ona hep zarar verdiğini söylüyorlar. Yani, erdemlerin dışında kalan her türlü insanlık halleri kalbi kirletiyor. Yalan, kin, düşmanlık, çekememezlik, haset, kıskançlık vs. vs... Anlaşılan o ki kalbin sık sık temizlenmesi, arınması gerekiyor. Tecrübeyle biliyorum, kalbi temizlemek insana büyük bir rahatlama hissi verir. Yeniden doğmak gibi bir şeydir. Kalbinizi hangi sıklıkta temizlerseniz melekût âlemine açılan kapılar da o sıklıkta size açılacaktır. Ressamın çizdiği kalp sizinki olmalı. Kapısını açıp temizlemek için Uzakdoğu spritüalistlerinin maddeyi aşan enerjetik boyutu da yoga seansları yahut reikiler de hatta psikiyatri ilminin uzman tavsiyeleri de hakikatli bir iman kadar etkili olamaz. Onlarınki kalbin kabuğunda oyalanmak, iman ise kalbin lezzetini tatmaktır. Temizlenmiş bir kalp, ihtiras ve tutkularımız için birilerine ipoteklenmez, kötü hal üzere unutulmaz, melekleri kendinden uzaklaştırmaz.

Hâmiş: Kalp, soğuğu sevmezmiş. Soğuk, kalpte spazma sebep olurmuş. Siz siz olun soğuk insandan, soğuk sözlerden, soğuk şakalardan velhasıl her türlü soğukluktan uzak durun.

MISIR'IN KALBİ

"BİR HEKİM, bir Sekmet rahibi, bir Serket büyücüsü kafaya, enseye, ellere, göğse, iki kolun ve iki bacağın üstüne ya da vücudun herhangi bir yerine parmaklarını koyduğunda kalbi (hati) hissedecektir çünkü kalbin metuları (kan damarları) bütün uzuvlara gider ve kalp vücudun her tarafında metuların ucundan konuşur. İşte o ibdir (gönüldür)."

Ebers papirüsündeki (n*854a.) *Kalp Kitabı*'nın girişidir bu satırlar. Mısırlıların kalp-damar muayenesine alışkın olduklarını ve önemsediklerini, yalnızca hekimlik yapan Sunu'nun değil, tedavi görevi üstlenen Sekmet rahiplerinin ya da Serket büyücülerinin de periferik atardamarlardaki nabzın önemini bildiğini göstermektedir. Klinik muayene neticesi gibi; nabız atışı ile "vücudun her tarafında metuların ucundan konuşan" kalbin belirtileri arasında bir ilişkinin varlığı açıkça görülmektedir. Hekim hem teşhis hem de hastalığın seyrinin değerlendirilmesi amacıyla, nabzın belli bir biçimde incelenmesine muhtaç. Ancak o zaman aşağıdaki sonuca ulaşabiliyor (Berlin papirüsleri, n*856g.):

"İnsanda ensesi için iki metu vardır. İnsanda alnı için iki metu vardır. İnsanda gözü için iki metu vardır. İnsanda kaşı için iki metu vardır. İnsanda burun deliği için iki metu vardır. İnsanda sağ kulağı için iki metu vardır. Hayat nefesi onlardan girer. İnsanda sol kulağı için iki metu vardır, ölüm nefesi onlardan girer."

"Mısırlılara göre metular anatomik bedenin devindirici ve yönetici merkezi kabul edilen hatiden çıkıyordu. Kalp metular aracılığıyla, organizmanın iyi çalışmasına katkıda bulunan sıvıları ve yaşamsal nefesleri dağıtıyordu. Bu yüzden, hati ile metular arasındaki ilişki, hati ile ib arasında da devam ediyordu. Aksi takdirde ib, vücut kılıfının (şet) içindeki her şeyi içeren bir anatomik bütün kabul edilmezdi. Bir organın ancak öbürleriyle yakın bir ortaklık içinde işleyebileceğinin göstergesiydi bu. Böylece ib düşüncenin, zihinsel etkinliğin, her insana yol gösteren bilincin merkezi oluyordu."

"Papirüslerin incelenmesi ib sözcüğünü kullanan birçok deyiş olduğunu gösterir, bu da Mısırlılar için duyguların ve duygusal yaşamın merkezi olan gönlün önemini doğrular: avt-ib = sevinç, avn-ib = oburluk, ovr-ib = küstahlık, hovâ-ib = umutsuzluk, kefa-ib = güven, ib-ah = canla başla."

(B. Ziskind ve B. Halioua, *Kalp Yaşamın Ritmi*, s. 98-99)

ÖTEKİ KALP

"Kalpler devamlı değişme konusunda kaynayan bir kazan gibidir."

(*Müsned*, VI, 4)

ATALARIMIZ nasıl ölçtüler, nerede biçtiler, belli değil ama söylediklerine göre bir insanın kalbini anlamak için yüz gün; insanın kendi kalbini anlaması içinse biraz daha fazla zaman gerekiyormuş, sonsuza kadar... Bilim insanlarının laboratuvarlarda incelemeye aldıkları, geliştirilen teknoloji cihazlarıyla gözlemleyip son model stetoskoplarla dinledikleri etten ve kastan yüreğin bile hakikatine erilemediği bir çağda, yalnızca yüz günde bir kalbi anlamak ne derece mümkündür? Kırk günde nefsini öldüren derviş acaba yüz günde kalbini anlayabilir mi? Kim yüz günde kirli kalbini temizleyebilir yahut kimin kalbi yüz günde başka bir kalbe veya kalıba dönüşebilir? Eskiler hakikatin insan kalbine ancak yüz günde kök salıp yerleşebileceğini söylerken acaba sûfîlerin riyazetini mi, oruçlarını, zikirlerini mi kast ediyorlardı; yoksa hakikatin değerini mi? Kim bilir; çilenin maverasıydı belki anlattıkları. Belki de ölçüm hatası yaptılar. Çünkü her şey aslında anatomik çizimlerini gördüğümüz kas yığınının içinde olup bitiyor ve biz onu çözemiyoruz. Yoksa onun dışında da bir kalbimiz mi var? Somutun içinde soyut, görülenin içinde göremediğimiz bir kalp? Hatiye göre ib; yüreğe göre gönül? Yaratıcı'ya karşı yaratılanı sorumlu tutan bir kalp. Süveydanın kaidesi belki. Belki de süveyda onun akidesi. Tecellinin mekânı, ruhumuzun düğümü. Dört odalı ama bir han değil. İsteyen istediği odaya giremez. Peki ya hancı bu odaları içine girmek için değil de içindekini hiç çıkarmamak için yaptırdıysa?

Dikkatle bakanlar görür; bedendeki bütün organlar kalbe hizmet etmeye, kalbe yaranmaya bayılıyor. Tabiri caizse bütün yollar ona çıkıyor. Akıl veya beyin onun için çalışıp didiniyorlar. Tıp ilmine göre sevdiğiniz birini görünce gözünüzden beyne, bir güzelliği kokladığınızda burnunuzdan beyne, sevgiliyi işittiğinizde kulaktan beyne sinyaller gidiyor, beyin o sırada bir el çabukluğuyla böbrek üstü bezleri haberdar edip bezlere adrenalin salgılatıyor ve sonra başlıyor kalbimiz çarpmaya. Âh kalbim!..

Peki ya hakikat? Görülenin ötesindeki görülmeyen?

Peki ya aşk? Kelimelere sığmayan mâna!

Kalp, sevgili için feda olmaya da ilahî tecelliler için yanmaya da elverişlidir ve insanın bütün farklı hallerine dair bilgi ve düşüncenin mekânı, öznesi, kaynağı veya aracıdır. Bir et parçasından ibaret zannettiğimiz kalbin içinde ondan ayrı bir kalp vardır ki buna "Rabbânî latife" ve "İlahî cevher" denir. Bu cevher insanoğlunun hakikatidir. İdrak eden, bilen ve kavrayan odur. Fizikî kalp ile gerçek kalp arasındaki ilişki, renklerin cisimlerle, sıfatların isimlerle veya oturan kişinin mekânla ilişkisi gibidir. Nitekim Kur'an'da kalp lafzı anıldığında insanın anlayan ve eşyanın hakikatini bilen bir merkezinden (fuâd) söz edilir. Gönül? Belki de!

Kur'an'da ve hadislerde fuâd, sadr, lüb, nühâ ve rû' gibi terimler genellikle kalp mânasında kullanılıyor. Allah onu bir isim olarak kitabında 130 kere fuâd diye geçiyor. Bu kelime Arapçada kalp ile eş anlamlıdır. Yine de bazı müfessirler kalbin ondan daha özel olduğunu söylerler. Mütercim Âsım Efendi'ye göre kalbin Türkçe karşılığı gönül, fuâdınki yürektir (*Kamus Tercümesi*, I, 445). Kur'an'da yüreğe metanet vermek için önceki peygamberlerin kıssalarından bahsedildiği belirtilir (msl. bk. Hûd, 120). Kalbin göz ve kulak gibi sorumlu olduğunu bildiren âyette ise (İsrâ, 36) fuâd, kalp anlamına gelir. "Göğüs" mânasındaki sadr, "*Allah göğüslerde olanı bilir*" (Âl-i İmrân, 119) ve "*Allah bir kimsenin hidayetini dilerse göğsünü İslâm'a açar*" (En'âm, 125) mealindeki âyetlerde mecaz yoluyla kalp mânasında kullanılmıştır.

Rabbânî latifeye kalp denilmesi bu manevî cevherin vücuttaki kalp ile ilişkisinin bulunması, işlevlerinin onun aracılığıyla gerçekleşmesi dolayısıyladır. Kur'an ve hadiste geçen kalp kelimesi insanın anlama, kavrama, düşünme ve şeylerin hakikatini bilme yönünü, başka bir ifadeyle insanı insan yapan ve diğer canlılardan ayıran temel niteliğini dile getirir. İnsanın idrak eden, bilen ve kavrayan tarafı olduğu için kalp ilahî hitaba muhataptır; bu yüzden yükümlü ve sorumludur. Tıpkı adında olduğu gibi renkten renge girmesi ve durmadan halden hale geçmesi bu sorumluluğun en ağır yüküdür. Çünkü insandaki duygular ve düşünceler kalbe göre durmadan değişir. Bir hadîs-i şerifte, "Ey kalpleri değiştiren, evirip çeviren Allah, kalbimi dinin ve taatin üzerine sabit kıl" şeklinde dua edilmesi tavsiye olunur (*Müsned*, II, 168; Müslim, "Îmân", 1,2). Kalp imanın mahallidir ve inanç, samimi bir şekilde kalp ile tasdik edilerek gerçekleşir. Öte yandan kalp olumsuz yönde de değişir ve türlü renklere girer. Eğer insan kendi iradesiyle kötülüğü tercih edip o yönde teşebbüse geçerse Allah da onu kötü yola düşürür; erdemleri seçerse varacağı yer iyiliktir.

Kalbin hakkı bâtıldan, doğruyu yanlıştan ayırt etme ve iyi ile kötü arasında tercih yapma özelliği onu bilgi, algı, düşünce ve inancın merkezi konumuna getirir. Bu yüzden kalbin iki yüzü vardır; biriyle Hakk'a, diğeriyle halka bakar. Yerlere ve göklere sığmayan Allah oraya sığar. O bir yoldur, yolculuktur. Aşkların, çilelerin, hasretlerin yolu ve yolculuğu... Hep dışarıya doğru, hep gözün gördüğüne erişmek isteyen insanın gözlerini içeriye çevirip kendine doğru yapması gereken nice yolculukları vardır. Bunun için bir aramanın ve arayışın da merkezidir. Birinde unuttuğunuz veya birinden istediğimiz bir kalbi aramaktan söz etmiyorum, kalbin kendini aramaktır maksat. İnsanın kendisinde saklı olanın izini sürmesi... Mumdan gemilerle ateş denizlerine açılmak... Bulunmayacağını bile bile aramak. Bulanların yine de arayanlardan olacağı umuduyla aramak. Kalbin durmadan "bud-dub... bud-dub..." diye yankılanması belki de bir gün "Bul-dum... Bul-dum..." diyebilmek içindir. Çünkü bulmak zordur, hele kendinde saklı olanı bulmak dağları başına koyup taşımak gibidir. Peki, bulanlar yok mudur? Elbette vardır; aşk yolunda yürüyenler... Peki, buldukları nedir? Salt hakikat! Kendimizin ve hayatın görünmeyen hakikati... Gerçek hayat... Neyzen Tevfik'in "Secde eder hakikatim her an/ Kalbimin ateş-i mukaddesine" dediği gerçek hayat. Kalpte mukaddes ateşler yakan gerçek...

Hakikat, kalbimizin adının "kalp" olmasından mütevellit takındığı binbir suratın, yaşadığı televvün ve arayışların da maksadıdır. Sürekli halden hale girmesi, bir dem şöyleyken bir dem böyle olması hep bu arayışın eseri. Hakikat uğruna dönüp duruyor; tıpkı içindeki kan gibi. Ve hakikati hissettiği anda kendinden geçiyor, hayran düşüyor. Tıpkı içindeki aşk gibi. Gelgelelim o hayranlık ânı, kalp sahibini "düşünen hayvan" kisvesinden yükseltip gerçek insan, şerefli can konumuna ulaştıran bir hakikatin eseri oluveriyor. O hakikat, kalbin sol orikülü üzerinde Kur'an harfleriyle yazılmış Allah lafzında görulebilir belki de. Anatomi atlaslarındaki yüreği dikkatle inceleyenler üzerindeki "Allah" imzasını görebilirlermiş çünkü. Günde yüz bin defa kasılıp gevşeyen kalbimizde belki de manevî bir ışık olarak parıldayarak tekrar be tekrar atılan imza. "Al-lah... Al-lah..."

Kalp, hakikatin hâkimiyetini yürüttüğü sırça bir saraydır ki kırıldığında hakikat hasar görüp yere düşer. Hakikatin yeniden hâkimiyeti için sırça sarayın yeniden inşası gerekir. Oysa bütün sırçalar gibi o da kırıldığında bazı parçalarını kaybeder ve eski mükemmel şekline dönüşemez. Elbette yeni parçacıklar ekleyerek tamir mümkündür, lâkin artık eski sağlamlığından, güzelliğinden, mükemmelliğinden eser kalmamıştır; belki daha kaba, daha basittir. İşte bu yüzdendir ki hakikati zedelemek kalbi huzursuz eden şeylerin başında gelir; biz farkında olmasak da...

Siz siz olun, kalp huzuru istiyorsanız hakikati zedelemeyin. Çünkü hakikat bizde var olan öteki kalbin adıdır ve her kalp bir hakikati taşımak için yaratılmıştır.

SULTAN KALP

İttihâduñ var idi yâr ile ey kalb ezelî
Cevher-i rûh hulûl eylemeden kâlebüñe

Karamanlı Nizâmî

Ey kalp, ta ezel vaktinde, henüz ruh
denilen cevher cesedine girmemişti ki
sen sevgiliyle beraberdin.

İNSAN... Bütün evren onun için yaratılmış *"O [Allah] ki yeryüzündeki şeylerin hepsini sizin için yarattı"* (Kur'ân-ı Kerim, Bakara, 22) ve her şey emrine verilmiştir. Yani ki insan demek gökyüzü ile yeryüzü, insan demek evrendeki madde, anâsır-ı erbaa (dört öge: toprak, hava, su, ateş), mevâlid-i selâse (üç çocuk: hayvanlar, bitkiler, cansızlar) ve dahi içlerinde her ne varsa, onlar demektir. Basit bir anlatımla insan küçük bir evrendir, evren de büyük bir insan. Sûfîler bunu tam tersinden okuyarak insana âlem-i ekber (büyük evren) deyip insana oranla gerçek âlemi küçük görürler (âlem-i suğra). Demek oluyor ki mikrokozmos, makrokozmosun çekirdeğidir. Onun çekirdeği de kalp. İnsanda ne varsa evrende o vardır veya evrende ne varsa insanlık âleminde o vardır. Bu durumda evrene de bir kalp gerekmez mi? Elbette!

En eski çağlardan bu yana insanoğlu göklerde bir düzen tahayyül etmiş ve o düzene göre çeşitli görevlerin veya yetkilerin göklerden geldiğine inanmıştır. Buna göre güneş göğün sultanıdır. Ay veziri, Utarit (Merkür) kâtibi, Mirrih (Merih, Mars) başkumandanı, Müşteri (İştar, Jüpiter) kadısı, Zühal (Satürn) bekçisi ve Zühre (Çolpan, Venüs) de çalgıcısıdır. Bunların her biri konumlarına göre insanın doğuştan itibaren davranışlarını etkilemektedirler (burçlar sistemi). Yani insanın içinde, çeşitli astrolojik konumlar halinde birbirleriyle ilişkiye giren yıldızlar ile gezegenlerin görkemli rotalarından oluşmuş yüce bir sema vardır. Tıpkı evrenin içinde vehmedilen bir vücut, bir bünye gibi. Evrendeki düzenin sultanı olan Güneş, bu bünyenin kalbine denk gelir. Diğer ifadesiyle yeryüzü için Güneş neyse insan için de kalp odur; ısı (vücut ısısının sebebi kan dolaşımıdır), ışık (gönlü görmeyen birinin dünyası zindandır) ve hayat kaynağı (kalp hissetmezse yaşamanın anlamı yok olur) gibi. Üstelik bir kalp, tıpkı ülkesinin merkezinde yer alan bir sultan gibi bedenin de tam ortasında, göğsümüzde yer alır. Galaksimizin merkezindeki Güneş gibi.

İnsanın kendini ve çevresini algılaması kalbi sayesinde gerçekleşir. Küçük evren ile büyük evren arasında yaratılmış her şeyi kalbimizle konumlandırırız. Bu tıpkı bir sultanın devleti yönetim modeli gibidir. Kalp yöneten (sultan, kral, kağan, hakan, şah, imparator gibi), beden ise yönetilendir (tebaa, halk, millet gibi). Modern çağın insanı bu modelin tartışmaya açık olduğunu söyleyip kalp ile beyin arasında yeni bir tercihte bulunmayı önerseler de politikacılar ve âlimler hep yekdiğerine itiraz ederek ideal bir devlette fizikî liderin mi yoksa manevî liderin mi daha iyi ve daha güçlü olduğunu tartışıp durmaktadırlar. Beden ölçeğinde söylemek gerekirse kalbin liderliğinde pekâlâ kan adaleti, sinirler de hiyerarşiyi temsil edip ülkeyi (bünyeyi) yönetebilirler. Çünkü bir ülke için gerekli olan adalet erkinin en hassas terazisi kalptir. Kalbe göre hiçbir kanun veya hukuk kitabı adaletin miskalini ölçemez. Resûlullah Efendimiz daima "İnsanlar sana fetva verse de sen kendi kalbine danış!" buyurmuştur.

Eski Çin'de, kalp, hükümdarın sadrazamı olarak görülmüştür. Osmanlı ulemasının da bu görüşte olduğu baş vezire "sadrazam" (sadr-ı azam: büyük göğüs) dediklerinden anlaşılıyor; "devletin kalbi" gibi bir şey. Devletin bütün yönetim işlerinden sadrazamın sorumlu olduğu, sultan olan baş (akıl) ile irtibatlı yönetimin en doğru yönetim olduğu düşünülürse kalbe de sadrazamlık pek yaraşır. Üstelik o manevî liderliğin de gücünü üstünde taşımaktadır. Bunun bir örneği de Hint kaynaklı zihinsel yönetim ve ruhsal (kalp) yönetim ilkelerini önemseyen Ayurveda felsefesinde görülür. Ayurveda'nın üç dosası, eski Çinlilerin kalbi hükümdar olarak kabul eden anlayışlarıyla uyumlu bir şekilde gelişmiş öğretinin neticesidir.

KALBİN MAKAMLARI

Ey cemâl-i Hakk'a tâlibem diyen
Nûr-ı tevhîd ile kalbe ver cilâ

Hasan Sezâyî

Ey Hakk'ın cemâline talibim diyen, kalbine tevhid (birlik) nuru ile cilâ vermeye bak (değilse talebin ele girmez).

ALLAH kendisine rahmetiyle muamele etsin, Muhakkik Şeyh Ebû Hüseyin Nûri şöyle demiştir: "Kalplerin makamları dörttür. Zira Allah (c.c.) kalbi dört isimle anmıştır: sadr, kalp, fuâd, lübb. Sadr, Allah'ın '*O halde Allah kimin sadrını İslâm'a açmışsa...* '(Zümer, 22) buyruğu gereği İslâm'ın kaynağıdır. Kalp, '*Fakat Allah imanı size sevdirdi, onu kalplerinizde güzelleştirdi*' (Hucurât, 7) âyet-i kerimesi gereği imanın kaynağıdır. Fuâd, '*Gözün gördüğünü fuâd (kalp) yalanlamadı*' (Necm, 11) âyet-i kerimesi gereği marifetin kaynağıdır. Lübb ise '*Derin kavrayış sahipleri (lübb sahipleri) için deliller vardır*' (Âl-i İmrân, 190) âyet-i kerimesi gereği tevhidin kaynağıdır. O halde lübb birlemenin, fuâd bilmenin, kalp inancın, sadr ise İslâm'ın mahallidir."

(*Kalplerin Makamları*, s. 123)

Kavramlar Arasında Kalp

Aşk ehline şol câmı sunar sâki-i la'lün
Kim 'akla cilâ kalbe safa rûha gıdâdur

Bâkî

Ey sevgili; dudağının sâkîsi âşıklarına öyle bir kadeh sunar ki akla cilâ, kalbe safa, ruha gıdadır...

"İMANLARINA *iman katmaları için müminlerin kalplerine huzuru indiren O'dur*" (Kur'ân-ı Kerim, Fetih, 4).

Ayağımıza taş düşse veya parmağımızı bıçak kesse "Ah, canım yandı!"; kalbimizdeki üzüntü dayanılmaz hale gelse "Canım yanıyor!" deriz. Birisi bizi öldürmeye kalkışırsa canımıza kastetmiş olur yahut sevdiğimiz birinden acı bir söz işittiğimizde canımıza dokunur. Peki, ama bu canlardan hangisi kalbimize ait? Yahut hangisi ait değil? Yangınları tutuşturan ruhumuz mu, nefsimiz mi, yoksa aklımız mı? Can ile kalp arasında bunları birbirinden nasıl ayırt edeceğiz?

Kalbi tam mânasıyla anlayabilmek için bilmemiz gereken bu kavramlar tarih boyunca düşünen insanın sıklıkla tartıştığı ve tanımlamaya çalıştığı mücerret kelimeler olmuştur. Bilginler, din adamları, filozoflar, akıl sahipleri, kısaca düşünen her insan ruhu, nefsi, canı veya aklı tanımaya çalışmış, böylece kalbini öğrenmenin yollarını aramıştır. Şüphesiz bu kavramları açıklayabilen kişi "Ben kimim?" sorusunun da cevabına ulaşmış olacaktır. Oysa insanın kim olduğu öyle kolay keşfedilecek bir husus değildir. Asırlar boyunca tartışılması ve maalesef kesin bir tanıma kavuşturulamamasıdır ki bugünün insanına hâlâ "İnsan nedir veya kimdir?" sorusunu sordurmaktadır. Tahmin ediyorum ki şu anda siz de bu kavramları zihninizde tartıyor, ruhum nerede, nefsim hani, canım hangisi gibi soruların peşinden birer tanım veya açıklama getirmeye çalışıyorsunuzdur. Okumalarım sırasında ben hep böyle yaptım çünkü. Bulanık ve birbirine girmiş düşünceler vardı karşımda yahut herkes için ayrı bir cevaba imkân sunacak bir spektrum içeriyordu. Söz gelimi nefis bedenin zevkleri ve hayatta kalması için kişisel veya toplumsal sayısız arzulara sahipti ve bu arzular ruhun yol göstermesinden yahut aklın süzgecinden geçmezse cana zarar erişebilirdi. Yahut can yakan bir hadise karşısında nefsin dizginlenmesiyle ruhun bağışlayıcılığı arasında bocalayan bir akıl sağlıklı çalışmayabilirdi. Oysa bütün bu kavramların bedenimizde birbiriyle buluştuğu, görüşlerini paylaştıkları bir mekâna ihtiyaçları vardı. Yani hepsini toplayıp çıkarır veya bölüp çarparsak belki bir sonuca ulaşabilirdik. Böyle yaptım ve bu kavramları kıyısından köşesinden yavaş yavaş keşfetmeye başladım. Fakat bütün ilerlemelerim sonunda onları birbiriyle izah etme noktasına beni geri döndürdü; pek çok filozof veya âlim gibi. Sonunda ne ruhun ne nefsin ne aklın ne de canın kesin tanımı "şudur" denilemiyor, belki "şu olabilir" gibi muğlak fikirler ediniliyordu. Mutlak hakikat yerine işaretlerine ulaşmak gibi. İtiraf ederim ki bu kitapta yer alan ruh, nefis, can gibi kavramları tanımlayan cümleler mutlak doğru değildir; belki sizin kendi tanımınızı yapmanıza yarayacak ipuçlarıdır. Şimdi sırayla görelim:

Sözlüklere göre *akıl,* "insanın denetimine ve işlevselliğine yönelik zihin yeteneği; düşünme ve kavrama gücü"dür. Beyinle olan mutlak bağıntısı sayesinde insanı anlamlı kılar. Lâkin kalple de bir ilişki düzlemi vardır ve aklın üretebildiği hemen her şey kalbin isteklerine cevap vermek içindir. Yani insan gönlünce bir hayatı yaşayabilsin diye durmadan çalışan, üreten, yorulan bir akıl... Peki, ama yoklayın bakalım, aklın hakiki evi zihniniz mi, yoksa kalbiniz mi?

*Ruh*tan bahsedenler onu "insanın hayat özü" diye tanımlamaktadırlar. Dinî literatürde ruh, insana Allah'tan gelen bir uyarıcı veya bir emir mahalli olarak telakki edilir. Çünkü tefekkür, vicdan, inanç, kutsallık gibi dayanaklar sayesinde durmadan kalbe mesajlar gönderir. Topraksal (cansız varlıklar, madenler), bitkisel, hayvansal, insanî, manevî, sırrî ve sırların sırrı diziliminde yedi boyutta bilincimizi yönetir. Yani hem somut ve fiziksel denge ve sağlığımız hem de soyut ve metafizik denge ve sağlığımız onun hükmüyle işlerlik kazanır. Ölümsüz olmak dolayısıyla da zaten akıl ve bedenden daha fazlasıdır.

Peki, şimdi onu da yoklayın bakalım; ölümsüz olan bu ruh, beden içinde bir yerlerde yaşamaktaysa orası sizce hangi organımızdır? Yahut şöyle soralım; ölümsüzlüğe geçici bir müddet için de olsa ev sahipliği yapabilecek en değerli vücut parçamız hangisidir?

Nefis için "kendisiyle sürekli kendimizi gerçekleştirdiğimiz öz varlık" diyoruz. Kişilik ve benlik duygularıyla ortaya çıkan bu öz, insanın yeme içme gibi en alt ihtiyaçlarından başlayarak bedenden kaynaklanan veya bedene zevk veren oluşumları kapsıyor. Yükselme istidadına sahip bir cevher olup istenirse sonsuza kadar işlenip güzelleştirilebiliyor, ziynetlenip zarafete büründürülebiliyor. Kısaca nefis, en güzel yaratılış (ahsen-i takvim) üzerine var edilen insanı en düşük ve sefil yerlere (esfel-i sâfilin) götürebileceği gibi işlenerek o yaratılışa yeni güzellikler de katabilecek en paha biçilmez parça (nefs-i mutmainne) haline de dönüşebiliyor. Peki, ama en alt ile en üst arasında kötüden iyiye doğru insanı derece derece kuşatan nefis, acaba adı üstünde "halden hale giren, durmadan değişen" kalbimizle ne derece alâkalıdır sizce? Bedenimizde ona mesken olabilecek hangi organımız vardır?

Can için lugatlar "insanda yaşamayı sağlayan ve ölümle bedenden ayrılan madde dışı varlık" diyorlar. Bu tanım bile onu kalbin içindeki iksir sanmamıza yeterlidir. Yoksa insan ırkı, daha tarihin başlangıcından itibaren hareketlendiği veya duygulandığı zaman göğsünün ortasında bir yerlerden çarparak tepki veren kalbini hissedemeyebilirdi. O halde son bir kez soralım kendimize, yoksa canımız kalbimizde mi yaşıyor?

Bu tanımlardan sonra benim vardığım sonuç şu: Kalbe göre aklımız, ruhumuz, canımız veya nefsimiz sıfır numara gözlükler gibidir. Kalp hangisini takarsa baktığı nesneyi, olayı, hissi, düşünceyi öyle görür. Önemli olan kalbin bakmasını bilecek uyanıklıkta olması, içindeki Rahmânî güzelliğe yakışır hareket etmesidir. Çünkü bakma doğru olursa görme de doğru olacaktır. Kalbin ruha hizmet edecek şekilde bakmasıyla, nefse hizmet edecek şekilde bakması elbette insanın özünü değiştirecek güçte sebepler ortaya çıkarır. Ve nihayet nefsi dönüştürmek, ruhu harekete geçirmek, aklı olumlamak ve canı verimli kılmak adına hepsini kalpte buluşturmakla yükümlüyüz. Bunun için de arındırılmış bir kalbimizin olması gerekir. Çünkü Allah tarafından akıl, ruh, nefis ve cana yüklenen değerler aşama aşama değişiklik göstermeye meyillidir ve kötülüğün en alt biriminden, iyilik ve güzelliğin en üst seviyesine kadar çeşitli düzlemlerde insanlığımızın ve kulluğumuzun hizmetinde veya yönetiminde rol oynarlar. Eğer kalbimiz arınmamışsa içeriye kötülük ve çirkinlikler değil iyilik ve güzellikler girecek, iyi ve güzel icraatlara başlayacaktır. Mademki kalbimiz, pozitif veya negatif üretimleriyle aklımızın, ruhumuzun, nefsimizin ve cümleten canımızın ev sahibidir, bari kiracılarımızı iyi seçmeli ve ardından da memnun etmeli değil miyiz? Ancak o zamandır ki kira bedeli olarak her bireren irfanlar, asaletler, derinlikler, yücelikler vs. süzebilelim ve insan denilen karmaşık varlık için kalbimizi bir marifet mekânı yapalım. Âh o duyan, yumuşak, şefkatli ve zarif bilgelik...

Hâmiş: Kalp, kavrayışını olumlu yönde arttırınca aklın soyut zekâsından daha derin ve daha sağlam bir kavrayış düzlemine yükselir. Ve insanın yaptığı her iyilik kalbin marifetini arttırır, onu hikmete yöneltir. Nasıl ki kötülükler marifeti giderip hikmeti perdeliyorsa…

KALP İLE NEFİS

Fikri sahîh ü râyı pesendîde vü sevâb
Nefsi alîm ü kalbi kavî kendü pehlevân

Me'âlî

Fikirce sağlam, görüşte doğru ve
isabetli... Düşüncede bilge, kalbi
kuvvetli, bedence pehlivan...

FERÎDÜDDİN ATTÂR, "Sakın öfkene kapılma, seni yaralasalar da aldırma. Akıl, ilim ve yumuşak huylulukla kavga etme; kibir, kin ve öfkeyle barışma. İnsan, şeytanın sözünü dinlemez; kendi koynunda yılan beslemez. Ahlâkları bozuk olanları terbiye etmeye çalışma. Akıl atının koşum takımını öfke ateşi yakar. Hışım ateşini yumuşak huyluluk suyu söndürür. Evin duman dolmasını istemiyorsan ateşin üstüne daha fazla odun atma" (*Mantıku't Tayr*, s. 261) buyurmuş. Saydığı özelliklere dikkat edilirse nefisten bahsettiği görülecektir. O nefis ki damarlardaki kana bağlı olarak insana bahşedilmiş soyut bir organımızdır. Kadrini bilenler için nimet, bilmeyenler için felâket oluverir. Onu, göğsümüzdeki kozalağın içinde şulelenen soyut bir lamba farz edersek hayatımız bu lambanın ışığından anlam kazanır. Lambamızın parıldayarak azalıp çoğalan aydınlığı duygular ve devinimlerden, durmadan harlanan ateşi şehvetten, ince ince tüten dumanı öfkeden, yanıp yok olan yağı da midedeki gıdalardan gelir. Açlık ve sabır onun bekçisi, irfan ve bilgelik ise yardımcısıdır. Bekçisiz veya yardımcısız kaldığında hakikate gözünü kapatıp daima kötülüğe gider, yol şaşırır. Onun içindir ki nefisler bekçisiz veya yardımcısız bırakmaya gelmez. Bekçisiz nefis önce kendine güvenmeye, sonra da kendini beğenmeye başlar. Nefsin kendini beğenmesi bir tür acıkma halidir ve doydukça kendini daha çok beğenir. Kendini beğendikçe doyumsuzlaşan ve doyuruldukça kendini daha çok beğenen bir nefsin canavarlaşması kaçınılmazdır. Böylece kontrolden çıkar ve sırasıyla aklı, ruhu, kalbi ve en sonunda da insaniyeti boğar, öldürür. İnsaniyetin ölümü insanın ölümüdür; beden nefes alıyor olsa bile... Bu yüzden insanın içindeki nefis denen canavarı kontrol altında tutması, azgınlıklarını görüp önlemler alması zaruridir. Nefsini kontrol konusunda kendine güvenenler talihsiz, güvenmeyenler bahtiyardır. Nitekim Yusuf peygamber onca iffetine, onca masumiyetine rağmen "*Ben nefsimi temize de çıkarmıyorum; çünkü nefis daima kötülüğü emreder*" (Kur'ân-ı Kerim, Yûsuf, 53) diyerek nefsin elinden Allah'a sığınmıştı.

Kişinin nefsini sevmesi ölüm, öldürmesi hayattır. Sûfîlerin "Ölmeden önce ölünüz!" düsturuna sıkı sıkıya bağlanmaları bu yüzdendir. İnsanın hayattayken nefsini öldürmesi, ancak ölü gibi yaşamakla, nefse ait bütün ihtiraslardan, hırslardan, tûl-i emellerden kurtulmakla mümkündür. Bunun için sûfîler nefsi basamaklar halinde derecelendirip her bir basamakta yapılması gerekenleri inceden inceye tasnif etmişlerdir. Şimdi en alt basamaktan başlayarak kalbimizdeki sûfî eğilimleri tanıyalım:

Nefs-i emmâre: İnsandaki nefsin en zalim ve pervasız halidir. İnsanı köle gibi kullanan bir zalim kral misali... Hayatın her sahnesine, eğilimlerimize, ideallerimize, geleceğimize hâkim olmuş bir kral. Bilinçaltımızdan bize hükmetmeye, egomuzu besledikçe bize istediğini yaptırmaya, bizi zorlayıp emirlerini (emmâre) dinletmeye ve gitgide kalbimiz üzerinde diktatörlük kurmaya başlamış bir iç ben. Eğer disiplin altına alınmazsa, iç hesaplaşmaya tâbi tutulmazsa felâket... Herkesin arada sırada egosunu muhasebeye çekmeye ihtiyacı var galiba.

Nefs-i Levvâme: Yaptığının iyi olmadığını bilen ama yine de yapmaya devam eden bir adam düşünün. Her eyleminden sonra pişman olan ama yine de o eylemi yapmaktan vazgeçmeyen biri. Tiryakilik veya bağımlılık gibi... Nefsini kınamakla (levvâme) birlikte nefsine hâkim olamıyor. İşte kalbin en titrek ve tedirgin hali... Zalim kral karşısında kendisinin ne derece iradesiz ve zavallı olduğunu fark ettiği halde ona hizmete devam eden ılımlı, iradesiz ve sünepe bir köle gibi. Bu köleye sıkı bir perhiz lâzımdır; alışkanlıklarından ve zevklerinden perhiz. Perhiz olursa nefis bir basamak daha arınacak, değilse kendi basamağının altına düşüp nefs-i emmâre batağına düşecektir.

Nefs-i Mülhime: Bir eşik... İyilikle kötülüğün, kurtuluşla savruluşun eşiği... Kalpte beyazın siyaha hâkim olmaya başladığı nokta. Bu eşikte benliğin (egoizm, enaniyet) muharebe hattında savaş verilip benin hâkimiyetine karşı zafer başarılmış, daha doğrusu benlik kazanılmıştır. Artık kişiliği dengelenerek belli ilhamlar (mülhime) almaya başlayacak ve sonraki mücadelelerinden galip çıkacaktır. Nefsin bu üçüncü basamağı ancak dünyaya ait aşırı emellerden, ihtiraslardan, arzulardan vazgeçerek aşılabilir. Egonun kabarmasını durdurarak özgürlüğünü kazanan kişiye ne mutlu!

Nefs-i mutmainne: Yüksek bilince ulaşmış kişinin durduğu basamak... Buradan sevgiliye yol gider. Mutluluğun hakikati de kalp tarafından ilk burada hissedilir. İnsanın her halinde ve tavrında sevgiliyi anarak (zikir) varabildiği bu makamda kişi artık her iki mânasıyla huzurdadır, huzura ermiştir. *"Gerçekten de kalpler ancak Allah'ı anmakla huzura erer"* (Kur'ân-ı Kerim, Ra'd, 28) ve tatmin olur (mutmainne). Sûfîler bu basamakta bulunmayı ancak dünyaya ait bütün ilgilerin, kaygıların, hatta mutlulukların bile kaydında olmamakla mümkün görürler ve bu hale fakr (dünyalıktan fakir, manevî fakirlik, sevgiliyle zenginlik ve sevgiliden başka her şeye fakirlik) derler. İtminana ermiş bir nefis aşk içinde kendini idrak etmiş hakiki bir âşıktır ve artık bütün görünüşlerin arkasını görür, bütün varlığın ötesindeki varlığı tanır, hadiselerin hikmetini bilir. Amacı sevgili olduğu için artık neye baksa sevgiliyi görmekte, ne söylese sevgiliyi söylemekte, ne işitse sevgiliyi işitmektedir.

Nefs-i râziyye: Nefsin sevgiliye kavuşmak dolayısıyla her bakımdan mutluluğa erdiği, kendini gerçekleştirdiği ve kendisinden razı olduğu (râziyye), kalp ile bütünleştiği basamaktır. Artık kişi ben demekten vazgeçmiş, "bana göre, bence, benim kanaatime göre" gibi içinde benlik geçen her şeyden kurtulmuş, sevgili huzurunda ben değil "sen" olmuştur. Bu hal onun kalbine bir yücelik olarak yansır ve içindeki her şeyi başkalaştırır, sevgili kalıbına sokar, kendiliğinden diğergamlık başlatır. Kalp artık hakikati vasıtasız algılar, yaratılmışlarda kusur görmez, sevgilinin gözüyle görür, sevgilinin kudretiyle tecelli eder. Sûfîler buna fenâ makamı, "fenâ-fi'llah" diyorlar. Bu mutlak aydınlanmadır ve bu basamaktaki bir nefsi ölüm bile öldüremeyecek, onun yükselişi sonsuzluk içinde sürecektir.

Nefs-i marziyye: Bu basamak yalnızca mutluluğa eren değil, sevgiliye de mutluluk getirenlerin basamağıdır. Sıradan bir âşık için sevgiliden hoşnut olmak önemlidir ama sevgilinin âşıktan hoşnut olması (marziyye) bir gömlek üstündür. Burada kalp aşkın mutlak gerçeğine erer ve ondan lezzet alır. Artık çarmıha gerilmekle kıyama durmak arasında fark hissedilmeyecektir. Önceki basamakta sevgiliden başka bir şey için yaşamamayı tecrübe eden ve bu mutlulukla kendinden geçen kalp, mutlak hakikatten, mutlak varlıktan, mutlak Sevgili'den başka bir şeye dönüp bakılamayacağını tecrübe eder. Bu basamakta sûfîye huşû kaftanı giydirilip yeniden bireyselliğe döndürülür. Önceki basamakta Sevgili için feda ettiği benliğinin Sevgili adına iadesidir bu. Böylece kendi varlığında Sevgili'nin varlığını taşımaya başlar. Sevgili ile görür, Sevgili ile işitir, Sevgili ile dostluğun ve iletişimin en derin evresini hisseder.

Nefs-i sâfiye veya *nefs-i kâmile*: Bu basamakta kişilik, saf ve mükemmel bir nura bürünmüş, kalp bir elmasa dönmüştür. Öyle bir elmas ki sevgiliye ait varidatı hiçbir kayba uğratmadan ışık kırılmaları gibi yansıtır, mutlak güzelliğin her bir zerresindeki lezzeti çevresine gösterir. Böylece kalp kusursuzluk içinde doyuma ulaşır, salt nur kesilir. Et ve kas yığını kozalağın nirvanası, insanın kemâli ve yolun zirvesi burasıdır...

ÖĞRENEN KALP

"FAKİR bir derviş talebe okutacak okulu olmayan bir Arapça hocasına rast gelir. Hoca derslerini şehrin duvarlarına tebeşirle yazarak vermektedir. Derviş, hocaya kendisinin de okuma yazma öğrenip öğrenemeyeceğini sorar. Dervişin samimiyetinden etkilenen hoca ona ücretsiz ders vermeyi kabul eder. Duvara tek bir çizgi çeker ve açıklar; 'Bu elif harfi, alfabenin ilk harfidir' der. Derviş başını eğer, hocaya teşekkür eder ve oradan uzaklaşır. İlk derste alfabenin en az yarısını öğretme âdeti bulunan hoca şaşırır. Bu eğitim uzun bir süreç olacak gibi görünmektedir.

Derviş ne ertesi gün ne de ertesi hafta gelir. Giden gitmiş gibidir. Hoca onu tamamen unutur. Ama o da ne? İki yılın sonunda derviş gözleri gönül ışığıyla parlayarak gelmiştir. Hocayı hararetle selamlar ve ikinci derse hazır olduğunu söyler. Hoca içinden 'Bu hızla alfabeyi asla bitiremeyecek' diye düşünmektedir. Dervişe döner, 'Tamam. Şimdi ilk dersimizi tekrarlayalım. Elif harfini duvara yaz' der. Derviş elif harfini duvara yazar ve duvar yıkılır gider."

(Frager, R., *Kalp Nefs ve Ruh*, İstanbul 2003, s. 40)

Kalp ve Akıl

Cismile varmak güç ise kalb ile varmak yiter
Akl irişmez seyr-i kalbin sal u ruz u mahına

Kuddûsî

Bedenen sevgiliye erişmek imkânsız ise de kalben yanında olmak yeter... Çünkü kalp seyirlerinin (kalpte yapılan yolculukların) yılına da ayına da gününe de akıl erdirmek imkânsızdır.

AKLA karşı kalbin durumu, ilme karşı aşkın durumuna benzer. Akıl geçmişi ve geleceği hesaba katarak hayatı düzenler ama kalp bugünü ve hatta ânı yaşamak ister. Bu yüzdendir ki kitabî bilgi ve bilim ile irfanî bilgi ve hikmet ayrı şeylerdir. Akıl bilimin, kalp ise hikmetin yurdudur. Akıl eğer kalbin dışında çalışıyorsa bir isyankâr bile sayılır. Aklın kalp için çalışması yükselmenin, kalbin akıl için çalışması düşüşün göstergesidir. Akıl kalp için çalışırsa ruh, kalp akıl için çalışırsa nefis bedene hâkimiyet kurar. Aklını kalbine uydurarak yürüyenler başka bir ülkeye, nefsine uydurarak yürüyenler daha başka bir ülkeye çıkarlar. Çünkü kalbin bilgisi aklın bilgisinden daha ulvidir. Akıl kalbin bildiği gibi bilemez. Akıl mesafelidir, şüphelidir, şüphecidir ama kalp dokunarak, hissederek, inanarak bilir. Kalp hissedişlere ne kadar açıksa o kadar çok şey bilir. Hissediş kalpte bilgiyi genişletip ulvileştirir. Akıl bilimde ve teknolojide yeni şeyler icat eder, üretir ve yapar. Güzel mekânlar, güzel tasarımlar, güzel sunum ve anlayışlar... Hakikat nazarıyla bakıldığında bütün bunların hepsi, insan gönlünce yaşayabilsin diyedir. Biz farkında olsak da olmasak da aklımızın ürettiği her şey sonunda kalbimize dönüp gelir. Bu durumda insana düşen kalbini akla uydurmaya çalışarak muhalefet etmek değil, bilakis aklını kalbe uydurarak icraat yapmaktır. Kaldı ki akıl kalbe durmadan bilgi gönderir. Bunu yaparken ne kadar samimiyse kalbi etkilemesi de o mertebe derinden olur. Etkileme gücü insanın dilindeki kelimeleri azaltır ve kalp hissettiğini ifadeden vazgeçip suskunlaşır, hal ehli olur. Bu da cezbedici bir derinliktir.

Bir an bilgi akışının akıldan kalbe değil de kalpten kalbe olduğunu düşünelim. Bu durumda insan aşkınlaşmış, idrak yükseldikçe yükselmiş ve kişi, kalbine dokunan kalpleri keşfetmeye başlamıştır. Hal ehli için başka kalpleri keşfetmenin ikinci adımı kendi kalbini keşfetmektir; yani idrak. İdrak, "insanın zaten bildiği bir şeyi keşfetmesi"nin adıdır. Bilinç gerisinde uyuklamakta olan bir bilginin bilince taşınması gibi. Ve insanın kalbini idrak etmesi kadar mutluluk verici başka bir şey yoktur. Bir tür kendine dönüş, gurbetin içinden özlenen vatana vuslat... Eğer akıl kalbe ulvi ve âlî bilgiler göndermezse insanda idrak melekesi gelişmez. Geliştiği vakit de coşkun bir deniz misali kalpten dışarılara yansır, evreni ve hakikati kuşatır.

Akıl ile kalp ilişkisinin bir diğer yönü imanın ve inancın belirlenmesi noktasında kendini gösterir. Akıl bilimin gereği olarak neden, niçin, nasıl gibi şüpheci soruların peşinden gider ve bu soruları cevapladığı ölçüde gerçeğe ulaşır. Oysa kalp inanır ve inandığı şeyi gerçek sayar. Bu durumda bizce ardışık iki soru şöyledir: "Bir insan sırf akıllı olduğu için kurtuluşu bulabilir mi? Aklı sayesinde temel ve kurtarıcı hakikatleri bildiği takdirde mutlu olabilir mi?" Bulunabilecek cevaplar içinde bize göre en mükemmeli de şöyle olacaktır: "İnsan, bütün temel hakikatlere ve erdemlere sahip bile olsa, kalbinin bunları tasdiki olmadan huzura ve mutluluğa erişemez. Çünkü bir insanın kendini gerçekleştirmesi ancak kalbi sayesinde mümkündür."

Akıl, hakikatin peşinde çabalar, kalp ise akıldan aldığı hakikatin verilerini eyleme dönüştürüp inanır. Aklın verileri inanca dönüştüğünde hakikat ortaya çıkar. Hakikat sevgisi veya bilinci, aklın kalbe gönderdiği bilginin erdemiyle doğru orantılıdır. Bu yolda akıl marifetli bir at gibidir, insanın mesafeyi çabuk almasını sağlar. Mesafenin sonuna gelen, yani huzura varan insan anlar ki bineğin ait olduğu yer aslında vardığı yerdir. Onu bağlayıp orada bırakmak gerekir. Bir süvari sultanın sarayına vardıktan sonra atının hesabında olmamak gerekir. Sûfîlere göre kalp, sultanının sarayında akıl atına itibar eden aldanmış sayılır.

İnsanın hayat hakkındaki görüşü doğuştan bir ilkellik taşır. Akıl ne derece birikimle hayatı anlamlandırırsa insan da o kadar olgunlaşıp ona göre bir kimlik kazanır. Kazanılan kimliğin en yüksek kertesi kalbin kutsal diye inandığı kudrete teslim olması, boyun eğmesidir. Kuvvetli insan, kas ve adaleleriyle değil idrakinin kudretiyle ölçülür. Akıl ne kadar güçlü bir pehlivan olursa olsun kalbin karşısında güçsüzdür. Top nasıl ki futbolcunun ayağında bir oyuncak ise...

Hâmiş: Modern çağ, kalbe giden yollara akıllı tuzaklar kurmakta pek maharetlidir. Bilim, materyalizm, toplum, moda, ihtiraslar, tutkular, kaygular akıl denilen gözlüğü durmadan buğulandırmakta ve görüş mesafesini kısaltmaktadır. Nice akıllı insanlar yaşamıştır şu dünyada, zehir keskinliğinde zekâlar, inceden ince fikirler taşımışlardır, ama gözleri soğuk bir boşluk gibi bakmıştır muhataplarına, soğuk sözlerle ifadelendirmişlerdir meziyetlerini. Onlar şimdi kabristanlarda yıkık birer taştırlar. Oysa gözlerine bakınca arkasında kalbinin parıltıları görünen, gülümsemesinden sesine bile sıcaklık yayılan birileri de yaşamıştır şu dünyada. Akıllarından geçenlere değil, kalplerinden geçenlere itibar eden güzel insanlar... Onlar, en keskin akılları bile hayran bırakan güzel kalplere sahiptiler...

BİLEN KALP

"Hayır, keşke siz ilme'l-yakîn ile bilseydiniz! (...)
Sonra onu, gerçekten ayne'l-yakîn göreceksiniz."

(Kur'ân-ı Kerim, Tekâsür, 5-7)

ESKİLER kalbin ilk bilme basamağına "ilme'l-yakîn" demişler. Bu lafzı "gerçek bilgi, hakikat" olarak tanımlarsak "ayne'l-yakîn" de "görerek bilme, gözüyle görüp şahit olma, müşahade" şeklinde karşımıza çıkacaktır. İnsan bir şeyi işiterek veya okuyarak zihnine yerleştirir. En basit anlamıyla buna bilgi diyelim. Bildiğini araştırıp peşine düşer de gözüyle görürse müşahede olur. Müşahede edilen bilginin özüyle karşılaşılmasına da hakikat tabir olunur. Yani bir bilgi sırasıyla ilme'l-yakîn, ayne'l-yakîn ve hakka'l-yakîn derecesinde içselleştirilip kalbe gider. Bir misal verelim:

Ahmet Bey bir atlasa bakarak veya bir kitaptan okuyarak faraza Afrika'da Mozambik diye bir ülkenin varlığını öğrense ve bu bilgisinin peşine düşüp araştırsa (ilme'l-yakîn), sonra Mozambik'e giden havayollarını arayıp bilet alsa ve bir uçağa binerek Maputo Havalimanı'na doğru havalansa... Bir müddet sonra pilot Mozambik hava sahasına geldiklerini anons etse, hiç şüphesiz Ahmet Bey merak ettiği ülkeyi görebilmek için uçağın lumbuzlarından aşağıya heyecanla bakacak ve bilgisine sahip olduğu şeyi görecektir (ayne'l-yakîn). Ahmet Bey uçaktan inip merak ettiği ülkenin sokaklarında dolaşmaya başladığında bilmenin ve görmenin ötesinde bilip gördüğünü kalbinde hissedecek, yaşayacak ve yine kalbinde hakikatine erecektir (hakka'l-yakîn). Tıpkı bunun gibi, bir çocuğa deniz diye bir şeyin varlığını anlatmak zihnin, onu sahile götürüp denizi göstermek gözün, çocuğu yüzmesi için denize sokmak ise kalbin inanmasıdır.

Bilginin en gelişmiş hali bütün kuşkularından arındırılarak kalbi inandıran bilgidir. Bunun için bilginin akıl yoluyla kesinleşmesi, müşahede ve keşif yoluyla görülüp tecrübe edilmesi, ardından da kalbe yansıması veya kalpte gerçekleşmesi gerekir. Bilginin kalbe inmesi onun hakikate dönüştürülmesinin de yolunu açar. Öyle ki aklın ürettiği bilgi, başlangıçta kuşkularla doludur ve kuşkulardan arındıkça ilme dönüşür. Kalp ise bütün kuşkularından arındırılmış bilginin mekânıdır. Bunun içindir ki hakka'l-yakîn mertebesinde bir bilgi kalpte basireti açar. Basiretli kişi aklının rehberliğiyle değil, kalbinin götürdüğü yere gider. Çünkü öyle bir kalp başkalarının kitaplar okumakla öğrendiği pek çok şeyi Allah'ın bildirmesiyle öğrenme potansiyeline sahiptir.

Yakîn, sabit olan ve sarsılmayacak şekilde zihne, göze veya kalbe yerleşen şeydir. Yerde balıktan gökte meleğe kadar her şey yakîn ilminin konusudur. Bu durumda herkes kendine sormalı; "Hangisine talibim; yakîne mi, uzaklığa mı?"

KALBİ DOYURMAK

RİVAYET ederler ki halife Harun Reşid bir bayram günü halkını davet edip Bağdat'ın geniş bir meydanında mükellef biz ziyafet hazırlatmış, sofralar donatmış, toy başlatmıştı. Halk az sonra yiyecekleri nimetlere bakarken Harun Reşid'i övmeye, hakkında tezahürat yapmaya giriştiler. Harun bu tezahürat eşliğinde sarayından büyük bir görkemle çıkıp ilerledi. Bu sefer de halk onun üzerindeki kıyafetlerin güzelliğine, atının koşumlarına bakarak onu övmeye başladılar. Halife çok mutlu, elini sallayarak halkını selâmlıyordu. Bu sırada Behlül Dânâ atının dizginine yapışıp haykırdı:

"Ey Halife! Zannetme ki bayram, ihtişamlı ziyafetler ve güzel giysiler zamanıdır. Bayram o bayramdır ki kalbin Rabb'inin idrakine varıp O'na hizmet ede. Bayram kutlamak için halka sofralar kurup midelerini doyurarak yahut güzel kıyafetlere bürünüp bayram alayına çıkarak sultanlık taslamak değil, halkın gönlüne girip kalplerin sultanı olmak gerektir. Sana tavsiyem halkının midesinden çok kalbini düşünmendir. Unutma ki mülklerin sultanı unutulur gider ama kalplerin sultanı hep anılır."

Harun Reşid, gözyaşlarına boğularak atının dizginini tekrar sarayına çevirmiş.

ACIKAN KALP

Kalbimin esrârını pes perdeden ney söylüyor
Sîne-çâk olduklarım her dem pey-â-pey söylüyor

Âsaf

Neyler, alttan alta hep kalbimdeki sırları dile getiriyor ve durmaksızın bağrımı yarıp yırttığımı dillendiriyorlar.

İNSAN bedeninde acıkan üç organ vardır. Birisi maddi (somut), diğer ikisi manevî (soyut) açlık çekerler. Birincisi midedir ve çağımız insanını kıskıvrak yakalayan materyalist felsefe neredeyse "Bütün yollar mideden geçer" sloganıyla hareket ettiği için açlığın derecesi pek yüksektir. Yiyecek sıkıntısı çeken Afrika'dan veya obeziteyle başı dertte olan Avrupa'dan söz etmiyoruz, hayır, nefsinin arzularına esir olmuş insanlıktan bahsediyoruz. O kadar ki neredeyse yalnızca midesindeki açlığa bağlı nefis ihtiyaçlarını gidermek adına çalışıp çabalayan, hatta çırpınıp duran, buna mukabil diğer iki açlığını, kalbinin ve zihninin açlıklarını unutan bir insanlık. Zannediyor ki aklı ve aklının gereği ürettiği her şey ekmeğini kazanmak içindir; hayır, akıl ve ilim insanın kendini kazanması içindir. Bütün yolların mideden geçtiğini düşünenler maalesef insanın kendini kazanmasını ihmal ettiklerinin farkında değiller. Oysa maddî olanı (ekmeği) kazanmak yalnızca bir vasıta, maddenin dışındaki saadeti kazanmak ise bir amaçtır. Bir vasıtanın gaye telakki edilmesi nazik bir mesafenin yanlış ölçüyle ölçülmesi, belki faziletin kör bıçakla boğazlanması olur.

İnsanoğlu midenin izini sürdüğü müddetçe menfaatlerine ve hırslarına –dolayısıyla nefsine– üstün kimlikler vermeye ve o kimliklerin kalbine telkin edip durduğu hislerle dolu bir macerayı yaşamaya mahkûm olma tehlikesiyle karşı karşıya demektir. Neticede aklımız mavera yerine maddeyle zayıflamakta, gözlerimiz içi ve ruhu görmek yerine yalnızca dışı ve sûretleri görmekte, kalbimiz kendisinden uzaklaşmaktadır.

İnsan kalbi bir hazinedir; ruhun hazineye ulaşmasını sağlayacak rehber ise akıldır. Aklın rehberliği bilgi, marifet, sevgi, korku, üzüntü gibi hallerin kalpte oluşmasını sağlar. Midesinin derdine düşen insan bütün bu erdem veya erdemsizlikleri kalbiyle değil, aklıyla ölçer ve kalbine hükmetme yetisinden mahrum kalır. Yazık ki çağımızın insanı en kıymetli cevheri ve asıl emaneti olan kalbinin derdine düşmesi gerektiğini bilmiyor da midesinin derdiyle yanıyor. Oysa kalbinin derdini dindirse, midesine ait dertlerden de kurtulmuş olacak.

Eskilerin yaptığı gibi konumuzu bir misalle yineleyelim ve midemiz, kalbimiz yahut zihnimizi birer mağaza gibi düşünelim. Biz de o mağazanın işletmecisi olalım. Hiçbir işletme eğitimi almasak, hiç okul yüzü görmesek bile bir mağazayı işletmek için mağazayı satılacak malzemeyle doldurmayı, satıldıkça da yerine en tazesinden, en iyisinden yenilerini koymayı pekâlâ bilebiliriz. Bizler, bu çağın insanları, mide mağazamızı işletmek için en yeni, en iyi, en taze bağlamında fevkalâde başarılı işler çıkarıyor, mağazaya vitrinler hazırlıyor, ilan ve reklamlar yapıyor, bazen yolsuzluklara bile göz yumuyoruz da aynı işletmecilik başarısını kalp veya zihin mağazalarımız söz konusu olduğunda nedense gösteremiyoruz. Okumadığımız, bilgiye önem vermediğimiz, kelimelerimizi çoğaltıp düşüncemizi genişletmediğimiz için zihin mağazamız iflas etmiş, kapısına kilitler vurulmuş durumda. En eğitimlimiz bile maalesef üniversiteden sonra okumayı bırakıyor ve zihnini sığ bir anlayışa hapsediyor. Bundan daha kötüsü ise kalplerimizin vitrinlerine astığımız iflas ilanları. Kalbimize sevgilerden, dostluklardan, gülümsemelerden malzemeler koyamadığımız, en yakınlarımıza bile sevdiğimizi söylemeye erindiğimiz için kalp mağazamız iflas ediyor. Oysa acıkan kalp, kibirden arındırılmış sevgi sözleriyle, ilahî yakınlığa yöneltecek hasbi ifadelerle, insanın mayasında en baskın unsur olan sevgi göstergeleriyle, tebessümle, vefayla, gayretle, teşekkürle doymak zorundadır. Bu özelliğiyle kalp, annesinin gagasından gıda devşirmek üzere ağzını devamlı açık tutan bir serçe yavrusudur, onu doyurmak için serçenin içgüdülerinden daha kuvvetli hislerimiz olmalıdır. Düşünelim ki kalbimizin bir gözü vardır, görünmeyen âlemleri görür; kulağı vardır, gizli âlemlerin konuşmalarını duyar; burnu vardır, kimsenin almadığı kokuları alır; damağı vardır, inanç ve bilgeliğin lezzetlerini tadar. Ancak bütün bunlar için kalbimizi yaşatacak kadar olsun açlığını gidermek üzerimize vazife değil midir?

Hâmiş: Kurdun kuşun, dağın taşın sevgi açlığını bir yana koysak bile annelerimiz, babalarımız, kardeşlerimiz, değer verdiğimiz insanlar, hepsi onları sevdiğimizi bilmeyi hak ediyorlar. Unutmamalıyız ki dilimiz ne kadar sevgi sözü telaffuz ederse kalbimiz o derece yaşadığını hissedecektir. Yunus derviş der gibi "Sevelim sevilelim, dünya kimseye kalmaz."

DOYAN KALP

Hak murâdun gönlüne göre müyesser eylemiş
Kalbüni öz kendü nûriyle münevver eylemiş

Hayretî

EY SEVGİLİ! Allah senin muradını tam da gönlüne göre vermiş. O kadar ki, kalbini Kendi'nin öz nuruyla aydınlatmış.

Acıkan bir kalbin doyurulması, içine sevgiler ve erdemler koymakla mümkündür, bunu biliyoruz; lâkin her kalbin bir de dolaylı yoldan ihtiyaç duyduğu doygunluk biçimi vardır, zihinlere kelimeler koymak... Nasıl diyeceksiniz? İzah edelim:

Aklımız insan ömrünün süresini takvimlerle ölçüyor. İlahî takdirde ise ömürlerimiz şu kadar yıl, şu kadar ay, şu kadar gün ve saat diye yazılmıyor. Takvimler bizim icadımız ve görece tespitler... Kader kâtipleri ise Allah'ın takdir ettiği ömrü, "şu kadar nefes" yahut "şu kadar kalp atışı" diyerek yazıyorlar. Biz istesek de istemesek de ömrümüzü takdir edilen nefes veya bud-dub kadar yaşıyoruz. Takdirin dışına çıkmak, Allah'ın verdiği ömrü azaltmak veya kısaltmak elimizde değil. Sadakayla hayatımızı uzatmak veya intihar ederek kısaltmak da Allah'ın takdiri dahilinde. Bu demektir ki her insana belli sayıda nefes takdir edilmiştir. Herhangi birisi çıkıp günleri kalp atışlarıyla çarpıp "Falancanın hayatı boyunca kalbi şu kadar atmıştır!" diye bir hesaplama da yapabilir. Diyelim bu rakam 888.888.888.881 atım olsun. Kişi daha cenin halindeyken kalbi yaratılır ve insan ete kemiğe bürünmüş olur. Kalbin o ilk atış ânından itibaren zaman denilen ırmağın içine giren insanın sonraki her adımı, her nefesi, her hareketi kalbinin kasılıp gevşemeleriyle ilerler ve ömrün sonundaki 881.nci bud-dub bittiğinde ölüm gelir, ruh bedenden ayrılır, zaman üzerinden alınır.

Belki de insanın kendisine yöneltmesi gereken soru, "Açlık çeken bir kalple mi ölmek isterim, doygun bir kalple mi?" olmalıdır. Çünkü böyle bir sorunun cevabı hayata anlam katar ve insan bu soruya verdiği cevap ölçeğinde yaşadığını hisseder.

Ölümcül hastaların başucunda duran kardiyografi ekranlarını hatırlayalım. Hasta hayatına devam ettiği müddetçe ekrandaki grafik çizgileri yukarı-aşağı durmadan zikzaklar çizer. Hastanın kalp atışları normal ritminde ve rahat sürüyorsa bu çizgiler normal seyrinde, nefes darlanmaları oluyor, kalp düzenli çalışmıyorsa grafik çizgileri daha düşük seviyelerde veya dengesiz ilerler. Hayatı mutlu yaşayan, doygun kalplerin hayattan aldıkları zevk de tıpkı bu ekrandaki gibi düzenli bir grafik çizer. Kalbin içindeki sevgiler ve erdemler, tıpkı zihindeki kelimeler gibi doygunluk derecesinde ise hayat emaremiz doktorları sevindiren düzlemde, yani normal, normal olduğu için de sağlıklı bir akış içinde olur. Ama eğer kalbimizde sevgiler, erdemler, zihnimizde de kelimeler az ise o vakit teklemeler, nefes darlıkları baş gösterecektir. Bir nevi hayatî tehlike hali yani. İnsanı anlamlandıran şey kalpteki hisler ve zihinlerdeki kelimeler olduğuna göre insan severek, erdemlerini çoğaltarak veya çok okuyarak ömrünü fiziken değilse de keyfiyet itibariyle uzatabilir. Kalbinde üç erdemle yaşayan insanın otuz erdemle yaşayana oranla, zihninde beş yüz kelimeyle yaşayanın beş bin kelimeyle yaşayana oranla hayatı anlamlandırma, anlama, lezzet alma, hissetme bakımından daha sığ kalacağı veya tersinden söylersek erdemli olanın, çok okuyanın diğerine nazaran hayatı on kat fazla yaşamış olacağı aşikârdır. İnsan erdemli veya erdemsiz, az kelimeyle veya çok kelimeyle yaşadığında anne karnında atmaya başlayan kalbinin son bud-dubu yine aynı rakama denk gelecektir. Ne var ki grafi ekranındaki çizgiler gibi birinciler daha sığ ve düz mantıkla (dar bakış açısıyla, basitlik ve sıradanlık içinde), ikinciler ise daha zengin, entelektüellik boyutunda zengin (toplum vicdanı olacak derecede yüce, bir o kadar da toplumsal sancı sahibi) olacaktır. Dememiz o ki kalbimizi bir de bu yönden yoklamaya ve hangi grupta yaşamak istediğimizi yeniden düşünmeye ihtiyacımız var. Ekrandaki grafi çizgisi ne kadar düşük seviyede ve az ise hayatın lezzeti bize o kadar uzak, çizgiler ne derece yüksek ve çok ise hayatın anlamı bizim için zengindir. Kalbini doygun tutanlar ile aç bırakanların aynı düzlemde yaşaması imkânsızdır. Bundan daha kötüsü ise kalbini iflas ettirenlerin halidir ki bu, grafi cihazındaki tek düz çizgidir; ölüm çizgisi...

Hâmiş: Acaba bizim kalp grafimizdeki çizgiler çoktan düz ilerlemeye başladı da biz mi farkında değiliz? Yoksa şair "Siz hayat süren leşler, sizi kim diriltecek?" derken haklı mıydı? Kalbimiz bud-dub yapıyor, tamam da; gerçekten yaşıyor mu?

HARİTACININ KALBİ

VAKTİYLE bir haritacı varmış. Günlerden birinde yaşadığı dünyanın haritasındaki bütün tanımları, bütün çizimleri, bütün görünümleri gönlündeki sevgi ve aşk ekseninde düzenlemeye başlamış. Artık haritasını çizerken onun doğduğu şehir, onun evine giden yol, onun gezindiği çimenlik, onun altında oturduğu ağaç, onun su içtiği ırmak, onun... diye diye tanımlamış bütün mekânları ve yönleri. Devrinin gönül erleri "hakiki âşık" olarak haritacının adını defterin en başına gönüllerine yazmışlar, uğraş alanlarında hep onun gibi olmaya çalışmışlar. Gönülden bir ahdin sahibi olanların ömür haritasının başka türlü çizilmesine imkân ve ihtimal yoktur zaten. Hakiki aşk (hakikatli aşk), gönülde anlam bulmuş bir ahdin izini sürmekten başka bir şey değildir ve ömür haritasında bütün işaretler aşk ahdi üzerine olmadıkça kişi yaşadığını hissedemez. Böyle birisi belki ömür sürer, ama yaşayamadan ömrünü tamamlamış olur. Çünkü yaşamak, ancak gönülle mümkündür.

Hâmiş: Gönül haritalarınızı kontrol ediniz; oradan çıkan yollar nereye gidiyor?!.

Huzurlu Kalp

XVI. YÜZYILDA Bağdatlı Rûhî çığlık çığlığa haykırmış:

Sanma ey hâce ki senden zer ü sîm isterler
'Yevme lâ-yenfau'da kalb-i selîm isterler

Şöyle demeye gelir: "Ey efendi! (Evlâtların ve malların) fayda vermediği günde senden altın ve gümüş mü isteyecekler sanırsın? (Hayır, o gün geldiğinde) İstenecek şey bir kalb-i selimdir."

Kalb-i selim, yani insanın temiz vicdanı; berrak, temiz, bozulmamış saf numune; nazargâh-ı ilahî, Hakk'ın aynası, tecelli evidir. Hastalıklı kalbe karşın huzurlu bir kalp... Kinden, kibirden, hasetten, nefretten, riyadan, kötülükten arınmış gönül. Dil ile ikrarın tasdiki, kelimelerin ispatı.

Selim bir kalp, kişinin hidayete erdiği yerdir. Mümin için doğru bilgiyi yanlış olandan ayırt etme yeridir. Kötülüklere karşı mücadelenin verildiği direnç noktasıdır.

Bir kalbin selim olması, selâmete ermesi için insanın öncelikle şeytan, nefis ve şehvetle mücadelesi gerekir. Çünkü kişi kalbini selâmetle yüceltmeyi istediğinde şeytan onu vesveseyle şüpheye sürüklemeye çalışır. O kadar ki gece uykuda bile insanın kalbiyle uğraşır. Bunun için aklı kullanır ve kişi ile kalbi arasına akıl yoluyla vesveseler gönderir. Kişi bu vesveselere kapılır da kalbini sakıncalı fikirler, duygular yahut arzularla karartırsa artık ilim, hikmet ve iman nurundan yararlanamaz, hakikati kavrayıp anlayamaz; gözü olduğu halde onunla gerçeği göremez, kulağı olduğu halde onunla hakkı işitemez.

Selim bir kalp, tam huzura ermiş bir kalptir. Kalbin huzurunu kaçıran şeylerin başında otokontrolü terk etmek, çok gülmek, çok konuşmak, merhametsizlik gibi zararsızmış gibi görünen, malayani tavırlar yer alır. Kalbin bunları alışkanlık haline getirmesiyle de bencillik, haset, kibir, cimrilik, hilekârlık, kendini beğenme, başkalarına tepeden bakma, sûizanda bulunma, kin besleme, insanların başına gelen musibetten zevk alma, dostlara darılıp onları yüzüstü bırakma, sözünde durmama, dünyaya karşı gözü doymama gibi hastalıklar sökün edip gelir. Oysa selim kalp, hastalıksız kalptir, dingin ve mesut kalptir, temiz ve berrak kalptir. Bu da polisiye tedbirlerle değil ancak vicdanla, Allah korkusuyla mümkün olabilir. Nitekim Resûlullah Efendimiz "Allah'tan korkan, tertemiz kalptir. Bu kalpte günaha, zulme, kine, hasede yer yoktur" (İbn Mâce, "Zühd", nr. 24) buyurur.

Kalb-i selim insana hem bu dünya huzuru hem de öte dünya saadeti için lâzımdır. Çünkü şairin dediği gibi o gün ne evlâdın çokluğuna bakılır ne de malın mülkün! O gün ancak kalplere ve amellere bakılır. "*O gün, ne mal fayda verir ne de evlât. Ancak Allah'a kalb-i selim ile gelenler o günde fayda bulur*" (Kur'ân-ı Kerim, Şuarâ, 88-89).

Kalb-i selimin ilk mükemmel örneği Hz. İbrahim'de kendini göstermiştir. "*Rabb'ine selim kalb ile geldi*" (Kur'ân-ı Kerim, Sâffât, 84). Hz. İbrahim Rabb'e giderken kendisini O'ndan uzaklaştıracak her türlü afetten, ilahî hakikate aykırı her türlü şüpheden, emre muhalif her türlü arzudan, dünyevî her türlü istekten sıyrılmış olarak gitmiş ve maddî yahut manevî her şeyiyle O'na teslim olmuştu.

Huzurlu bir kalbe sahip olanlar Hâbil tabiatında yaşar ve hasta kalpli Kâbil'e benzemezler. Ondan iyilikler yayılır ama kötülük çıkmaz. Yusuf misali iffetiyle Mısır'a sultan, istikametiyle adalete fermandır. Sabrıyla selâmete kavuşur, zikrinde meleklerle buluşur. Gözü kör olsa da basireti pek, malca zelil olsa da mânası yüksektir. Yumuşak huyu edebinden yeğ, güvenirliği emniyetinden artıktır. Ezcümle selim kalp bir hazinedir, kolay bulunmaz; hasta kalp bir zindandır, iflahı olmaz. Unutulmasın ki kalbi zindana çeviren bir zehir ise hazineyle dolduran da bir cevher olacaktır... Millî şairimizin ifadesiyle;

İmandır o cevher ki İlahî ne büyüktür
İmansız olan paslı yürek sinede yüktür.

Kalb-i selim sahiplerine selâm ediniz, huzurları daim olsun...

SİHİRBAZ GÖNÜL

DÜNYALAR güzeli Yusuf'a sordular:

"Ey Zeliha'nın gönlünü alıp onu perişan hale koyan. O senin yüzünden acze düştü de derdine derman olmadın; hasta bıraktın onu. Gönlünü kaptın ve geri vermedin. Geri versen ne olur; sen buna kâdir değil misin?"

"Ben onun gönlünü çelmedim. Ne onun bana gönül verdiğinden haberdarım ne böyle bir kastım oldu. Onun gönlüyle bir işim yoktur benim."

Bu sefer de Zeliha'ya sordular:

"Yusuf senin gönlünü nasıl çalmıştı? Dosdoğru söyle bize; gönlün sendeyse ve Yusuf'tan gönül istiyorsan bu, naz yapıyorsun demektir."

Zeliha yeminle anlattı:

"Bedenimdeki her kıldan habersizim. Kalbim neden ve nasıl Yusuf'a tutuldu, ona tutulunca nereye gitti, bilmiyorum."

Herkes ikilemde kaldı:

"Gönül Yusuf'ta değil ama Zeliha'da da değil. Ne biri gönül almış ne diğeri bir gönle sahip!.. Peki, ama nasıl kayboldu bu gönül, nereye gitti? Bu bir sihir değilse nedir?"

GÖNÜL

Gönül dağı yağmur yağmur boran olunca
Akar can özümden sel gizli gizli

Neşet Ertaş

BİR GÜZELLİĞİ seyrederken içinizde hayranlık bırakan şey nedir? Bir müzik dinlerken hüzünleniyorsanız o duyguyu size gönderen şey, bir ses dalgasının kulakçığınıza çarpan etkisinden mi ibarettir? Güzelliği algılamak için gözün gördüğü geometrik şekillerin dışında bir algı biçimine sahipsek bu nasıl olmaktadır? Acaba iç benimizde sanatı, zevki, hayranlığı, kederi, hüznü, üzüntüyü hangi organımız tanımlayıp bize yaşatmaktadır? Cevabı kesin bulunamayan bu tür sorular çoğaltılabilir elbette. Çünkü insanın içinde bütün bunları takip eden, bir müziğin etkisiyle ağlayan, bir güzelliğin gelmesiyle sevinen, bir cümlenin etkisiyle mest olan, duyan, gören, hisseden bir şey vardır. O şey, gözün gördüğünün ötesinde bir görüş, kulağın duyduğunun ardında bir duyuşla varlığını hissettirmektedir. Herkesin okuduğu bir şiirin bizim için anlamını değiştiren veya aynı şiirin gün batarken okunduğunda ayrı, üzgün bir günümüzde okunduğunda ayrı, sevinçli bir anımızda okunduğunda ayrı anlamlarını bize tercüme eden bu şey içimizdedir ama bünyemizde onun yerini bulmakta, hareketlerini teşhis etmekte zorlanıyoruz. Orada olduğunu biliyoruz, etkilerini hissediyoruz ama ne olduğunu tanımlayamıyoruz. Bir öz ben, bir hikmet, bir sezgi, bir basiret, bir idrak... Belki bizim görmediğimiz bir göz veya kulak... Kalbimizin içinde bir yerlerde kendini gizlemiş... Bildiğimiz kulağımızdan gözümüzden ötede bir şey.

Gönül hakkında işittiğimiz her şey anlam yüklü bir ibare ve kavramdan ibarettir. Tıpkı gönlün kendisi gibi. Üstelik ona atfedilen veya yüklenen her kavram tersiyle ve aksiyle de ondadır. İnsan "hati" veya "ip" dediğinde, "dil" veya "fuâd" dediğinde, "hâtır" veya "yürek" dediğinde, "heart" veya "coeur" dediğinde, "corazan" veya "cuore" dediğinde, "Xinzang" veya "kokoro" dediğinde, hatta "jantung" veya "hart" dediğinde bile ekseriyetle gönülden bahsediyor demektir. Yürek dediğimiz et parçasının veya kas yığını kozalağın içinde şekillenen algılama ve kavrama yeteneği gibi bir şeydir bu. Hani Bizim Yunus'un "Bir ben vardır bende benden içeru" dediği şey, öz benimiz.

İlginçtir, gönlün ne olduğunu sosyologlardan, hâzık hekimlerden, davranış bilimcilerden, filozoflardan ziyade şairler merak etmiş, en çok da onlar tanım getirmiştir. Gönül şiir diliyle konuştuğundan mıdır, yoksa şiirin konusu olduğundan mı bilinmez ama gönül ile şiir, süt ile şeker kadar birbirine yaraşır. Nitekim klasik zamanların edebiyat âleminde ve şairler arasında yukarıda zikrettiğimiz bütün kelimelerin kavramsal karşılığı olarak "gönül" kelimesinin kullanılması bu yüzdendir. Divan şairleri onu öylesine önemserler ki bazen onu kendileriyle yarışan ikinci bir âşık hüviyetinde bile ele alıp rekabete girişirler yahut ahbaplık ederler. Mesela bütün Osmanlı asırlarının en gür sesli şairi;

Etse Nef'i n'ola ger gönlüyle dâim bezm-i hâs
*Hem kadeh hem bâde hem bir şûh sâkîdir gönül**

buyurmaktadır. Merak etmeyiniz, "Gönüldendir şikâyet kimseden feryadımız yoktur" (Nev'î) diyen adamın gönlüyle ozanın "Gönül dağı yağmur yağmur boran olunca" dediği gönül arasında bir fark da yoktur. Bu yüzden kimisi "Neler çeker bu gönül söylesem şikâyet olur" (Şeyhülislâm Yahya) demiş, kimisi "Onu hoş tut garibindir efendim işte biz gittik/ Gönül derler ser-i kûyunda bir dîvânemiz kaldı"** (Hayâlî Bey) buyurmuş. Siz, ölürken gönlünü sevgilinin eşiğinde bırakıp giden şu adamın zarafetine bakın hele!..

Şiir ile gönül arasındaki yakınlık sıkı dostluğa evrilince bazı şairlerin gönüllerini sevgilinin hüküm sürdüğü veya sultan olduğu bir ülkeye, bir vilayete, bir memlekete benzetmelerine de şaşılmaz. O kadar ki sevda askerleri orayı istila etmiştir ve âşık (şair), aşkın keder ve gamlarından bir ordu kurup o ülkeyi savunmaktadır. Dahası o siyahî (sevda "karalık" demektir) gam askerleri sık sık bu ülkeyi yağmalamakta, şairin aşk mülküne dirlik vermemektedir. Bu yüzdendir ki âşığın gönlü daima yaralı, hasta, dirliksiz, cefa içinde ve yaslıdır. Aşk derdinin tabibi olan sevgili gönül evini teşrif etmeden de bu olumsuzluklar sona ermez. Üstelik hasta ziyareti âdettendir, umulur. Yoksa âşığın gönlü sevgilinin zindana benzeyen çene çukuruna düşer ve Yusuf gibi zindanlarda kalır.

---

* Nef'î, gönlüyle her daim oturup özel bezmler eylese, halvet olsa şaşılmaz; çünkü gönül (o bezmin) hem kadeh hem bade hem de şuh bir sâkîsidir.

** Sultanım efendim, aşkının derdiyle biz öldük gidiyoruz; lâkin (eğer lütfedersen senden son bir ricamız vardır) adına gönül dedikleri bir delimiz vardı, (bizimle gelmeyip) senin mahallende kaldı, artık onu hoş tut, garibindir...

Eski şairlerin gönle yakıştırdıkları benzetmelerden biri de onu bir çocuk yerine koymaktır. Aşk ve güzellik bir mektep, yüz mushaf, zülüf dal veya lâm, ağız mim, boy elif, gönül de bunları okumaya çalışan, okuma öğrenen bir çocuktur. Üstelik çocuk gibi sonunda tehlike olduğunu bilmeden olur olmaz her şeye heveslenir.

Sûfîlere göre gönül kalbin içindeki özgeden özge bir tecelli mekânıdır ve onu aşkla doldurmadan yaşamak ömrün boşa geçirilmesi demektir. Gönül ancak aşk feyzi ve bereketiyle gerçek servet ve kudrete, hakiki huzur ve mutluluğa kavuşur. Gönlü tanımak için aşk deryasına girmek, vahdet âlemine ulaşmak amaçtır. Âşık, gönlü tanıyınca onun uçsuz bucaksız bir derya olduğunu keşfetmeye başlar ve orada kulaç atmanın heyecanıyla bütün ömrünü doldurur. Bu deryada ne kadar mesafe kat edilirse gönlün hakikatine o derece yaklaşılmış olur. Yaklaşma ise gönlün salt vahdetten ibaret olduğunu keşfetmeye yarar. Sûfî bunu keşfedince geriye kalan dalgalar ve dalgalanmaların tamamının kesrete, fâni olana, dünyaya ve mahlûkata ait olduğunun bilincine erer.

Mutasavvıfların takip ettikleri yollardan biri de bedeni bir sadef, gönlü de inci kabul ederek ilerlemeyi önerir. Bunun için öncelikle sadefin içindeki incinin keşfedilmesi, hissedilmesi, değerinin ölçülmesi gerekir. Ta ki incinin, ilahî feyizler tarafından parlatıldığının farkına varılsın. Ancak o zaman bu inci paha biçilmez bir servete, bir Tûr Dağı'na dönüşür. Ta ki Allah, Musa'ya orada tecelli etsin, insan Yaratıcı'yla orada buluşsun. Her gönülde her an ilahî tecelliler zuhur eder ama âşık olmayan gönüller kesretten geçip vahdet sırrına eremez, halktan uzaklaşıp Hakk'a ulaşmanın kapısını açamaz.

Rintlere veya rint yaratılışlılara göre gönül bir meyhanedir ki orada yalnızca aşk şarabıyla ser-hoş olunur. Sûfî her ne kadar buradaki meyhaneciyi mürşid, sâkîyi insân-ı kâmil, şarabı ilahî aşk ile yorumlasa da bir rinde göre gönül nazargâh-ı ilahîdir, Beytullah'tır, mukaddestir. Yerlere, göklere sığmayan Allah mümin kulunun gönlüne sığmıştır. Gönlünde Allah'ı taşıyan bir mümin artık "gönül ehli" olmuştur. Gönül ehli olanlar, uzak mesafelerden birbirinin haline âşinâlık kazanır, manevî bir iletişim kurabilirler.

*

Buraya kadar anlattıklarımız gönül hakkında anlatamadıklarımıza kıyasla deryada damla gibidir. Çünkü bir gönül başlı başına bir medeniyetin adıdır ve o medeniyet, yüzyıllar içerisinde gönülden kaynaklanan tecellilerin, zarafet ve tebessümlerin birikmesiyle inşa olunmuştur. Doğu medeniyetini tek başına bir kelimeyle ifade etmeye kalksak, "gönül" deyip susmamız gerekir. Öyle ki Batı dillerinin pek çoğunda gönül diye bir kelime dahi yoktur.

*

Peki, bütün bu soyut birikimi insan bedeninde karşılayan kalp, nasıl oluyor da gönle dönüşüyor?

Gözü düşününüz; iris, gözakı, gözyaşı, saydam tabaka vs. kısımlardan oluşur. Bütün bunların hepsi görme eylemi için midir? Hayır. Gözün gören bölümü ancak bir mercimek kadardır. İşte kalbe göre gönül de böyledir, kas yığınından süveydaya dek katmanlar arasında bir lübbüllüb (özün özü)... Sonuçta kalbin görme işini de gönül yapar. Ama kimsenin içinden çıkamadığı soru şudur:

Bir gönlü süveydada mı aramalı, yoksa kalbin merkezindeki kan damlasında mı?

Belki ikisinde birden!.. Çünkü insan bedeninin her noktasına kan göndererek canlılık veren kalbimiz, aynı noktalarda manyetik bir etki oluşturarak mânasındaki sırrı dışa vurmaktadır. Bildiğimiz ama bir türlü yorumunu yapamadığımız bu sırlar bizim gerçek benimizdir ve onu ancak gönül ile tanımlayabilmekteyiz. Nörobiyolojik olarak kalbin küçük bir beyni olduğu ispatlanmış durumdadır. Buna ister kalp gözü, ister süveyda, ister fuâd, ister basiret, ister sır, hatta isterse sırrü's-serâir (sırların sırrı) denilsin, hepsi tamamen gönül tanımıyla alâkalıdır. Beyne göre bilgi nöronları çok azdır ama duygusal nöronlarıyla pekâlâ her şeyi bilmektedir. Bu durumda tekrar aynı soruya geliyoruz; gönül nedir?

Tekrar itiraf edelim ki gönül şudur diye bir tarif veya takdim müşküldür. Lâkin biliriz ki gönül, bilinmesi ve sezilmesi mümkün olmayan büyük gerçekleri kesin bir şekilde bilme kapasitesine sahiptir ve biz onun içine kâinatı sığdırabiliriz; aşk... Resûlullah Efendimiz bir hadisinde, "Dikkat edin, bedende bir et parçası vardır ki iyi olduğu zaman bütün beden iyi olur, bozulduğu zaman bütün beden bozulur. İşte o kalptir" buyurur. Bu hadisin konteksi düşünüldüğünde hem fizyolojik hem de manevî anlamda bir kalpten söz edildiği anlaşılır. İşte kalbin o manevî kısmına gönül demişler.

Bir et parçası olan kalp ile manevî kalbimiz sayılan gönül arasında sıkı bir ilişki mevcuttur. Eğer kalp nefsin arzularının istilasına uğrarsa kalbin içindeki gönül kendini kapatıp uykuya dalar, böylece bütün güzelliklerden, erdemlerden, ilahî varidattan ve kutsi tecellilerden mahrum kalır. Kalpte bu uyku halini ortaya çıkaran şey merkezde bulunan bir kan pıhtısı veya kalp zarıdır. Eskilerin bu kan pıhtısı için süveyda tanımını kullanmaları boşuna değildir. Koyu renkteki (süveyda kelimesi bu koyuluğu ifade eder) kan pıhtısı bütün tecellilerin merkezi ve her şeyin başladığı noktadır. Tıpkı kalemin yazmaya başlamadan önce yazı sathında oluşturduğu harften veya çizgiden önceki nokta gibi. Bu nokta gitgide yazıya dönüştükçe, yani gönüldeki uyanış arttıkça ilahî tecelliler çoğalır. Bunun tersi olur da görme gücü azalırsa kalp ilahî hakikatlerden mahrum kalacaktır. Etki-tepki...

Görüldüğü gibi gönül kalbin en son mertebesi, belki kalpten maksat olan şeydir. Bu maksada erişenler ve gönül ehli olanlar Allah'ın sevdiği has kullar arasına girer. Bunlar için Kur'an'da "ulü'l-elbab" (gerçek akıl sahipleri) tanımlaması yapılmaktadır.

Kalbi insaniyet ağacının yetişip büyüyeceği bir toprak kabul edersek, gönlü de o ilahî ağacın hârikulâde meyvesi saymak mümkündür. Kişi o eşsiz ve ilahî ağacı kalp tarlasına uygun şekilde dikip bakımını titizlikle yaparsa elde edilen meyve hiçbir zenginlikle ölçülemeyecek derecede leziz, özlü ve kuşatıcı olur. İnsanın bedenine, iskeletine, damarlarına, kaslarına, velhasıl hücrelerinin en edna parçasına kadar sirayet ederek büyüyen bu meyve sonsuzluğun ilhamını taşır. İnsan o ilham ile Allah'a giden yolları aşkla yürür.

Gönül kalbin ilahî kıblesi gibidir. Kalp bu kıbleye yöneldiğinde uzviyet ve maddeden azadeleşir, belki maddeyi ruh potasında aşk ateşiyle yakıp tüketerek sonsuza ulaşma kabiliyetine erer. Bu bakımdan ruhun gelişip yükselmesi de alçalıp kendini tüketmesi de hep gönülle alâkalıdır. Yaratılmışların en şereflisiyle, aşağılıkların en aşağısı arasında insanı konumlandıran şey ancak bir gönülden ibarettir. Erdemler ve erdemsizlikler...

Eski toplumlar (Sümer, Babil, Eti, Mısır, İnka vb.) kalbin ölümlü, gönlün ölümsüz olduğunu düşünürler. Firavunların hüküm sürdüğü zamanlarda bir kişi öldüğünde onu sonsuza dek canlı tutacak olan gönlün varlığını sürdürmesi için –ölüm sonrası cesetten ayırtılıp kavanozlara konan birçok organın aksine– ölünün kalbini, sırf gönlün yaşaması için kişinin cesediyle birlikte mumyalarlarmış. İnançlarına göre ölümden hemen sonra kalp "Hakikatin İki Yüzü" denilen salona alınır ve orada mabude "Maat"ın sembolü olan bir terazide "Hakikat Tüyü" ile tartılırmış. Eğer "Hakikat Tüyü"nden daha ağır gelirse, yani kalp içindeki ağırlıklardan ve yüklerden kurtulup salt gönle dönüşmemişse, kişinin cennete girmeye hak kazanamadığına inanılır ve arkasından ağlamalar başlatılırmış.

İnsanın tüy kadar hafif bir gönülle yaşaması gerektiğini yalnızca Mısırlılar söylemiyor. Ozanımızın "Mevlâm kanat vermiş, uçamıyorsun" dediği de aşağı yukarı budur. Yani kalbi hafifletip mekânların ve zamanların ötesini tanımadan zavallı biri olarak dünyadan geçip gitmek insanlığımızı israf etmek sayılabilir. Hz. Ali'nin muhatabına "Sen küçük bir cisimsin, lâkin sende büyük bir âlem dürülmüştür!" sözündeki hikmet insandaki gönül hakikatini bize ispat etmekte, belki gönlün bir mucize oluşunu temellendirmektedir.

Ne demiş başka bir şair;

Hataî hal çağında
Hak gönül alçağında
Kâbe yapmaktan yeğdir
Bir gönül al çağında

Hâmiş: Kalp nasıl ki günde yüz bin kez kanı pompalayarak bütün hücrelerimize hayat veriyorsa, gönül denilen ekran da bize günde yüz bin kez görüntüler sunuyor. Ekranımız temiz değilse orada bir şey göremeyeceğimiz âşikârdır. Akılda tutulması gereken şey ise gönlümüzün ilahî bir ekran olduğu ve görüntü alabilmek için ancak sevgi ve erdemler kanalına ayarlanması gerektiğidir.

KALBİN MÜCADELESİ

BİR MÜRŞİD, dervişe sormuş:

"Şeytan sana hataları güzel gösterdiğinde ona ne yaparsın?"

"Onunla mücadele ederim."

"Tekrar yaparsa?"

"Tekrar mücadele ederim."

"Peki, yine yaparsa?"

"Yine mücadele ederim."

"Pekâlâ, şimdi söyle bakalım, bir koyun sürüsünün yanından geçerken sürünün köpeği havlar da senin geçmeni engellerse ne yaparsın?"

"Köpeğe mağlup olmaktansa onu alt etmeye çalışırım."

"Bu senin için zor ve uzun iş evlât. Bence sen sürünün sahibinden yardım iste de köpeği senden engellesin!"

İyi Kalp, Kötü Kalp

Dile sâbûn-ı tesellî sürerek ehl-i nifak
Dâmen-i dilde meger çirk-i nedâmet mi kalur

Nâbî

Bozgunculuk çıkaranlar kalplerini teselli
sabunu ile yıkayıp paklasalar acaba gönlün
eteğinde hiç pişmanlık kiri mi kalır?!.

KALBİN iyi ve kötü amelleri vardır. Çünkü insan, kalbine bazen erdemleri, bazen isyanları yükler. Söz konusu ameller insanlık hallerinin hepsini kuşatır ve kişi bir noktadan sonra yalnızca kalpten ibaret olduğunun bilincine erer. Sinir sistemine tesir eden heyecan, utanma, korku gibi biyolojik durumlardan tutun da sevgi ve merhamet gibi ulvi duygulara varasıya kadar insanı kuşatan soyut duyguların tamamı kalbin içinde şekillenir, hayat bulur ve bedeni etkiler. Eskiler bu tür hallerin neler olduğuna dair listeler oluşturup risaleler yazmış, bilgelik lugatçeleri çıkarmışlar ve "Kitâbü'l-Hakâyık" başlığıyla kitaplar telif etmişlerdir. Öte yandan aynı tarzda âriflerin lugatçesi adıyla listeler hazırlayıp her bir başlığı izah edenler de vardır. Söz gelimi ârifler için sahiplenilmesi gereken kavramlar şöyle sıralanır: "Akıl, iman, marifet, ilim, hikmet, yakîn, tevfik, ismet, korku, umut, doğruluk, ihlas, sabır, şükür, tâzim, muhabbet, iştiyak, ürperme, uyanış, tövbe, istidad, emanet, takva, utanma, tevâzu, nasihat, huşû, kanaat, tevekkül, rıza, ahde vefa, sadır genişliği, feraset, güzel ahlâk, adalet, rahmet, irade, istikamet, sükût, fikret, ihtimam, ihtimal, itaat, muhasebe, riyazet, cömertlik, zikir, teslim, hidayet, hüsnüzan, dua, farz, sünnet, vicdan..." (Ebû Said Harraz, *Kalplerin Makamları*, s. 117).

Kalbe ait veya kalpte olup biten, tecelli bulan bu kavramları dinî skaladan çıkarıp beşerî veya toplumsal kavramlarla yeniden oluşturmak, ilâveler, eksiltmeler yapmak mümkündür. Bize göre bunlar sevgi ve dereceleri, aşkın halleri, günah, küfür, tövbe, sevap, nefret, korku ve umut, adalet ve zulüm, ıstırap ve hüzün, sır, kin, kibir, ihtiras, dua, korku, gayret, güven, önyargı, hoşgörü, empati, sûizan, kuşku, dürüstlük, sadakat, haset, gurur, riya, evham, vesvese, şüphe, vefa, merhamet, hayâ, kararsızlık, fitne, şükür, sabır, kanaat, sadakat, ihanet, uzun emel vs. olarak uzayıp gider. Bilmem farkında mısınız, bizi biz yapan bütün bu eylem ve hallerin hepsi kalpte tecelli ediyor. Kalbin önemi! Bütün bu kavramlar karşısında kalbin olumlu duruşu insanı olumlu, olumsuz duruşu da insanı olumsuz kılar. Açık bir gerçek vardır ki kalbin olumsuz amellerinden bazıları (ululanmak, gurur, yükselme hırsı, sahip olma şehveti vb.) insanı masum yerinden yakalayıp felâkete sürükler, diğer bazılarıysa (aldatmak, hile, haset vb.) şeytanın içimize ektiği tohumlarla yeşerir. Bir kısmı (gazap, zulüm, hırs vb.) bizi vahşileştirir, bir kısmı (pintilik, korkaklık, fuhuş vb.) hayvanlaştırır. Büyükleri (küfür, şirk vb.) ve küçükleri (önyargı, kararsızlık vb.) vardır. Kişiye düşen kalbindeki olumsuz eylemleri azaltıp olumlu eylemleri (şükür, sevgi, empati, adalet, vefa, tevazu vb.) çoğaltmaktır.

*

Malikânelerin girişlerinde genellikle rüzgâr estikçe sallanıp ses çıkartan çıngıraklar vardır. Şimdilerde metal, ağaç, alçı vb. malzemeden üretilip evlerimizin verandaladına, balkonlarımıza kadar gelip güzel sesler çıkartan bu çıngıraklara "rüzgâr çanı" denilmiş. Kalplerimiz de, asılı durdukları rüzgârın esişine göre yerli yersiz salınıp kendilerine kulak vermemiz, ahenkli ahenksiz seslerini dinlememiz için sallanıp duran bu çanlara benzer. Şehvet rüzgârı estiğinde veya takva rüzgârı estiğinde sesler çıkararak ruhumuzu çağırırlar. Bazen övünmek veya böbürlenmek için kibir rüzgârı, bazen eleştirmek ve paylamak için insaf rüzgârı çanımızı sallar. O ses ile mest olmak veya duymamak için kulağımızı tıkamak bizim o andaki ruh halimize ve kulluğumuza bağlıdır. Bu sese uyarak yol mu bulacağız, yoksa yolumuzu mu kaybedeceğiz? Çölde yolunu kaybetmiş kişi mi kayıptır, yoksa içindeki kötü ses ile doğruluktan sapmış kişi mi? Üstelik biz çanımızı bir çölde değil, malikânemizde dinleyip durmadayız ve çanın sesi bizi "Yas-sah! Ol-maz! Sakın!" gibi kelimelerle ikaz edip duruyor. Önemli olan ondaki hangi sesin hangi hevâdan çıktığını bilmektir. Öyle güzellikler vardır ki sonunda yolumuzu kaybettirir ve yolunu kaybeden kalplerde korkular, soğukluklar, yalnızlıklar, hastalıklar, karanlıklar çoğalır. Her sese uymakla basiretini kaybeden bir kalp sahibini hakir hallere düşürüp değerini azaltır; hırsların, kinlerin tutsağı olmasına aldırmaz. Dahası, kişinin toplumsal itibarını zedeler, şerefli ismini yitirtip kötü isimle andırtır, aklın azalmasına ve bereketin ortadan kalkmasına ve daha pek çok felâkete yol açar.

Aman dikkat!..

KALP CİLÂLAYANLAR

Kederdür cilvesin göstermeyen ebkâr-ı efkârun
Cilâ vir kalbüme seyreyle sen mirât-ı idrâki

Gelibolulu Âlî

Orijinal fikirlerin kaybolup gitmesi üzüntü sebebidir.
Kalbime bir cilâ vur da bak sen idrak aynasında ne
gün görmedik fikirler tecelli edecektir.

"ÇİNLİ ressamlar ile Anadolulu ressamlar arasına iddia girdi. Çinliler, 'Biz daha mahir ressamlarız' dediler. 'Hayır, biz daha üstünüz!' diye karşılık verdi Anadolulu ressamlar. Çinli ve Anadolulu ressamlar yarışmak için hazırlandılar. Anadolulu ressamlar resim sanatında daha ileriydiler. Çinli ressamlar, 'Bize özel bir oda verin, bir oda da sizin olsun' dediler. Kapıları karşı karşıya iki oda mevcuttu. Birini Çinliler, diğerini de Anadolulu ressamlar aldı. Çinliler yüz çeşit boya istediler, hükümdarın emriyle onlara her sabah boya verilmekteydi. Anadolulu ressamlar ise boya istemediler, kapıyı kapayıp duvarı cilâlamaya başladılar, saf ve berrak hale getirdiler. Baş ressam, 'Duvarı cilâlayın, durmayın duvarı cilâlayın!' diyordu ustalara. 'İki yüz renge boyanmaktansa renksizlik daha iyidir' diyor ve duvarı cilâlatıyordu.

Çinli ressamlar sonunda çok güzel bir resim yaptılar. Eserlerinden dolayı sevinmekteydiler. Hükümdar kapıdan girip yaptıkları resmi gördü, olağanüstü güzellikteydi. Ardından Anadolulu ressamların odasına girdi. Büyük bir şaşkınlık!.. Öfkelendi ve tam hepsinin cezalandırılmasını isteyecekti ki Anadolulu ressamlardan birisi karşı odayı görmeye engel olan perdeyi aradan kaldırıverdi. Aman Allah'ım! Cilâlı duvarlar birdenbire rengârenk resimlerle doldu, oda aydınlandı. Çinli ressamların yaptıkları resimler bu odanın cilâlı duvarında olduğundan daha mükemmel görünüyordu artık. O sırada baş ressam hâlâ 'Duvarı cilâlayın, durmayın duvarı cilâlayın!' diyordu çıraklarına."

Sûfîler Anadolulu ressamlardır. Bunların ezberlenecek kitapları yoktur, fakat gönül aynalarını cilâlamışlar, hırstan, cimrilikten ve kinden arındırmışlardır. Böylece kalplerine hadsiz hesapsız görüntüler akseder. Aynaları cilâlamak lâzımdır ki hakikatler oraya yansısın ve hakikatler ile aradaki perdeyi kaldırmak gerekir" (Mevlânâ, *Mesnevî*, c. I-277 vd.).

Aaaahhh!.. Lekesiz ve cilâlı aynalar!..

KALP AYNASI

Biz ki tab-ı pâk ü kalb-i pür-safâya mâlikiüz
Gûyiyâ Âyîne-i âlem-nümâya mâlikiüz

Bâkî

Biz, hem temiz yaratılışa hem esenlik dolu bir kalbe sahibiz. Bu halimizle sanki dünyanın her yanını gösteren tılsımlı aynanın sahibiyiz.

J.W MORRİS, Muhyiddin Arabî'nin *el-Fütûhâtü'l-Mekkiyye*'sinde geçen kavramlar üzerinde yaptığı derin araştırmaya "Kalp Aynası" (İnsan Yayınları, 2015) adını vermiş. Çalışmasında manevî aklın peşine düşen yazar, *el-Fütûhâtü'l-Mekkiyye*'nin her bölümünde farklı bir meseleyi anladığı, farklı bir dünyayı gördüğü için veya her sayfasında ayrı bir meseleye ayna tutup aydınlatabilmeyi denediği için kitabına böyle bir ismi seçmiş olmalıdır. Bilindiği gibi ayna dünyanın her yerinde kalp için bir istiaredir, lâkin Doğu geleneğinde kalp ile ayna birbiriyle neredeyse içli dışlıdır. Benzetmeler, telmihler, mecazlar ve metaforlar... Kırılma, paslanma, tozlanma ve hediye edilme gibi özellikler... Doğu medeniyeti, belâgat ve söz sanatlarından başlayarak ilmihal kitaplarına kadar pek çok kavram ve izah için ayna-kalp ilişkisini kullanmıştır.

Eskiden ayna nadir bulunan önemli bir lüks malzemesiydi ve kıymetli eşyaların başında geliyordu. Söz gelimi sevgiliye ayna hediye etmek âdet edinilmişti. Bir âşık için de sevgiliye lâyık bir armağan olarak gönül aynasının sunulması buradan kinayeydi. Kalbin pas, kir, leke kabul etmemesi, bir aynanın lekelendiği, buğulandığı veya (gümüş aynalar için) paslandığı zaman iyi görüntü vermemesi gibi kalbin de berrak tutulması, hatta (sevgiyle, dostlukla, gülümsemeyle, adını anmakla, zikirle) cilâlanması önemliydi. Keza aynanın çabuk kırılması da kalbin kırılmasıyla alâkalıydı. Üstelik kalp sırça, billur, kristal, şişe, kâse, sâgar (kadeh) gibi kırılgan objelerden daha nazik ve daha hassastır.

Sûfîlerin bazıları Allah'ın insanı kendi sûretinde yarattığını (Kendi hüsnün hûblar şeklinde peydâ eyledin/ Çeşm-i âşıktan dönüp sonra temâşâ eyledin)* ve insanın o yaratılış karşısında bir ayna hükmünde olduğunu (Yâr kendin görmeğe âyîne îcâd eylemiş/ Sûret-i îcâd-ı âlemden bu manâdır garaz)** anlatırlar. Ayna ile insan münasebeti, insanda gönül diye bir aynanın bulunmasına dayanır. İnsana bakan elbette Allah'ın tecellilerini, kudretini ve varlığını görebilir. Aziz Mahmud Hüdâyî yalnızca insanı değil evrenin tamamını da bir aynaya benzetir ve onun da özünün bir gönülden ibaret olduğunu ima eder: "Bir ayinedir âlem her şey hakk ile kaim/ Mir'at-ı Muhammed'den Allah görünür daim."***

---

* Ey yüce Allah! Kendi güzelliğini ve cemâlini yeryüzündeki güzeller şeklinde yarattın, şimdi de âşığın gözünden yine kendi güzelliğini seyretmektesin.

** Sevgili kendisini seyretmek için aynayı yaratmış... Şu âlemin yaratılışından maksat olsa olsa işte bu seyirdir.

*** Her şeyin Hak ile yerli yerinde olduğu şu varlık âlemi bir aynadan ibarettir; Hz. Muhammed'in aynası... Her kim o aynaya bakarsa, Allah'ın kudretini görecektir.

İnsan kendinin kusursuz yansımasını görebilmek için tıpkı bir aynaya bakar gibi kalbine dönüp bakmalı, hep dışarılarda olan gözlerini içine çevirmelidir. Kalben yücelmenin, yükselmenin yolu budur. İncil de Hinduların Upanişad'ı da temiz insan kalbi için "Tanrı'nın kendisini görebildiği bir ayna" tanımını yapar. Kalbin içindeki tüm ihtiraslar, hırslar, dünyalık arzular, kinler, düşmanlıklar silinip temizlendiğinde ölümlü olan yürek ölümsüz bir kalbe dönüşür ve erdemli tecelliler, yüce gelişmeler başlar. İnsanın tefekkürü veya içini dinlemesi esnasında kalp ayna gibi parlar ve oraya güzellikler yansır. Yeryüzündeki bütün ulvi öğretiler, bütün semavî dinler, bütün mistik yollar ve tarikatların ortak bir amacı vardır: Saf (berrak ve temiz) bir kalbe ulaşmak. Gazzâlî, hayatın amacını, "kalbi Allah'ın nurunu yansıtan temiz bir ayna haline gelesiye kadar temizlemek" olarak tanımlamıştır.

Kalp aynası çeşitli hatalar, günahlar ve kötülüklerimiz yüzünden kirlenir, islenir, puslanır. Bunlar kalbi görüntüsüz bırakmak, orada berrak yansımaların önüne geçmek sayılır. Bu durumda kişiye is ve pusu dağıtan bir sevgi ışığı veya aşk cilâsı gerekir. Hani Alâaddin'in sihirli lambasını bilirsiniz; ovarak içinden cini çıkartılır. Farz edelim ki bu lamba bizim kalbimiz. İçindeki sevgi kıvılcımını, nuru, ışığı çıkarmak için onun güzel tavırlar ve erdemlerle ovup parlatılması gerekiyor. Neden olmasın!?. Kalbimiz parlamaya başladığında içimizdeki nur da uyanışa geçecektir. Nurun uyanması halinde ise artık cine ihtiyacımız olmayacak, bilakis cinin yaptığı her şeyi kalbimiz bizim için yapmaya başlayacaktır. Bunun için küçük adımlarla başlayıp yol almak mümkündür. Her gün bir iyilik, ardından her gün bir güzel söz, sonra bir dostluk, sonra bir kötülüğü terk, sonra dilimize hâkimiyet, sonra ve sonra... Her akşam bir tefekkür, her gece bir muhasebe, her seher bir gözyaşı... Küçük adımlarla başlanan bir yolculuğun aydınlık sonu... Aynayı cilâlamak...

Unutmayalım ki suyu temizlemek isteyenler ona karışan kirlilikleri önleyerek işe başlarlar; kirli su küplerini kırarak... Kirli suyla yıkananlar dışlarını, içenler ise içlerini kirletir. Berrak yaratılışlı kalplerimizi gıybet, dedikodu, haram, kin, nefret gibi çirkeflerin doldurmasına mâni olmak gerekir.

Unutmayın, kalbin temizlenmesi, aynanın cilâlanması ve parlaması helâl lokma ile başlar. Sonra kötülüklerden sıyrılıp güzellikleri kucaklamakla devam eder. Sonrası için kalbiniz size rehberliğin en güzelini zaten yapacaktır.

Eskiden âşıklar birbirlerine bağlılık andı içerken aynaya bakarak yemin sözlerini tekrar ederlermiş. Acaba bizim de gönül aynamıza bakarak sahih bir yemine ihtiyacımız var mı; ne dersiniz?

Hâmiş: Şeytan eskiden "İnsanların kalplerine bakar onları karartmaya çalışırdım!" dermiş. Şimdilerde "İnsanların kalplerine bakıyor ve onlardan içim kararıyor!" demiyordur inşallah.

KALP VE UYKU

"GECENİN karanlığıyla kalbi aydınlanan bir ârif, gözünü tamamen uykuya kapatmıştı.

Gece, gözünü güneşe kapar kapamaz onun gözü gönül mumunu sabaha dek yakardı.

Kanlı gözyaşı akan gözünün her kirpiği, sanki kaşına düğümlenmişti.

Bir gün meraklının biri ona bir soru sordu:

'Ey uyku ve rüyanın hiç uğramadığı kişi!

Uyanık kalbin uykudan kurtulduğunda gözünü de uykuya kapatmak zorunda mısın?

Uykusuzluk acısı üzerine çöktüğü zaman bir anlık rahatlık sana ne zarar verir; azıcık uyusan!..'

'Yakışmaz' dedi ârif, çünkü âlemin yaratıcısı her gece birinci göğe inerek seslenir:

'Yoldan sapanlar arasından kim kapıma af dilemeye gelir? Bağışımı ona elçi göndereyim, rahmetimi ona şefaatçi kılayım!'

Ben böyle bir durumda yatıp uyur muyum? Bu güzel çağrıya kulağımı tıkar mıyım?

O lütuf gözünü bana açmışken, ikbal gözümü O'na yumar mıyım?

O'na karşı sevdalık iddiasında bulunanlar, O'nun cemâlinden gafil olup uyuyanlardır.

Onların iddiası doğruluktan uzaktır, ilk tan kızıllığının nefesi gibi yalandır."

(Molla Câmî, *Sûfîlere Armağan*, s. 109-110)

GÖREN KALP

Halk sana dîdeler rûşen deyü tebrîkde
Çeşm-i kalbün gerd-i gafletle senün hod sürme-sâ

Lebîb

Halk sana gözün aydın diye tebriğe geliyor. Belli ki kalp gözün gaflet tozuna karşı sürmelenmiş besbelli.

ŞANKARA ile Platon'un metafizik düşüncelerinden ilham alan ünlü filozof Frithjof Schuon'un *Kalp Gözü* adında bir kitabını (İnsan Yayınları, 2012) okumuştum. Metafizik, kozmoloji ve manevî hayat arasında insan eksenli bir dünya açımlıyor ve modern hayatın içinde yorulup ve yoğrulup giden insanın ihtiyacı olan şeyi "Kalp Gözü" olarak tanımlıyordu.

Kafa gözümüz kalbimizin gözünü hiç görmemiştir ama biliriz ki kalbimizin bir gözü vardır ve o kafa gözümüzden daha sahici görür. Çünkü fizikî gözümüz madde âlemine bakarken, kalp gözü madde âleminin ötesinde olanlarla ilgilenir.

Her insanın kalbinde gözü vardır lâkin onu açık tutmak herkesin kârı değildir. Açık tutabilenler gerçekleri görür, çevresindeki olaylardan ve varlıklardan ibret alır; iyiliği kötülükten, doğruyu yanlıştan, kurtuluşu sapkınlıktan ayırabilir. Edebî hayatı özleyenler veya dileyenler için kalp gözünün açık olması önemlidir. Onlar çevresindekilere sevgiyi, dostluğu ve iyiliği emreder, onları kötülüklerden alıkoymaya çalışır, ihtiyacını söylemeyenlerin bile ihtiyacını giderirler. Kalp gözü açık olanlar birbirlerini gönülleriyle tanırlar; hal ehli olan sûfîler gibi...

Kalp gözü erdemleri görmeye yaklaştıkça görüş kuvvetini arttırır ama uzaklaştıkça tembelliğe yönelip görme özelliğini kaybeder. Mesela karnımız tıka basa doyduğu vakit bizi bir uyku bastırır. Çünkü mide doyunca beynimiz göz kapağını uyarır ve kapanmasını söyler. Acıkan kalbimiz de nefsin gıdaları ve arzularıyla dolunca kalbimizin içindeki gönül veya fuâdın gözleri kapanır, uykuya dalar ve maverayı göremez olur. Kişinin kalbine ait yüce tecellilerden mahrum kalması bu yüzdendir.

Fizikî gözümüze göre kalp gözümüz daha önemli ve güçlüdür. Çünkü kafa gözümüzle görebilmek için ışığa, mesafeye, eşyaya vs. ihtiyaç duyulur ama kalp gözüyle görmek için açılmasından başka ne bir ihtiyaç ne bir engel vardır. Eskiler kalbin gördüğünü gözün gördüğünden daha önemli buldukları için birincisine "basiret" ikincisine "basar" demişler. Basiret mikrokozmik boyutta müteal (aşkın, üst) akıldır ki gerçekleri görmeye yarar, basar ise fizikî iris tabakasından süzülüp gözbebeğiyle eşyayı görür. Kişinin basardan yoksun olması onu yalnızca görme özürlü yapar, ama basiretten yoksun olması insanlığından ayırır. Vay ki kişinin gönül gözü kör ola!.. Çünkü gönül gözüyle görmeyen biri hiçbir şeyi görmemiş, yüce nağmeleri gönül kulağı ile dinlemeyen biri de hiçbir ses duymamış sayılır. Asıl körlük, kalbin kör olması, insanın hakikati görmemesi, gerçeklere gözünü yummasıdır.

Kişi kalp gözüyle görmeye başladığında hayatına dair her şey olumlanır, salt hakikati göresiye dek perdeler aradan kalkar ve insaniyet özelliği ulvi derecelere yükselir. Saygınlık, bilgelik, irfan, hikmet, sezgi, bilgi vs. birer birer kalbe katılır. Nefisle alâkalı maddi hayata yönelik sıkıntıların ve dertlerin aslında o kadar da büyük olmadığının, bunlara üzülmek yerine ruhun sırlarına erişmenin cazibesini keşfetmenin, eşyanın dışıyla değil içiyle, kabuğuyla değil özüyle, görüntüsüyle değil, hakikatiyle hemhal olmanın farkına varılır. Böylece göz eşyanın yapay dış görünüşüne takılıp kalmaz, bilakis kalp, perdenin ötesini görmeye başlar. Bu aşamanın nihai sınırını zorlayan ve bu uğurda kellesini veren Hallâc-ı Mansûr, büyük macerasını şöyle özetliyor: "Ben Rabb'imi kalbimin gözüyle gördüm ve O'na 'Sen kimsin?' dedim; O da bana 'Sen!' dedi."

Görme engelli birini düşünelim; mucize bir merhemle gözü açılabilse, o anda ne kadar sevineceğini hayal edebilir misiniz? Onun yaşadığı huzuru, lezzeti, mutluluğu kim ölçebilir? Tutun ki görme engellisiniz ve bu mutluluğu yaşamak istiyorsunuz; varın kalp gözünüzü açmaya bakın. Çünkü onu açmak veya kör bırakmak bizim tercihimize bırakılmıştır. Ve hakikat odur ki kalp gözüyle görmeye başlayan biri görme engelliyken gözü açılandan daha fazla şey görecek, daha fazla bahtiyar olacaktır. Çünkü kafa gözüyle yalnızca eşyaya bakabiliriz ama kalp gözüyle güzellikleri, erdemleri, iyilik ve hakikatleri temaşa ederiz. Tercih bize bırakılmış!..

Bence açın gözünüzü!..

Hâmiş: Kalp gözünü açmak, kafa gözünü kalbe çevirmekle başlar. Dışarıdan gözünü kesen bir insan önce egosunu yok eder ve kalbinde yürünmeye geç kaldığı nice yollar görür. Bakın isterseniz!..

Göz İle Kalp

Hayâlün âyîne-i çeşm-i kalbe mıskaladır
Bu sırrı saklayamaz dîde teng-havsaladır

Belîğ Mehmed Emin

Ey sevgili, hayalin kalp gözüm için bir parlatıcıdır amma kafa gözüm bu sırrı saklayamayacak kadar kıt görüşlüdür.

İLK BAKIŞ…
Göz; savaşı başlatan haberci…
Bakış; elde olmayan kader; ilahî kaza…
Ve aşk; kalp ile göz arasında bir macera. Sonu zafere da çıkabilir, esarete de…
Çoook sonraları kalp göze diyecektir:
"Beni bu onulmaz derde iten sensin. Safayı sen sürdün, acıyı ben çektim. Nimet senin, zahmet benim oldu. Sen sevinirken, kaygılanan bendim hep. Bakışlarını arttırdıkça sen, dertlerimi çoğalttın benim. Zafere eren sen, hezimete uğrayan ben. Sen emirlerine itaat edilen hükümdar oldun, ben senin peşinde koşan tebaan. Sen emir, ben esir. Melik iken memlük (kul) ettin beni."

Sonra devam edecektir:

"Ey göz! Sen ikisin, ben birim. İki kişinin bir ferde saldırıp onu öldürmesi zulüm değil de nedir?!. Şimdi ağla o halde; ettiğin zulmün cezasını çek bakalım!.."

Göz buna karşılık bir âyet okuyup susar: *"Gerçek şu ki; gözler kör olmaz, ancak sinelerdeki kalpler kör olur"* (Kur'ân-ı Kerim, Hac, 46).

*

Kalp ile göz anlaştıklarında aşk başlar. Bunun için kimilerine göre aşkın başlangıcı "görme", sonucu da "bakma"dır. İlk görüş ânında başlayan ilginin sırasıyla sevgiye, bağlılığa, kalbin erimesine, tutkuya, özleme ve nihayet aşka dönüşmesinin bir tek gayesi vardır; göz ile sevilenin yüzüne bakabilmek ve o görüş ânının hazzını kalbe yaşatmak. Kalp o lezzeti aldıkça kemâle erer, kendini iyi hisseder. Nitekim sevgiliye bakmakla kalbe yansıyan binbir türlü tecellinin her biri âşığı kabalıklarından yontar, ruhunu arıtıp kalbini billurlaştırır ve en son noktada doya doya "bakma" eylemi için onu hazırlayıp sevgili huzuruna çıkartır.

Kalbin bakmadan sonraki durağı "tapma"; yani sevenin sevilene kul (köle) olmasıdır. Bu dereceden sonra seven kalpte herhangi bir kimlik ve benlik iddiası bulunmaz, varlığını sevgiliye adayıp onun uğrunda kendinden vazgeçer, arzularının tamamı sevgilinin arzusu olur, duyarken onunla duyar, yaşarsa onunla yaşar.

Bazıları der ki "görme"nin temeli Kalû Belâ'ya; "bakma" ise cennete vâbestedir. Yani hakiki mânada kalbe doğan aşkın ne başlangıcı ne de kemâli bu dünyaya aittir. Beşerî aşklar kalbe nimet diye verilen hakikî aşkın ancak tadımlık bir görüntüsüdür ki lezzeti de ancak dünya algısına ve beş duyunun dar çerçevesine sıkışıp kalmıştır. Sonuçta kalbin görevi insanı "görüş"ten "bakış"a yükseltebilmektir. Bunun için işe ruhu ve canı doğru hedeflere yöneltmekle başlar.

GÖNÜL DUMANI

"SÖZÜN aslı gönüldür. Her kim gönül bahrine (denizine) yol buldu, ne dürr (inci) isterse dalıp çıkardı. Onlar kim sûrete (görünüşe) baktı, gaflet ipin boynuna taktı; taati hırmenin oda (itaat birikimini ateşe) yaktı, kandilin duhanı (dumanı) göklere çıktı. Zira gönlü Hak kendi için yarattı; 'Her kim beni isterse sınuk (kırık) gönüller içre bulsun!' dedi. Her kim gönle yol bulmadı ve istedüği nesneyi onda bulmadı, uçmağa (cennete) dahi girmedi, Padişah dîdârın (Allah'ın cemâlini) dahi görmedi; gafil mebaş (Gafil olma)! Gönle yol bulan kişiye kul olan mağbûn (düşkün) değildür. Eğer Ol seni kulluğa kabul iderse zehi devlet (ne saadet)!.. Pes imdi anun kim (O halde şimdi her kimin) gönülden haberi olmaya, kamışı şekerden ayırmış ola!"

(Kaygusuz Abdal, *Budalanâme*'den)

GÖNÜL KANDİLİ

Câmi-i tende dilüm bir la'lden kandîldür
Kim ana tîrün fetîl ü şulesi peykânıdur

Hayâlî Bey

Bedenim bir cami, gönlüm de onun akikten
yontulmuş kandili. Gamze okların o kandile
fitil, içindeki ateş de okun temreni...

XVI. YÜZYILDAN bir şair (Meâlî), gönül kandilini tutuşturmuş, yakarıyor:

Yanar nâr-ı firakınla gece gündüz bu bezminde
Gönül kandili içre can erimiş yağa dönmüştür

Sadeleştirmeye çalışalım: "(Ey sevgili!) Gönlüm bir kandil, canım o kandilde eriyip yanmakta olan yağ, ayrılığının ateşiyle tutuşmuş gece gündüz yanıyor!"

Müzelere gidenler gövdesi kalp biçimli kandillerin örneklerini görebilirler. Hatta bazıları Alâaddin'in lambasını andırırcasına kulplu ve imbiklidir. Bu bize bir yandan bakır veya tombak ustasının zanaatini gösterirken diğer yandan şairin sanatını da anlamamızı sağlar. Eskiden kandillerin kalp biçiminde dövülmesi, kalbin içinde de kandil gibi ateş yanmasından kinayedir. Bakır ustasının kalp şeklinde kandil üretmesi, soyut olan kalp ateşini (gönül yangını) somutlaştırıp halka gösterme ihtiyacı olsa gerektir. Kaldı ki kalp denen kandildeki ateşi tutuşturmak için mutlaka kibrit çalmak gerekmez, o bazen bir bakıştan, bazen bir gülüşten, bazen bir sözden, bir tecelliden, hatta bazen de bir ilhamdan kıvılcım kapar. Söz gelimi Galib Dede'nin kandili bunların hiçbirine ihtiyaç göstermez:

Kandîl-i dil ki şu'le-i meyden ferâğı var
Yâkûtdur ki cism-i terinden çerâğı var

"Gönül kandili ki aşk içkisinin yakıcı alevinden vârestedir (yani yanmak için aşk tecellisinin alevine muhtaç değildir); o kandil bir yakuttur, o yakut da ışığı kendisinden kaynaklanan bir meşaledir."

Şeyh Galib'in beyitte kullandığı her kelime gönül kandiliyle alâkalı zengin bir anlam saçaklanmasıyla okuyucunun dimağında lif lif mâna katmanları oluşturmaktadır. Bu ifadeler bize sûfî bir şairin gelenekten yararlanırken ne mertebe yüksek bir medeniyet zenginliğine ulaştığını da gösteriyor. Önce bir âyet meali, *"Allah yerlerin ve göklerin nurudur. O'nun nurunun temsili, içinde meş'ale bulunan bir kandillik gibidir. O meş'ale kristal bir fanus içindedir. O fanus da inciye benzeyen bir yıldız gibidir ki, doğuya da batıya da nispet edilmeyen mübarek bir ağaçtan, bir tür zeytinden tutuşturulur. Onun yağı, neredeyse, kendisine ateş değmese dahi ışık verir. Bu, nur üstüne nurdur. Allah dilediği kimseyi nuruna eriştirir"* (Kur'ân-ı Kerim, Nûr, 35).

Yukarıdaki beytinde Galib Dede gönlü bize betimlerken, Kur'an'ın tarif ettiği nur dolu fanus ile hemen hemen aynı tanımlara başvurup "kendisine ateş değmese de ışık veren bir fanus" temsilini kuruyor. Kalp insaniyetin duygu merkezidir ve bir kandil olup yanmaya başladığında arınmaya doğru gider. Nitekim içine giren olumsuz duygulardan etkilenip ıstırap çektiğini hepimiz biliriz. Bu ıstırabı tanımlayan, açıklayan en kapsamlı kelime yine "yanmak"tır. Elbette ki bir manevî yangından söz ediyoruz. Ateşin özünü içeren kandilden de başka ne beklenir? Gelgelelim bu kandilin tutuşmak için hariçten ihtiyaç duyduğu kibrit, şule veya alev olsa olsa bir bakış, bir görüş, bir duyuş olarak tezahür eder. Ve ateşi kendi içinde taşıyan o kandil tutuşuverir... Yanışı da kendi bünyesinde ve kendi bünyesine...

Galib Dede gönül kandiline bütün bu yangınları yükledikten sonra onu yakuta da benzeterek bir adım daha ileri gitmekte ve anlamı daha derinleştirmektedir. Çünkü elektriksiz zamanlar için kandil, bedene göre kalp demektir. Yani atalarımız gecelerini aydınlatmak için kandile ihtiyaç duyarken âdeta onu insan bedeninin kalbe duyduğu ihtiyaç ile ölçerlermiş. Kandil bu derece kıymetli olunca, onun değerli taş ve madenlerden imal edilmesi de pek tabiidir. Mesela kırmızı yakuttan yapılmış kalp biçiminde bir kandili gözünüzün önüne getiriniz (müzelerde bunların örnekleri vardır). Böyle kızıl yakuttan bir gönül kandili insanın maddesel anlamda yüreğini de duygusal anlamda yanan kalbini de birlikte temsil eder. Çünkü yakutun parlayışı ateş renginde olup şeffaflığıyla ateşi andırır. Ama yakutun daha önemli özelliği ateşe dayanıklılığıdır. Tıpkı kalp gibi. Her ikisi de içinde yanan ateşe tahammül ederler. Ayrıca malumdur ki hem yakut hem de gönül çok kırılgandır, sırça misali...

Hâmiş: Bu kırılgan, bu nazik kandil, içinden yangınlar çıkarken hakikati idrak edebiliyor mu, mesele budur. Gönül ki kandildir, elbette kendisine ateş değmeden de yanar ve o yanıştan kâinata nur üstüne nur saçılır. Gönül ki kandildir, sahibi onu yakmayınca kendiliğinden yanmaz...

BİLGE KALP

İnsanın en çok kalbi temiz olmalıdır.
Tüm organlarımıza buyuran bir güç var onda.
Anlatmaya, yorumlamaya gücümüzün yetmediği
bir giz birikimi bu. İnsanı kalbinden tutamadınız mı,
görün, nasıl kayıp gidecek elinizden!

(Nuri Pakdil)

İBRAHİM EDHEM'e göre insanın kalbinde yedi kale yaratılmıştır; içine girilmesi gereken yedi kale... Şeytan bütün bu kalelerin dışına yerleşmiş durumdadır ve buradan, tıpkı köpeğin havlaması gibi, insana seslenir durur. Dıştan içe doğru bu kaleler edepli olmak, emirlere uymak, kadere inanmak, samimiyet, tevekkül, iman ve en içte de marifetullah (Allah'ı hakkıyla bilme) surlarıyla kuşatılmıştır. Şeytan kişinin önce edep surlarına saldırır. Bu sur çok dayanıksızdır ve şeytan onu aşarsa kişiyi emir ve yasaklar konusunda saptırır. Kişi emir ve yasakları savsaklamaya başladığında şeytan onu kadere isyana yöneltir. Kadere rızasızlık başkaldırının ilk aşamasıdır ki böyle böyle bütün kaleler aşılmaya başlanır. En zor ele geçirilecek kale ise Allah'ı bilen (ârif) kalbin kalesidir.

Bilge kalp, nefsin haz alma arzusunu yenen kalptir; dört tür ateş ile yanmış ve haz alma hissini dışarı atmıştır. Sözü edilen dört haz, insanı helâka sürükleyen istekler dir; şehvet gibi. Kötülüklerden haz almak korku ateşiyle, itaatten haz almak sevgi ateşiyle, yönetme ve hâkimiyetten haz almak marifet ateşiyle yakılabilir. Dördüncü ateş, özlem ateşidir ve ancak Sevgili'nin hoşnutluğuyla tutuşur.

Bilge kalbin bir mazeret dili vardır, mahcubiyetle hareket eder. Onu bir teşekkür dili izler. Yaratan'dan başlayarak gerekli herkese teşekkür... Çünkü bilge kalp teşekkürü en çok hatırlayan ve yerine getiren kalptir.

Hâmiş: Gafil kişi sabaha erince mallarını sayar, bilge kişi ise kalbiyle ne durumda olduğuna bakar.

Düşünen Kalp

Yâ İlahî kalbe inzâl eyle fikrün lezzetin
Gayrı şeyden çekmesin gönül tefekkür zahmetin

Ümmî Sinan

Allah'ım, daima Sen'in fikrinde olmayı şu kalbime yerleştir de gönlüm Sen'den başka şeyler düşünme zahmetinden kurtuluversin.

BAYRAK, materyal olarak bir bez parçasıdır. Ancak bir devleti sembolize ettiğinde dalgalandığı yerlerin o devlete ait olduğunu gösterir. Eğer insanın kalbi o bez parçasına anlamlar yüklemeye başlamışsa, onu uğruna ölünecek kutsal bir varlık olarak görecek, renkli bir bezin ardında vatan denen hakikati idrak edecektir. Bu bir düşünüş biçimidir ve kalp, akıl tarafından kendisine emanet edilen bu tür düşünceleri bir bayrak sadakatiyle saklar.

Düşünme (tefekkür), aklın en önemli eylemidir. Lâkin eğer bir tefekkür kalbe inmiyorsa, ondan yararlı bir sonuç elde etmek zordur.

"Neden?" sorusunu soran her insan bir şeyi düşünüyordur. Ama neden sorusunun en ziyade anlam kazandığı nokta hakikate ilişkin olan nedenlerdir. Gerçek tefekkür de budur; hakikat arayışı... Bir insanın herhangi bir konuyu düşünüp durması onun tefekkürünü değil, takıntısını gösterir. Ama eğer insan bir hakikati derinlemesine düşünüyorsa orada tefekkürden söz edilebilir, çünkü artık akıldaki düşünce kalbe inmeye başlamıştır. Buna kalbin düşünmesi de diyebiliriz. Uzakdoğu'da bunun meditasyon yahut yoga içinde eritilmiş bir versiyonu bulunmaktadır. İslâm'ın tefekküründe ise yaratılanların hikmeti, hatalar, kötü eylemler, pişmanlıklar, en fazla da Allah'ın kudreti vardır. Bunlardan herhangi birinde tefekküre dalan kişi dış dünyadan içine doğru yürümeye, kalbinin içindeki cevheri keşfetmeye başlamış sayılır. Bir aynaya bakmak gibi; kişi kendi içindekini, iç hakikatini görür; yani "idrak"! Varlık ile yokluk, kâinat ve zaman, geçmiş ve gelecek, yönler ve mekânlar, bâki olanla fânilik, nefsin küçük hesapları ve ruha gel diyen ulvi makamlar, hepsi o tefekkürün içinde birer birer kalbimizde şekillenir, idrake dönüşür, tecelli olur. Tefekkür eden bir kalp dıştan bakışta nazarî bir araştırma yapıyor gibidir ama içe yüründüğünde salt hakikate yapıştığına şahit olunur. İşin akıbetini düşünmek, belki sonunu baştan görebilmek bu sayede mümkündür.

Tefekkür esnasında bilgiye yönelen zihnî faaliyet veya bilme çabası "düşünen canlı" olarak tanımlanan insanın kalbiyle konuşması sayesinde yararlı sonuçlar doğurur. Böylece tefekkür bir "iç konuşma"ya dönüşür ve gramer lisanın mantığı, mantık da düşünmenin grameri olarak çalışmaya başlar.

Tarih boyunca pek çok öğreti nesnel gerçekliği gözleme, nesnelerin hakikatini görme, bunların ardındaki gerçeği bulma ve nihayet marifete ulaşma yolunda tefekkürü sistemleştirmiştir. Pek çoğuna göre tefekkürün özü akıl yerine kalbin düşünmesidir. Eğer tefekkür akılla sınırlı kalırsa gerçekler yerine, nesnelerin hakikatine ayna olan sûretler görünür, aynanın kendisi görünmez. Tefekkürün kalple sınırlı kalması durumunda ise kalp gözü devreye girer ve yaratılmışlar yaratıcı gerçeğe ayna olur, gerçek görünür, nesneler görünmez. Tefekkürün hem akıl hem kalp ile gerçekleşmesi halinde ise yaratılmış nesnelerle gerçek birbirini perdelemez, aynı varlık bir açıdan halk, öbür açıdan Hak olarak gözlenir. Pencereye bakmakla pencereden bakmayı düşünün, birinciler lekeleri görür ama ikinciler güzellikleri seyreder. Kalbe inen gerçek tefekkür, varlık penceresinden hakikatin güzelliğini görür, hayran olup secdeye kapanır. O anda duyduğu lezzet dudağında bir şarkı olup ahenge bürünür:

"Bana her şey Sen'i hatırlatıyor."

ARANAN KALP

"DERHAL BULUN!" demiş patronları, "Nasıl bulduğunuz da, ne kadar masrafa mal olduğu da önemli değil, bulun, kalp bulun bana!" Adamları da aramışlar. Güya doktor en sağlıklı kalbin atletik gençlerde olduğunu söylemiş ama onlar abartmışlar, yeni ergen olsun, erkek olsun, sportmen olsun, sağlıklı olsun, şöyle olsun, böyle olsun... Patron kesenin ağzını açınca kraldan fazla kralcı alçaklar, aranan kalbe kendilerinde olmayan başka özellikler de eklemişler. Dürüst olsun, akıllı olsun, güzel yüzlü olsun... Ve en cahilleri canlıdan canlıya kalp naklinin daha iyi olacağını yumurtlamış. Hırs kötülükle el ele, vahşet zulümle kol kola, haydi iş başına...

Önce organ mafyasına, terör örgütlerine, yer altı dünyasına haberler salınmış. Yetinmeyip şehrin izbe sokaklarına, kimsesiz köprü altlarına, ücra kenar mahallelere zebellah adamlar gönderilmiş. Bir gün, iki gün... Patronun sabra tahammülü yok, cerrah acele ediyor. Avukatı durumu öğrenip işi üstüne almış ve suçlular listesinden tanıdığı ayyaş bir babaya yüzlük rakı ile yol uğratmış. Önce içirmiş, sonra usulünce henüz 11 yaşındaki oğlunun can pazarlığını yapmış. Kurt, çakal ve tilki anlaşınca kuzunun elinden ne gelsin, ertesi gün iş bitirilecek. Vicdandan yoksun kalpsizler bir kalp için hilelerini kurdularsa, masumların tedbiri artık çare etmez.

Her şey tamam. Hekim operasyon için hazır. Kurbanı içeriye alıp gözlerindeki bağı çözmüşler. Çocuğun ay gibi yüzündeki masumiyetten ilk etkilenen patronun kendisi olmuş. Güzellik, endam, boy pos... Maşallah. Dünyayı bozan katran karası kalpler arasında bir güneş, kargalar arasında bir tûtî... Birkaçı işgüzarlıkla zavallıyı tutup sedyeye itelemeye çalışırken çocuk kollarını silkelemiş ve sevinir gibi gönüllü olarak sedyeye yürümüş. Yüzünde bir tebessüm ile göğe bakarak ve mırıldanarak... Herkes gibi patron da şaşmış bu hale ve sormuş:

"Akıbet ortada; şu halde bu neşe, bu tebessüm neden çocuk?"

Kurban herkesi tek tek süzdükten sonra zekâsının fevkalâde kavrayışına hazin bir umutsuzluk katarak mırıldanmış:

"Bir çocuğun nazını çekmek için ancak anne babasının kalbi yanar. Birine sağlık lâzım olunca hekimin kalbi imdada yetişir. Haksızlığa uğrayan birisi adalet için hâkimin kalbine başvurur. Kimsesizi besleyip büyüterek iyi insan olmasını sağlamak da zenginlerin kalbinedir. Oysa şu halime bakın. Kalbi yanması gereken kalbimi yakmış, bana hayat vermesi gereken ölümüm için bıçak çekmiş, adaleti sağlaması gereken fermanımı yazmış, beni besleyip büyütmesi gereken ise benimle beslenip büyümek istiyor. Bu durumda Allah'a seslenmekten başka çarem var mı? Dedim ki, 'Ey yüceler yücesi, çaresizliğimi görüyorsun, çarem ol!' Kalbime o anda bir ferahlık doldu, gülümsedim."

*

Bu hikâye orada yaşadıklarından sonra tövbekâr olan bir gönül adamına ait. Anlatırken ilave ediyordu:

"Çocuğun söyledikleri bizi darmadağın etmişti. Hepimiz patrona baktık. Kalbi burkulmuş gibi gözlerinden yaşlar damlamaya başladı. Diyordu ki 'Tövbeler olsun, yazık bize...

Şu iyiliklerle dolu kalp çarpsın da gerekirse benimki dursun. Onun kalbi şu dünyaya benimkinden daha gerekli.' Çocuğu kucaklayıp yüzünü gözünü öptü ve onu evlât edindi. Ve hasta kalbini on iki yıl daha taşıdı, temiz yaratılışlı çocuğun üniversiteyi bitirip şirketlerin başına geçtiği güne kadar..."

KALPTEN KALBE

Yüridiler tokınup kalb kalbe
Nazar kılınmadı ayrukda kalbe

Münîrî

Kalp kalbe vererek yürüdüler ve
kalp dışında bir şey dönüp bakmadılar...

TANIDIĞIM bir çocuk hekimi var, sohbet esnasında en mutlu çocukların hangileri olduğunu sordum. İlk birkaç aylarını annesinin bağrında uyuyarak geçirenler olduğunu söyledi. "Neden?" dedim; "Ana rahminde aylarca dinlediği kalp atışından, annesinin kalbinden ve o kalbin kendisine fısıldadığı güzelliklerden uzak kalmadığı için" dedi. Sonra söz birkaç yıl sonra savrulan çocukluğa, kreşlerde geçen zamana, yavrularının her istediğini yerine getiren ebeveyne, doyumsuz çocuklara, mutsuzluklara vs. derken taa çocuk psikiyatrisine kadar uzandı. "Çocuk psikiyatrisi!" Ne dehşetli ve ürkütücü iki kelime!

Hekim arkadaş gittikten sonra düşündüm. Bebek ile anne arasındaki kalp bağı sanki hacı ile Kâbe arasındaki bağ gibiydi. Bir bebeğin annesinin kucağında kalbini annesinin kalbine yaslamış uyurken yaşadığı mutluluk en azından Kâbe'yi tavaf etmekte olan bir hacının iç huzuruna benziyordu. Tavafın soldan sağa devam etmesindeki hikmet de insan kalbiyle kâinatın kalbi arasındaki uyumu sağlama ulviyetiydi; tıpkı bebekle annesi, tıpkı minik kalp ile ana kalbi gibi... Akordu yapılmış sazların orkestrası misali; "bud-dub... bud-dub..." Kim bebek kalbinin bu sesi tavafta müminler misali "Al-lah, Al-lah..." şeklinde duymadığını veya tekrarlamadığını söyleyebilir ki? Kalpten kalbe yol vardır madem...

Bebek kalbi, bütün kalplerden önemlidir. Bebeklerimizin kalbi bebeklerimizden de değerlidir. Onlara ziyan erişmesine hiçbirimizin vicdanı razı olmaz zannediyoruz. O halde onları daha yolun başında anne kalbinden mahrum bırakmamalı değil miyiz? Düşünün bir kez, hayatının daha ilk evresinde kalbinden hasar almış bir bireyin yetişkinlik veya olgunluk dönemleri nasıl geçecektir. Böyle birinden ileride harikalar beklemek hakkımız mıdır?

Ah kalpler; çocuklarımızın kalpleri... Geleceğimiz...

Hâmiş: Yavrucuklarını küvezlerde, bakıcı evlerinde, anaokullarında, kreşlerde büyüten anneler bu tercihlerini bir kez daha düşünseler ve onlarla kalp kalbe geçirecekleri zamanları arttırmanın yollarını arasalar keşke!..

Dönüşen Kalp

DIŞARIYA değil kalbine doğru ilerleyen, gözlerini dışarıya değil kalbine çeviren gönül ehli zahitlerden biri Şam'da bir ormanda senelerden beri tefekkür ve ibadetle meşgul bulunuyor, ağaç yapraklarıyla besleniyordu. Bir gün Şam hâkimi onu ziyaret etti: "Arzu ederseniz, sizin için şehirde münasip bir yer hazırlasınlar. Orada rahatlık ve gönül hoşluğu ile yapacağınız ibadet daha makbul olur ve bu vesile ile şehir halkını da kutsal nefeslerinizden yararlandırmış olursunuz." Gönül ehli zat bu teklifi kabul etmedi. Fakat yanında bulunanlar, "Padişahın iradesini reddetmiş olmamak için bu teklifi geçici olarak da olsa kabul etmelisiniz. Hoşlanırsanız şehirde kalır, aksi takdirde yerinize dönersiniz" dediler ve onu razı ettiler.

Rivayet ederler ki şehre geldiği zaman oturması için sarayın binbir güzellikle dolu has bahçesi ona ayrılmış, içine de cennetten numune bir köşk yaptırılmıştı. Bir müddet sonra padişah bu adama güzel bir cariye gönderdi. Melek yüzlü, tavus gibi süslüydü. Onu görenin gönlünde sofuluktan eser kalmazdı. İbadetlerine düşkün adam, o köşkte lezzetli ve gıdalı yemekler yemeye, süslü ve kıymetli elbiseler giymeye başladı. Türlü meyvelerle güzel kokulardan ve güzel yüzlü, tatlı dilli cariyelerin ülfet ve temaşasından zevk duymaya pek çabuk alıştı. Uzatmayalım; o gönül adamının kır hayatındaki saf ve temiz duyguları son bulmuş, eski kalp huzurundan eser kalmamıştı.

Bir gün padişah onu ziyaret etti. Baktı ki adamın derviş gidişatı tamamen değişmiş, yanakları beyaz ve pembe bir renk almış, endamı şişmanlamıştı; ipekten, yumuşak bir yastığa yaslanmış, peri çehreli bir köle, tavus kanatlarından örülmüş zarif bir yelpazeyi başının üstünde hafif hafif sallayıp duruyordu. Padişah, onun bu halinden memnun oldu. Biraz dereden tepeden sohbetten sonra padişah, yanında bulunanlara "Ben dünyada iki zümreyi çok severim: âlimler ve gönül adamları" dedi. Akıllı, bilge bir veziri vardı, edep dairesinde karşılık verdi:

"Dostluğun şartı dostlar hakkında iyilik yapmaktır."

"Bundan daha ziyade iyilik nasıl olur?"

"Bu yaptığınız iyilik değildir. Eğer iyilik yapacaksanız, âlimlere bol para verin ki daha ziyade ilim kazanmaya yol bulabilsinler. Gönül ehli olanlara da bir şey vermeyin ki gönül ehli olarak kalsınlar."

(Sa'dî-i Şîrâzî, *Gülistan*, s. 91 vd.)

KALP ATEŞİ

Sâf eyle sûfî kalbüni sal pûte-i mihre
Aşk ateşi çün gönlün ocagına düsüpdür

Eğirdirli Hacı Kemâl

A sofu, mademki gönlünün ocağına aşk ateşi düşmüştür; kalbini sevgi potasına atıp saf cevher olasıya kadar işlemden geçirmeye bak.

DAHA sonra Aziz Mahmud Hüdâyî olarak bilinecek olan Bursa kadısı Mahmud Efendi bir işaret üzerine Üftâde Hazretleri'ne kapılanır. Şeyh ona "Sen mal, mülk sahibisin, burası ise yokluk kapısıdır" deyip kabul etmek istemez. Bunun üzerine Mahmud Efendi, kendisini öğrenciliğe kabul ederse dediği her şeyi yapacağını söyler. Üftâde ona kadılığı bırakıp sırma kaftanıyla Bursa sokaklarında ciğer satmasını söyler. "Peki!" der, yıllarca Bursa sokaklarında ciğer satar. Bu arada her sabah erkenden kalkarak şeyhinin abdest suyunu ısıtıp hazırlamaktadır. Üstelik bunu büyük bir coşkuyla devam ettirir. Ne var ki günlerden birinde uyku ağır basar ve ancak namaz vaktinin sonunda uyanabilir. Telaşla ibriğe yapışır ama suyu ısıtmaya vakit yoktur. Hocasının ayak sesleri yaklaşmaktadır. O tedirginlik ve mahcubiyetle ibriği göğsüne bastırmış bir halde kalakalır. Öte yandan Üftâde Hazretleri abdest için eğilmiş "Haydi evlâdım suyu dök" demektedir. Mahmud, ibriği göğsüne bastırmış hâlâ öylece bekliyor. Buz gibi suyu hocasının eline nasıl döksün ki? O sırada şeyhi ikinci kez aynı cümleyi tekrarlayıverir:

"Haydi evlâdım suyu dök, ne duruyorsun, sen beklerken güneş doğacak!"

Mahmud suyu dökmeye başlar. Hocası birden elini çeker gibi olur. Mahmud onun soğuktan irkildiğini düşünmektedir. Ama abdestin sonunda hocasının söyledikleri bambaşkadır:

"Evlâdım Mahmud! Bu su ne kadar ısınmış böyle? Bunu normal ateşle ısıtmayıp gönül ateşiyle ısıtmışa benzersin. Anlaşılıyor ki senin bu kapıdaki hizmetin tamam oldu. Yarından tezi yok irşada ve halka öğüt vermeye başlıyorsun."

Batılı Kalp

SARAYBOSNA'ya gidenler Trg Fra Grge Martića'da XIX. yüzyıldan kalma neogotik bir katedral görürler. Paris'teki Notre Dame'ın küçük ölçekte inşa olunmuş bir örneğidir bu ve "İsa'nın Yüce Kalbi Katedrali" (*Katedrala Srca Isusova*) adını taşır. Katolik Hıristiyanlar için bu adlandırma bütün Hıristiyanları ifade edecek bir spektruma sahiptir. Kalp Allah'la insanın buluştuğu yer olduğu için Hz. İsa'nın kalbi kesretin vahdete dönüştüğü (çokluğun birlik olduğu) ulvi bir mânayı yüklenir. Zannımız odur ki Saraybosna'daki katedrale bu adı verenler, şehirde farklı dinlerin hoşgörü içerisinde yaşandığını anlatmak istemişler ama yine aynı zihniyet tarafından bu düşünce dinamitlenip doksanlı yıllarda, medeni(!) Avrupa'nın göbeğinde vahşice Müslüman katliamı yapılmıştır. Sanat tarihi kitapları söz konusu katedralin inşasından birkaç yıl evvel aynı isimde bir tablo yapıldığından söz ederler. Meksika'da P.M. Ruiz isimli bir ressam tarafından yapılan bu tabloda vazoya benzetilerek çizilmiş, alevler arasında bir kalp yer alır. Damarları şişmiş, üstelik içinden kılıca benzer bir mızrak geçmiştir. Ne var ki, hayli zamandır acı çektiği anlaşılan bu kalp bir çiçek açmaktadır. Çevresinde de kadınlı erkekli pek çok insan, kalbe yönelmiş, tapınmaktadır. Evet; *Srca Isusova*: İsa'nın Yüce Kalbi!..

Hıristiyan ikonların pek çoğu, haç üzerinde Hz. İsa'nın kalbinde bir mızrak gösterirler. Romalı Longinus'un mızrağıdır bu. İnanışa göre o mızrak İsa'nın kalbini deldiğinde Tanrı sevgisi oradan taşmış ve insanlığa yayılmış, kalp de Tanrı'yla insanın buluştuğu mekân olmuştur. Aziz Augustine'in *İtiraflar* adlı kitabının başında "Kalbimiz, sen içinde olmaksızın huzur bulmayacaktır" cümlesi yer alır. Bu ifade, Kur'ân-ı Kerim'deki *"Bilin ki kalpler ancak Allah'ı anmakla huzura erer"* (Ra'd, 28) âyetinin neredeyse tercümesidir. Lâkin Augustine *İtiraflar*'ında canın bedene girmesiyle birlikte insanın bozulmaya başladığını, kalbi bu baştan çıkarıcı ögelerden temizlemeden tanrının kalbe gelmeyeceğini anlatır. Bu tez V. yüzyılda yaşayan Augustine'den evvelki yeni Eflatuncu görüşlerin de hareket noktasıdır. Muhtemelen onlar da kadim Mısır'dan aldılar. Çünkü Mısır'ın "ib" veya "hati"si eski Yunan'a kadar bütün toplumlarda İncil'deki özellikleriyle yer alır. Mısır'ın kalbi Latince'ye "cor" kelimesiyle girmiş ve Latincenin neredeyse ruhunu değiştirmiştir. Bugün Latin kökenli pek çok kelimede bu heceyi görürüz ve hepsi kalple ilgili bir anlam taşırlar. Accord (uzlaşma), discord (uyuşmazlık), concord (uyum, anlaşma), record (kayıt), core (çekirdek), cordial (samimi), correction (doğrultma, düzeltme), correlation (bağıntı) vs.

Günümüz Batı dünyasında kalbin ne olduğu hakkında bilimler üretilmekte, tartışmalar yapılmakta, faraziyeler geliştirilmektedir, lâkin sözlüklerinde "gönül" kavramını karşılayacak bir kelime bulunmamaktadır. Bu Batılı anlayışın aklı öne çıkarıp gönlü görmezden geldiğini de gösterir. Materyalist anlayış ve düzen de bunu âmirdir. Aydınlanma çağı Batı düşüncesi Batılı eğitim sistemini matematik, fizik, kimya gibi derslerin ve okuma, yazma gibi eylemlerin üzerine inşa etmiş ve bu alanda çok başarılı olmuştur. Dikkat edilirse bütün bu ilim dalları ve eylemler akılla alâkalıdır ve o sistemde müzik, resim, sosyal beceriler, sanat ve estetik gibi kalple ilgili beceri ve etkinlikler hep akıldan sonranın göstergeleri olmuştur. Bu ihmal Batı'ya pahalıya mal olmalı ki bugün sanat, müzik, kültür, estetik, güzellik gibi soyut değerlerin üstünlüğünü hararetle savunuyor ve kalbin hakkını teslim edercesine soyut olanı önceliyor. Akılcı eğitimin ortaya çıkardığı beyaz yakalı klişe insan tipinin zekice ve entelektüel başarıları insanlığı daha iyi konuma getirmedi maalesef. Öte yandan bu akılcı baskı ortamında kalp eğitimiyle kazanılan meziyetler veya kalbinin izini süren daha şefkatli, daha bilge, daha anlayışlı insanlar güzel atlarına binip gittiler. Sonuçta teknoloji, modernite, iletişim gibi alanlar çılgınlık derecesinde üretime girişti ama bir zamanlar bunlar olmadan yaşayan insanın mutluluğuna hiç erişilemedi. Evet, modernite ve beyaz yakalı akıllar sayesinde daha zenginiz, daha bilgiliyiz, işi daha da kolayladık, daha modern hayatlar yaşıyoruz, daha... daha... Peki, daha mutlu muyuz?

"?"

İnsanlığın trajedisi: Kalple akıl arasında aklı tercih etmek!..

Hâmiş: Kalbinizle konuşun, kalbinizi açın, kalbinizle görün, kalbinizle işitin, kalbinizle... kalbinizle... Çünkü bir söz kalpten geliyorsa kalbe girer, bir kalp kendini açıyorsa açık kalpler bulur, kalp gözüyle bakan elbette görür, kalbiyle işiten söylenmemiş heceleri bile duyar, kalbiyle... kalbiyle...

KALBİNİ Mİ YARIP BAKTIN?

BİR SAHÂBÎ savaşta "Lâ ilâhe illallah" dediği halde birisini öldürmüştü. Resûlullah durumu öğrenince içerleyip onu azarladı. Sahâbî, şaşkın, "Ama ya Resûlullah, o bunu korkusundan söyledi" dedi. O anda Resûlullah herkese ibret olacak soruyu sordu:

"Kalbini yarıp baktın mı?"

Sonra da "Kıyamette bunun hesabını nasıl vereceksin?" cümlesini tekrarlamaya başladı. Sahâbî o derece üzüldü ki sonunda ağlayarak hayıflandı:

"Keşke şu âna kadar Müslüman olmamış olsaydım!"

Allah insanların inanıp inanmadığını kalpleriyle ölçer; insanlar ise kalpte olanlar yerine söylediklerine veya yaptıklarına bakar. Çünkü kalplerdekini ancak Allah bilir. İnsanlar ise karşılarındakinin diliyle açığa vurduğu, tasdik ya da inkâr ettiği şeylerle, taşıdığı sembollere yahut tapınış biçimine bakarak onların inanıp inanmadığını söyler. Herhangi birimiz, tanımadığımız bir topluluğa uğrayıp onları mescitte kıbleye dönmüş namaz kılarken görsek onlara Müslüman deriz. Gerçekte ise Yahudi ya da Hıristiyan olmuş olabilirler. Demek ki biz bazı insanlara bize görünen yönleriyle bir tanım getirmişiz ama onlar gerçekte bambaşka birileri olabilirler. İnsanların taşıdıkları sembollere göre belli kimlikler biçebiliriz, lâkin belki onlar da kalplerindekiler dolayısıyla iyi ya da kötü mânada başka kimlikte olabilirler. Bazen bunun tersini de yaparız ve aklımızın kurgusu yahut nefsimizin algısıyla insanları kategorize edebiliriz. Oysa bu yalnızca bir zandır ve Allah bizi kalpleri ve ondaki sırları bilmekle yükümlü tutmamıştır. Yani biz insanları bize gösterdikleri yüzleriyle tanır, bilir, inanır, sever veya değer veririz. Kişinin içini ise yalnızca Allah bilir. Hatta insanın iki yanında sevapları ve günahları yazmakla memur olan insana en yakın Kirâmen-Kâtibîn melekleri bile kişinin kalbindekini bilmezler. Onlar sadece insanın yaptığı eylemleri yazarlar. Eğer birisi bize kalplerde olanı bildiğini ya da bunun dışında sadece Allah'ın bilgisinde olan gaybı kendisinin de bildiğini iddia ediyorsa büyük suç işliyordur veya şarlatanın tekidir.

Kalp Kalbe Konuşanlar

DERLER Kİ bir zamanlar 40 kişilik gönül ehli dervişler topluluğu yaşıyordu. Ücra bir dergâhta mütevazı hayatlar sürerek bilgelik üretirlerdi. Dergâhta az konuşulur, az yenilir, az uyunur ve çokça tefekkür edilirdi. Bu yüzden kırk bilgeye kırk birinci olmak herkesin gönlünden geçer ama bunu dillendirmeye cesaret edemezdi. Zaten burada da sözler dudaklardan değil, gönüllerden söylenirdi. Dergâhın içinde sessizlik varken dışına hikmetler yansırdı bu yüzden. Ve günlerden birinde ünlü şair ve âlim Molla Câmî bu meclise daimi olarak katılmayı gönlünden geçirdi. Lâkin meclise üye kabul edilmek için meclisten birinin eksilmesi gerekiyordu. Beklemeye başladı. Sonunda bir haber aldı. Gönül erlerinden biri vefat etmişti. Doğruca o diyara yöneldi. Sıcak mı sıcak bir mevsimde mekânlar aştı, mesafeler geçti, susuzluklar çekti, azıksız yürüdü ve yorgun argın dergâhın kapısına vardı. Kapıyı açan görevli hiç konuşmadan ona avucunu uzattı. O da adını yazdığı bir pusulayı adamın eline tutuşturup içeri gönderdi. İçerideki bilgeler Molla Câmî adını görünce önce çok sevindiler, sonra da çok üzüldüler. Çünkü bir gün evvel meclise birini almışlardı.

Üstadı incitmek istemiyorlardı, lâkin dergâhta boşluk yoktu. Ayrıca kurallar çiğnenemezdi. Câmî'nin uzak yoldan geldiği belliydi, yorgun olmalıydı. Hem susuzluğu gitsin hem de meramı anlasın diye kendisine ağzına kadar dolu bir bardak buzlu şerbet gönderdiler. Molla Câmî maksadı anladı, şerbeti içmedi, sarığında taşıdığı kurutulmuş bir gül yaprağını şerbetin üzerine bırakıp içeriye yeniden gönderdi. Bu sefer içeridekiler kapıya koşup eşikte oturdular. Yalnızca göz göze ve kâh tebessüm ederek kâh imrenerek öylece bakışıyorlardı. Onları izleyen hizmetkârlar arada sırada birinin hayretle başını salladığını, diğerinin hayranlıkla gözlerini açtığını, ötekinin tebessümü arttırdığını, berikinin yüzünün kızarıp mahcup olduğunu görüyorlardı. Eşikteki oturum gün inesiye kadar böylece sürdü. Sonra Molla Câmî ayağa kalktı ve "Ne hoş bir sohbetti, lezzetini ömrüm boyunca hissedeceğim!" deyip oradan ayrıldı. Diğerleri ayrılık hüznüyle el sallayıp içeri girdiler. Onları izleyenler meraktaydı, ne olmuştu, nasıl sohbet olmuştu? Hiç kelime yahut hece telaffuz edilmemişti. Molla Câmî'ye su getiren hizmetçi onun ardından koştu. İşte aralarında geçen konuşma:

"Efendim, lütfedip söyleyiniz, susamış olmanıza rağmen buzlu şerbeti neden içmediniz?"

"Şerbet ben içeyim ve yoluma gideyim diye gönderilmişti ama ağzına kadar silme dolu oluşu bana bir mesaj iletiyordu?"

"Nasıl bir mesaj?"

"Burada yeterince kişi var, dergâh ağzına kadar dolu, size yer kalmadı!"

"Peki, gül yaprağı?"

"Demek istedim ki ben kalabalık etmem, kimseye yük olmam, suyu taşırmam, eşikte de olsa aranızda olmaya razıyım!"

"?"

"Onlar da eşiğe geldiler ve gönlümü hoş ettiler."

"Peki ya öylece oturmak?"

"Güzel bir sohbetti."

"Sohbet mi? Hiç söyleşmediniz, kelâm etmediniz!"

"Yine de o sohbet ötelere aitti, onun kelimeleri dile gelmez bir sırdır, taşıyamayacak olanlara söylenemez."

Kalplerdekini Bilmek

İlahî sen bilirsin kalbini ol şâh-i zî-şânın

Nedîm

Allah'ım, o şanlı sultanın kalbini
ancak ve ancak sen bilirsin.

BELKİ sizin de başınıza gelmiştir; birinin yanına varırsınız, kalbinizden geçeni okuyuverir. Hayret edersiniz.

Bazı insanlar size heyecanla anlatır; "Falanca kalbimden geçenleri bildi."

İyi niyetle birine bağlanan ve bağlandığı kişide insanüstü vasıflar görmek isteyen kimselerin cümlesidir bu. Kalpleri bilen birinden her zaman bahsedilir ama kalpleri bilirim diyen birisi asla bulunmaz. Yani ki şeyh uçmaz, mürit uçurur. Peki, ama herhangi bir insan bir başkasının kalbindekileri bilebilir mi? Yani insanların kalbini okumak mümkün müdür?

Buna mümkündür veya değildir; bilebilir veya bilemez demek yalnızca iki ihtimali zikretmektir. Bu konuda benim söyleyebileceğim tek şey, başkasının kalbini asla bilmediğim, bilemediğimdir. Bilirim diyen varsa alnını karışlamak isterim.

Gerçek şu ki akıl ve bilim kalptekileri henüz keşfedemiyor. Gaybı bilmek ise Allah'ın gayb ilmini verdiği kimselerin, yani peygamberlerin harcıdır ve ancak vahiy yoluyla mümkündür. Çünkü Allah "*De ki, ne göklerde ne yerde gaybı Allah'tan başka hiç kimse bilmez*" (Kur'ân-ı Kerim, Neml, 65) buyurmaktadır. Demek ki kalplerde olanlar, diğer insanlara göre gayb hükmündedir ve nice nice büyük tefsirciler, fakihler, âlimler ve velîlerden hiçbiri kalptekini bilmenin imkânlı olduğundan bahsetmemiştir. Kalpleri bildiğine dair kerametleri anlatılan büyük zatlar bile bu konuda "Haşa!.. Estağfirullah!.." deyip konuyu geçiştirirler. "Allah bana bildiriyor, çakralarım açık olduğu için okuyabiliyorum, kalp gözümle görüyorum, fal açtım ayan beyan gördüm, geçmişi geleceği bilirim, benim kalbim temiz..." gibi cümlelerle başlayan her kalp okuma hikâyesi koca bir yalandır. Basiret sahibi olup ulvi işaretleri okuyabilenler sezgi yoluyla bir çıkarımda bulunabilir yahut Allah'ın velî kulları kalpte olanlara dair Allah'tan bir ikram alabilirler. Mesela siz gönül ehli bir zatı ziyaret edersiniz, Allah ona bir ikram olarak sizin kalbinizdeki şeyi söylettirir. Siz de onun kalbinizi okuduğunu sanırsınız. Oysa onun sizin kalbinizde böyle bir şey olduğundan haberi bile yoktur, bu bir tevafuktur ve keramet olarak görülür. Yalnız dikkat buyurulsun, burada o gönül ehli veya Allah dostu diyebileceğimiz zat gaybı bilmiş değildir, yalnızca onun dilindekilerle sizin kalbinizdekiler örtüşmüştür. Bunun haricinde kalplerdeki gaybı bilmek imkânsızdır. İmam Mâtürîdî meleklerin bile yalnızca yaptığımız işleri bilebildiklerini, kalplerdekini bilmediklerini, onu yalnızca Allah'ın bildiğini söyler.

Öte yandan, Allah'ın velî kullarının keramet göstermeleri haktır ve gerçektir. Lâkin kalplerdekini bilme hususunda bir keramet "*Allah size gaybı bildirmez; fakat dilediği peygamberine gaybı bildirir*" (Kur'ân-ı Kerim, Âl-i İmrân, 179) âyetiyle çelişir. Yani kalpteki gaybı bilme konusunda keramet söz konusu olamaz. Çünkü eğer birisinin gaybı bildiği söylenirse onu ilahlaştırma tehlikesi de baş gösterir. Falan zatın yanına gittim ve kalbimden geçenleri söyledi tarzında nakledilegelen rivayetler yalnızca müridin uçurmasıdır. Keza falcıların, tarotların, üfürükçülerin halleri ise bundan beterdir. Allah şerlerinden emin eylesin, kimseyi onlara meylettirmesin.

Sonuçta kalp kişiye özeldir ve içindekini ancak sahibi bilir. Kalbin sahibi ise ikidir. Kalbi taşıyan kul ve kulunun kalbini ev edinen Allah.

Hâmiş: Gaybı bilmek yarardan ziyade zarara açılan bir kapıdır ve ziyan getirir. Bir an düşünelim; herkesin kalbini okuyabiliyoruz; halimiz nic'olur? Dost zannettiklerimiz, güvendiklerimiz, amirlerimiz, memurlarımız, rakiplerimiz, düşmanlarımız... Aman Allah korusun!

DİL İLE KALP

İNSANIN dilindekiyle kalbindeki "Ya göründüğün gibi ol ya..." kuralına uygun olmalıdır; lâkin nedense dilimizle kalbimiz zaman zaman ayrı şeyleri söyler. Refik Halit üstadın bu konuda nefis bir denemesi vardır. "Dilimiz Ne Der Biz Ne Düşünürüz" başlığını taşıyan bu yazıyı okuduğumuzda ayrıca meseleyi izaha gerek kalmayacaktır sanırım. Buyrunuz:

İnsanların yüreğini duvar ilanı gibi yanılmadan, şaşırmadan, suhulet ve selâsetle apaçık okumaya başlayalı, yani bir hayli zamandır, hayat bana bir eğlence oldu. Dudaklarımda müstehzi bir gülüş, kayıtsız ve alışkın, herkese bakıyor, herkesi görüyor, herkesin yüreğini okuyor, artık boş lafa kanmıyor, dökülen dillere inanmıyorum. Ben ağızdan çıkanı değil, kalplerden geçeni, yüreklerde saklananı işitiyor, artık yalnız onları okuyor, onları muhakeme ediyorum. Ben bu ilmi nereden öğrendim, hangi mektebin mezunuyum, kimden icazet aldım, üstadım kimdir, bilmiyorum. Fakat nasıl doğuştan bir istidat ile hikâye yazdım, mizah yaptım, eski lisanı öğrendim ve yeni lisanı terennüm ettimse, bunu da öyle hocasız ve şehadetnamesiz, kendim de farkında olmayarak öğrendim; daha doğrusu, baktım ki bunu öğrenmişim, bunda da maharet ve meleke sahibi olmuşum... Şimdi bu bilginin verdiği bir gurur ile dünyanın bütün âlimlerini, bütün muallim ve dervişlerini hiçe sayıyor; avucumun içi gibi gördüğüm insan yüreklerini tetebbu ve mütalaa ile kitaplardan müstağni, ne eğlenceli ne istifadeli ne meraklı bir ömür sürüyorum!

Ben kulaklarımı insanların sözlerine değil, kalplerine veriyorum ve dediklerini değil, inandıklarını dinliyorum!

İşte misali:

Vapurdayım... Bir tanıdık gelip karşıma geçiyor, yüzüme baktıktan sonra bir dost edası, bir dost tatlılığıyla, mütebessim diyor ki:

"Maşallah, seni iyi gördüm, rengin yerinde, görmeyeli toplamışsın, vallahi memnun oldum!"

Ben başımı kaldırıp muhatabıma şöyle yüreğine doğru, zihninin içini arayıp tarayan gözümle bir bakıyorum ve görüyorum, okuyorum, anlıyorum ki hakiki lisanıyla öyle söylemiyor; şöyle diyor:

"Amma da semirmişsin, besili kaza dönmüşsün, pirzolayla şarabı at gövdeye, bak keyfine! Dünyaya metelik verme, sonra bir de zaruretten bahset!"

Hatta daha ileri varanı da bulunur:

"Elbette semirirsin, az para mı vurduydun? Şimdi afiyetle ziftlen!"

Ben işitmemişlikten gelirim:

"Teşekkür ederim" derim.

*

Bir mansıba geçmişim, tebrike geliyorlar, hepsinin yüzü neşeli, dudakları mütebessim, hulûs, samimiyet, memnuniyet gözlerinden, sözlerinden, el verip temenna edişlerinden taşıyor:

"Allah hayırlı etsin, daha âlâ mevkilerde görürüz inşallah, zaten sizin zekâ, sizin dirayet ve fetânetinizle şu memuriyet doğrusu mütenasip değilse de ankarîb o da olur, memleket sizin gibi genç, fatin, hamiyetli ricale muhtaç! İlh..."

İçine bakarım ki şöyle düşünüyor:

"Ne günlere kaldık ey gazi hünkâr! Böyle mühim, yüksek bir mevkie nasıl olur da seni getirirler, senin kaç paralık meziyetin var ki... Üç günde kepaze olursun a, o muhakkak, fakat memlekete günah! Hükümet çoluk çocuk elinde kaldı, tevekkeli inkıraz bulmuyoruz!"

Dışından şöyle devam eder:

"Size olan samimiyetimi, muhabbetimi bilirsiniz, hüsn-i ahlâkınızın eskiden beri meftunuyum, beklediğim bir menfaat yok, kalbimden geçeni söylüyorum, gazetede okuduğum zaman dünya benim oldu!"

Yürekten ise şöyle geçirir:

"Hani pek sevdiğim bir mal da değilsin ya, huysuzun birisin, lâkin ne yapayım, elinde nüfuz var, benim şu işi belki yaptırırım diye söylüyordum, avanak! Fakat şimdi açmaya gelmez. Hele beş on gün geçsin... Aman ya Rabbi, seni de mi bu mevkide gördük? Gazeteyi okuyunca ev başıma yıkıldı sandım!"

Ben bermutat, vurdumduymazlıktan gelirim:

"Teşekkür ederim" derim.

*

Bakkal der ki:

"En âlâsıdır, efendim, sizin için bilhassa ayırdım, ağızda eriyor!"

Ben bunu şöyle okurum:

"Daha fenası can sağlığı, bu işlerden çakmadığını bildiğim için sana ayırdım, altı saat kaynat, yine yutabilirsen bravo sana!"

Dükkâncı der ki:

"Sermayesine veriyorum efendim, siz müşterimsiniz diye... Yoksa başkasına bu malı beş liradan beş para aşağı satmam!"

Gönlünden geçen böyle değildir:

"Bende sermayesine mal verecek göz var mı? İster müşterim ol, ister olma, arşından iki lira kazanmadıkça ben adama mal mı veririm?"

Bilmezliğe vururum:

"Teşekkür ederim" derim.

*

Bir yiğit menâkıbını hikâyeye başlar:

"Dört kişi karanlıkta önüme çıktılar, yangın harabesindeydik, in yok, cin yok... Silah da taşımam, işim fena, 'Korkaklığa gelmez' dedim, hemen silkindim, bir tokat birine, bir tekme öbürüne, diğer ikisini de omuzlarından yakalayıp şöyle sarsıverdim, çil yavrusu gibi dağıldılar, tabana kuvvet kaçtılar! Benim yerimde siz de olsanız yapardınız a, bilirim cesaretiniz vardır, şecisinizdir!"

Şöyle yüreğini yoklarım, bakarım ki yufka:

"Köşe başında bir gölge görür gibi oldum, benim gölgem miydi, başkasınınki mi; duruyor muydu, yoksa yürüyor muydu, pek farkına varamadım ama korkumdan yüreğim ağzıma geldi, tersyüzüne bir döndüm, tabanları kaldırıp öyle bir kaçmaya başladım ki arkamdan sapan taşı yetişemezdi... Sen de benim gibi gölgesinden korkan bir adamsın a!"

Anlamamış dururum:

"Teşekkür ederim" derim.

(Refik Halit Karay, *Tanıdıklarım*, s. 90 vd.)

KALBİN ANAHTARI

Al kilîdin gönül hazînesinün
Ol büt-i dilgüşâya ısmarla

Amrî

Gönül hazinesinin anahtarını al, (götürüp) o
gönüller açan biblo güzelliğe teslim et…

FERÎDÜDDİN ATTÂR'ın tanımına göre, "Âşık, canından geçen ve sevdiğini görünce aklı gidendir. Her kim aşk ateşiyle yanmamışsa, onun şehvetinin ateşi sönmemiştir. Aşka erişmek istiyorsan şehvetini bırak. Aşk ile şehvet nasıl barışacak! Hiç su ile ateş karışabilir mi? Şehvetine tapan, aşk ile nasıl yâr olabilir?" (*Mantıku't Tayr*, s. 143).

İmdi soru şu; kalplere hükmeden aşk mıdır, şehvet mi? Bunun için kalbi mi suçlamalıyız, nefsi mi?

Eskiler nefsi suçlayarak gönlü aklamaya alışsalar da kalplerde aşk da şehvet kadar, şehvet de aşk kadar yönlendirici saiktir. Kişi kalbinin anahtarını bunlardan hangisine teslim ederse ona göre bir hayat yaşar. Çünkü kalplerin anahtarları kalpleri kilitlemek içindir. Kim kalbinin kapısını hangi sevgili için açıyor veya kilitliyor.

Kulun bu konuda yapması gereken kalbini Sevgili için kilitli tutabilmektir. Lâkin bu çok zordur. Bazıları kalbin içine dünyayı ve dünyalıkları doldurarak onu kilitliyor ve kendisini bir hazinenin sahibi zannediyor. Ne kadar yanlış! Oysa bilinmelidir ki içine dünyanın ve dünyalıkların kilitlendiği bir sandık ancak emanet sandığıdır, hazine sandığı değil.

Şimdiki gençler kalbi nelerle sembolize edip sevgililerine gösteriyorlar bilemiyorum ama benim gençliğimde sevgilisine kalbinin anahtarını sunan şiirlere, şarkılara, desenlere sıkça rastlanır, kalbi sembolize eden küçük anahtarlar kolye diye sinelerde taşınırdı. Elton John'un "Kalbimi Kırma" adlı romantik şarkısındaki anahtar pek çok kişiyi etkilemişti mesela. Fermuarlı bir kalp yapıp fermuarın ucuna iliştirilmiş küçük kilidin anahtarları veya anı defterlerine kalp şeklinde takılmış kilitler ve onların anahtarları... İç içe kilitlenmiş kalpler, ancak birbiriyle açılabilen kalpler... Bütün bunlar kalbimizin bir anahtarı olduğunu gösteriyor. Peki, ama kalbimizin içine kilitlenmesi gereken ne? Şehvet mi, aşk mı? Kalbimizi en önemli parçamız kabul edip onu çapulculardan korumayı önemseyen bizler, orada neyi muhafaza edeceğiz; aşkı mı, şehveti mi? Yahut ikisini birlikte mi?

Yaratılış itibariyle bir kalbi, hazinelerle dolu elmas kakmalı billur bir sandık farz ediniz. İçinde inci inci güzellikler ve iyilikler, mercan mercan sevgiler ve dostluklar, yeşim ışıltılı gülümsemeler, yakut kırmızısı vefalar, zümrüt tenli utangaçlıklar yığın yığın... Her erdemden bazen bir avuç, bazen bir kucak dolusu... Peki, bunca değerli bir hazine sandığını ten zevkleri uğruna çarçur etmek hazineyi ucuza satmak olmaz mı?

Bir de kalbini paraya ve zenginliğe kilitleyenler vardır. Hepsini dünyada bırakıp gitmek üzere mal biriktirerek kalbini ağırlaştıran insanlar. İtalya'nın Padova kasabasında Sant'Antonio bazilikasında, kiliseye adını veren Aziz

Antonio'nun güya mucizelerini gösteren dört rölyef görmüştüm. 57x123 cm. kartuşlardaki bu mermer rölyeflerden biri "Cimri Adamın Kalbinin Mucizesi" (Miracolo del Cuore Dell'avaro) adını taşıyordu. Aynı bazilikanın sunağında da ünlü heykeltraş Donatello'nun bronz tablet halinde bir rölyefi yer alır. Rölyefteki kompozisyonun bir hikâyesi vardır. Şöyle:

Toscana bölgesinde çok zengin bir adamın cenazesi vardır. Cenazede Aziz Antonio da bulunmaktadır ve vücudu bir an sarsılır. Çünkü gözleri adamın içini görmektedir. Sonra da çılgınca bağırır:

"Bu adam gömülemez; çünkü kalbi yok!"

Doktorlar gelerek adamın göğsünü yararlar ve bakarlar ki göğüs kafesinde gerçekten de kalp yok. Ve adamın kalbini aramaya başlarlar. Birkaç gün sonra da onu adamın kasasında paralarının yanına kilitlenmiş bulurlar.

Donatello'nun mesajını iyi düşünmek lâzımdır; eğer kalplerimiz birer hazine, içindeki erdemler de birer mücevher ise, hiç olmazsa hazineye mücevherlerin en kıymetlilerini koymaya bakmalıdır. Ama eğer kalbi yalnızca bir tek mücevherle doldurup kilitlemek gerekirse o mücevherin adı aşk olsun ama şehvet olmasın. Vefa olsun ama cimrilik olmasın, güven olsun ama ihanet olmasın. Gıpta olsun ama kıskançlık olmasın...

Hâmiş: Kalp anahtarını her gece uykuya dalmadan evvel bir kere kullanmak ve hazineye yeni bir mücevher ilâve edilip edilmediğini veya bir hırsızın hazineden elmaslar çalıp çalmadığını kontrol etmek gerekir.

UTANAN KALP

Mecma-i hilm ü hayâ vü edeb ü ilm ü vekâr
Menba-ı fazl u kemâl u hüner u lutf u kerem

Nâbî

Nezaket, hayâ, edep, ilim ve ağırbaşlılığın buluştuğu; fazilet, olgunluk, hüner, bağış ve cömertlik kaynağı (olan kişi)...

ŞÎRAZLI SA'DÎ, Yusuf ile Züleyha'nın hikâyesini şöyle anlatıyor:

"Züleyha aşk şarabından sarhoş olunca o gün Yusuf'un eteğini eliyle tuttu. Şehvet ateşi onu öyle azdırmıştı ki Yusuf'a kurtlar gibi saldırmak istiyordu.

Züleyha'nın mermerden yapılmış, sabah akşam yanından hiç ayırmadığı bir putu vardı. Ona tapıyor, işleyeceği suçu görmesini istemiyordu. Serpuşuyla putun yüzünü örttü.

Yusuf ellerini yüzüne kapamış, bir köşede mahzun bir halde oturuyordu. Züleyha Yusuf'un eteğini yakaladı, ayaklarına kapandı:

'Benden niçin kaçıyorsun? Suratını asıp da şu güzel vakitlerimizi zehretme. Hey vefasız, serkeş adam! Kalbin çelik midir? Eğer bu inadından vazgeçmezsen ben yanıp tutuşurum, sen de perişan olursun' diyordu.

Bunun üzerine iffet abidesi Yusuf gözlerinden yaşlar dökerek, 'Sen taştan yontulmuş bir puttan utanırken, beni Yaradan'dan utanmaz mı sandın?' cevabını verdi."

(Sa'dî-i Şîrâzî, *Bostan*, s. 311)

HASTA KALP

Çâresi var ise ger merhem-i vuslatla olur
Âşık-ı hasta-dilün kalb-i fikârın bilürüz

Mezâkî

Gönlü aşk ile hastalanmış âşığın kalbindeki
yaranın ilacı var ise o ilaç olsa olsa
vuslat merhemidir.

İNSAN bedeninde her organ bir vazife için yaratılmıştır. Hangi organ kendine düşen görevi yapmıyorsa hasta demektir. Göz görme işini, kulak duyma işini, el tutma işini iyi yapmıyorsa hastalığa müptela olmuş sayılır. Kalp ise yapması gereken işi yapmak kendisine zor geldiği vakit hastalandı demektir. Sevgi, dostluk, marifet, şükür, hayâ, iyilik gibi sayısız erdem onun görevleri arasındadır. Böylece kalp bütün bir bedeni yönetir. Eğer kalbimize hastalık sirayet ederse erdemlerin yerini kötülük ve şehvet alır. Söyleme, görme, işitme, yönetme, sahiplenme vs. hepsi birer şehvet olarak kalbimize yerleşir. Erdemlerin eksikliğinden doğan hastalık insanı alçaltır, toplum içindeki değerini düşürür.

Kalp erdemler yönünden sağlıklı yaşarsa insan hikmet ve marifet yönünden tekâmül eder, eşyanın hakikatini öğrenmeye başlar. Bunun dışındaki kalpler hastadır ama sahipleri kalbinin hasta olduğunu hissetmez veya teşhis edemez. Çünkü nefisler hırslara, arzulara, şehvetlere karşı koymaktan geri kalmışlardır.

Hasta kalbin tabibi erdemlerdir. Bizi kimin tedavi ettiğine dikkat etmeliyiz. Çünkü kalp tedavisinde istikamet tutturmak zordur. Kalplerimizi yoklayalım isterseniz ve görelim içinde sevgili kılığında kaç adet hastalık var. Hırs, para, marka tutkusu, şöhret, eğlence, cehalet, kötülük, dedikodu, sahiplenme arzusu vs. vs. En sağlam ve sağlıklı kalp, hiçbir sevginin (ihtiraslar, tutkular, para vb.) ve sevgilinin (eş, evlâtlar, dostlar, zenginlik, makam vb.) hakiki Sevgili'den kendisini alıkoyamadığı kalptir. Kalplerimizi yeniden yoklayalım isterseniz ve görelim içinde hakiki Sevgili'ye ortak ettiğimiz kaç sevgili var?

Kalbini hastalıktan koruyabilenler kalbin aynı zamanda bir şifacı olduğunu da göreceklerdir. Tarih boyunca en başarılı hekimler kalbin sevgisiyle dinleyen, dokunan, saran veya tedavi eden hekimler olmuştur. Çünkü kalbin bizatihi kendisi bir hekimdir. Rastladığı acıyı dindirmek, her ıstıraba merhem olmak, kederleri sevince dönüştürmek onun yaratılışında vardır. Hastalıkların yol açtığı acılar bedenimizin doğasında değil, ruhumuzdadır. İnsan ve insanlık sancılanmaktadır ve yalnızca kalp onun sancısını giderebilecektir.

YANAN KALP

Hasretinle yandı gönlüm
Yandı yandı söndü gönlüm
Evvel yükseklerden uçtu
Sonra düze indi gönlüm

(Bir türküden)

BİRİ pervaneye şöyle dedi:
"Hey budala, git kendine göre bir sevgili ara; boş yere başını derde uğratma. Düşün sen nerdesin, sevgili nerde? Hem ateşle işin ne? Semender misin ki ateşin etrafında dolaşıyorsun! Bu meydanda dolaşmak için önce yiğitlik gerekir. Yarasa güneşten niye saklanır, gündüz niçin taşkınlık yapmaz? Çünkü demir pençeli insanlarla boğuşmak cahilliktir. Düşmanın olmaya devam edeceğini bile bile birisini dost edinmen hiç akıllıca bir iş değildir. Sen canını mum için feda ederken kimse sana 'İyi ettin' demez. Padişahın kızını isteyen dilenci, olmadık hayaller kurmuş olsa da dayaktan başka bir şey elde edemez. Şahlar, sultanlar bu yüksek aşkın müptelası iken ışıklar kaynağı mum hiç senin gibi birisini hesaba alır mı? O böyle yüksek meclislerde şahlar sultanlar tarafından kuşatılmışken sana hiç iltifat

eder mi? Bütün herkese iyi davransa bile sana sertlik gösterir ve seni yakar."

Bu sözlere yanık pervane bakalım ne cevap verdi:

"Behey şaşkın, sanki yansam ne olur! Sevgili uğruna yanmaktan korkan mı var? Gönlümde tıpkı Hz. İbrahim'in gönlündeki gibi bir ateş var, mumun şuleleri bana birer gülzar olmuştur. Ben onun yenini tutmuş değilim, bilakis onun muhabbeti beni tutmuş çekiyor. Benim iradem elimde değil, aşkın zinciriyle ona doğru sürükleniyorum. Beni mumun teması ile yanıyor sanma, ben ona temas etmesem de yanıyorum. Ayrıca ateşin benimle parıldayışı şu ana özgü bir şey değil, o beni uzaktan da aynı şekilde yakıyor."

(Sa'dî-i Şîrâzî, *Bostan*, s. 153-4)

KALP YANGINI

Haşr olunca kalb-i 'âşıkda çerâğıdır yanar
Nâr-i gayret şu'le-i dem âteş-i cânsüz-i gam

Zekâî

Gayret ateşi, dem alevi ve canlar yakan gam şuleleri, hepsi birer meşaledir, ta kıyamete kadar âşıkın kalbinde yanar durur.

İLK ÇAĞLARDAN itibaren insanoğlu hep kalbinde bir yanıştan, yangından söz etmiştir. Sümer'de bir kişi âşık olduğunu anlatmak için kalbinin yandığını söyler, Mısır'da kalbinde ateş olduğunu söyleyen biri de tutkusunu anlattığını bilirmiş.

Hıristiyanlıkta Aziz Augustine'in sembolü yanan bir kalptir; Hz. İsa aşkına yanan bir kalp.

İslâm inanç coğrafyasında kalbin ateşle dolu oluşu çekilen ıstırabı gösterir, ıstıraba sebep olarak da hasret ve ayrılıktan söz edilir. Doğu şiir ve edebiyatının en önemli konularından biri kalpte var olduğu düşünülen yangındır. Mesela Fuzûlî, "Su Kasidesi"ne başlarken bu yangının feryadını koparır:

Saçma ey göz eşkden gönlümdeki odlare su
Kim bu denlü tutuşan odlare kılmaz çare su

Şöyle demek: "Ey gözüm, gönlümdeki ateşe yaş dökerek su serpmeyi bırak. Çünkü bu türden tutuşmuş ateşlere su çare değildir."

Fuzûlî üstat biliyor ki manevî alevlerle yanan bir kalbin yangını maddeden ibaret su serpmekle söndürülemez. Ayrıca kalp yangını büyükten büyük iken gözyaşı denen damlaları serperek söndürülmesi imkânsızdır. Dahası, yangına damlalar halinde su serpmek yangının sönmesine değil büyümesine yol açar. Çünkü serpilen su yangına oksijen takviyesi yapar (İtfaiyecilikte kuraldır; yangının sönmesi için ilk önce oksijenin kesilmesi gerekir. Bu da suyun serpilmesiyle değil, üzerine boca edilmesiyle mümkündür). Sonuçta alevleri manevî olan bir yangına maddî çözümler üretmek, maksadı gerçekleştirmez. Peki, o halde nedir bu gönüldeki yangın?

Göz sevgiliyi ilk gördüğü anda kalbe bir kıvılcım gönderir. Bu kıvılcım kısa sürede kalbi tutuşturur. Her ateşte olduğu gibi alevler gittikçe büyür ve kalbi yakmaya başlar. Kalp yandıkça göz kendini sorumlu tutup ateşi söndürmek için yaş döker. Ne çare ki yaşlar bu yangını söndürmez, bilakis fazlalaştırır (Fuzûlî'nin dediği gibi). Gözdeki yaş fazlalaştıkça kalpteki yangının şiddeti artar. Yangın büyüdükçe göz daha çok su döker. Böylece âşığın kaderi olan bir aşk sarmalı başlar. Artık âşık ağladıkça kalbindeki yangın büyüyor, yangın büyüdükçe ağlama çoğalıyordur. Nihayet bu kısır döngü içinde yanan kalbin alevi dumanlarını "âh" olarak ağızdan dışarıya vermeyi dener. Bu da âh eden âşığın ister istemez kalbindeki yanışı herkese ilan etmesine (aşk sırrını fâş etmek) yol açar. Öyle ki duman, yangının büyüklüğüne göre koyulaşmaktadır. Hatta bazen dumanla birlikte kıvılcımlar da yükselmektedir (karlı günlerde ağzımızdan çıkan buğular gibi). Yükselen "âh" kıvılcımları yavaş yavaş göklere çıkar, güneşi tutuşturur, yıldızları ve ayı yakar (aydınlatır) ve ta arşa varır (Alma mazlumun ahını, çıkar aheste aheste). Arş, şikâyet makamıdır ve kalpten çıkıp yavaş yavaş yükselen kıvılcım oradan geriye şimşek olarak, yıldırım olarak dönüp zalime isabet eder.

Yanmak, kalbin en asil ve anlamlı eylemidir. Özellikle sevgili için yanan bir kalp, insanın en makbul parçası haline dönüşür ve gitgide incelir, kabalığından yontulur, zarafet bulur. Sevgilinin adının ilahî, mecazî, beşerî boyutta değişmesi kalbin duyarlılığı adına önemli değildir. Çünkü kalp yanarak arınır. Maddî yangınlar yanan maddeyi tüketir, yok eder ama kalpteki yangın sonunda onu kıvama erdirir. Âşık bu yanışta ıstırap çekerken aslında pişmekte (hamdım, yandım, piştim), dermanını derdinde yaşamaktadır. Üstelik kalpteki dermanın derdi, yangının yakıtı hiç bitmez. Tıpkı alevi hiç görünmediği, külü asla birikmediği gibi.

Hâmiş: Kalbinde yangın olanlar bunun kıymetini bilsin. Çünkü onu karanlık dünyamıza bir fener yapmak mümkündür; âşığa yol gösteren bir fener. Ve kalbinin feneriyle ilerleyen birisi asla yanlış yola gitmez, yanlış yere varmaz.

SEVEN KALP

Her dil ki zülfün ile şehâ bîkarâr ola
Varı iki cihân içinde anun târmâr ola

Hayâlî Bey

Ey sevgili! Zülfünü görüp de kendinden geçen her kalbin iki cihanda bütün varlığının darmadağın olması kaçınılmazdır.

ÜNLÜ dil, edebiyat ve şiir bilgini Asmaî (ö. 831) Basra çarşısında rastladığı köylü bir kadına sorar:

"Siz aşkı nelerden ibaret sayarsınız?"

Kadın şöyle cevaplar:

"Bağrına basma, saçlarına dokunma ve konuşma. Peki, ey şehirli bilgin, sizde aşk nasıl bir şey?"

"Sarılma, okşama, öpme ve benzerleriyle ilerleme!"

"Peki, cinsel münasebete kadar uzanıyor musunuz?"

"Evet!"

"Yaaa!.. Ey kardeşim oğlu, bu senin söylediğini yapanlar âşık falan değil, düpedüz çocuk isteyen birileri..."

ÂŞIK KALP

AŞK nedir, sevgi nedir?
Aşkın sınırı nerede başlayıp nerede biter?
Onu seviyor muyuz yahut âşık mıyız?
Asırlarca cevabı aranmış ve içinden çıkılamamış sorular bunlar.
Laboratuvar ölçümlerine tâbi olmadığı için de göreceli elbette.

Bu konudaki okumalarım ve araştırmalarım bana gösterdi ki kalbin ilk eylemi sevmektir. Kalp sevgiyle kendini bulur, sevgiyle beslenir, sevgiyle yaşar. Bu sevginin kime, nasıl, ne kadar olduğuna veya olması gerektiğine dair özellikle Doğu coğrafyasında sayısız kitap yazılmıştır. Bağdat ve Endülüslü İslâm âlim ve filozofları sevgi ve aşk kavramları üzerine derin araştırmalarda bulunmuşlardır. Bunlardan özellikle İbnü'l-Kayyum el-Cevziyye ile İbn Hazm'ı bilhassa anmak gerekir.

Kur'ân-ı Kerim'de aşk kelimesi geçmez. Onun yerine hub, mahabbet gibi kavramlar anılır. Müfessirler ve âlimler de sevginin basamaklarını buna göre yorumlayıp derecelendirirler.

Sevgi, Allah tarafından daha ezelde kullara tattırılmış ve bütün yolların sevgiyle yürünmesine dikkat çekilmiştir. Buradan yola çıkan âlimler sevgiyi evrene dağılmış olan ruhlara ait parçalar (atomlar) şeklinde açıklamış, parçaların da yüce bir cevherde birleşmek üzere arayış içinde dönüp durduklarını söylemişlerdir. Kalpler bu buluşmanın mekânıdır ve yüce cevher de aşktır. Ezelden birbirine yazgılı buluşmalar evrenin içinde küçük bir ilgiden başlayarak kalbi teslim alan bir çılgınlığa varasıya kadar derece derece gerçekleşir. Kalpler söz konusu buluşmaya o derece özlem duymaktadır ki buluşmanın gerçekleşmesi için her fedakârlığa hazır beklerler. Bir kaba giren sıvı nasıl ki kabın şeklini alıyorsa, kalpler de bunun tam tersine içine aldıkları sevginin şekline bürünürler, halden hale girerler. Böylece sevgilerin buluşması milyonlarca biçimde kalplerin buluşmasına dönüşür. Irmak bir baştan binlerce başa ayrılır ve her akış bir başka yoldan sevgiliye doğru gerçekleşir.

Dünyadaki bütün kalpler ordu halinde savaşa giden askerler gibidir. Birbirini tanıyanlar ve birbirine benzeyenler birleşir; tanımayan ve benzemeyenler ayrışır. Nitekim varlık arasında kaynaşma veya farklılaşma, bu birleşme ve ayrılma eylemlerine bağlıdır. Şekiller benzerini çağırır ve her şey benzeriyle/benzerinde rahat eder. Zıtlar uyumsuz, benzerler uyumludur. İnsanın sevgilide huzur bulması, sevgilinin bir parçası olmasından kaynaklanmaktadır. Ne var ki sevgi veya aşk bahsinde fiziksel güzelliklerin veya özelliklerin değeri yoktur; önemli olan kalplerin benzeşmesidir. Aksi takdirde güzellik ölçülerinde noksanı olan kişilerin hiç sevilmemesi gerekirdi.

Sevgi veya aşk, akılların, ruhların veya nefislerin uyumuyla da izah edilemez. Öyle olsaydı zıt karakterde veya tabiatta olanların sevgi veya aşkta adları anılmazdı. O halde sevgi veya aşktaki yegâne gerçek, onun yalnızca kalplerde büyüyüp geliştiğidir. Ruhumuza uygun düşen, canımızın istediği, aklımızın yattığı, mantığımızın kabul ettiği ilgi ve sebepler olsa olsa kalbin hâkimiyetinden sonra gelir ve ancak ikinci derecede etkili olabilir. Maamâfih kalbin hâkimiyeti olmaksızın akıl, mantık, arzular, hevesler ve ruh benzeşmesi gibi ikincil etkenlerle meydana gelmiş bir sevgiden (aşk değil) söz edilebilir. Böyle bir durumda sevgi sebebinin ortadan kalkması sevginin de ortadan kalkması için kâfi gelecektir. Yani belli bir sebepten dolayı bizi seven birisi o sebep ortadan kalkınca bizi sevmez olabilir. Güzellik, zenginlik, akrabalık, samimiyet, ortak idealler, paylaşmak, dostluk gibi sebepler hep sevgiye ait giriş kapılarıdır. Bu kapılardan girenler bir gün oradan çıkıp giderler, lâkin birbirlerini kalben sevenler ruhları birbirine karışacağı, nefisleri birbirinden hoşlanacağı, mantıkları yekdiğerine izah getireceği için asla ayrılmayacaklardır. Bu tür sevgiler gitgide aşka yükselir. Bu yüzden aşk yolu basamak basamaktır.

İki kişi arasında sevgiler gibi aşklar da yeşerip büyümeye elverişlidir. Birine ilgi duyan kalp başlangıçta özgür iken hiç tanımadığı bir kalbe yakınlık duymuş olur. Sonraki adımda onu tanımak ister ve izini sürer. Bir müddet sonra mıknatısın demiri çekmesi gibi onun cezbesine kapılıp yakınında olabilmek için can atar. Eğer demirin mıknatıs ile benzeyen bir yanı olmasaydı demir de mıknatısı çekmezdi. Bir müddet sonra taşın içinde saklı ateş gibi taşlardan biri diğerine çarpar ve ortaya bir kıvılcım çakar. İşte ilginin sevgiye ve gitgide aşka dönüştüğü nokta burasıdır. Artık özgür kalp, bağımlı kalbe dönüşmüştür.

Günümüzde pek çok genç, aşk kelimesini sevgi kelimesi yerine ve cömertçe kullanmakta, hatta muhatabını "Aşkım!" diye çağırmaktadır. Bir ilgi, bir heves, bir dostâne yakınlık, bir sevgi ve en nihayet tutkulu bir muhabbet halinde iken buna aşk demek, belki de gerçek aşkı –buna aşkın gerçeğini de diyebiliriz– tanıma yolunda bir engel, bir perdedir. Her türlü duygu için aşk kelimesini kullanmak ve o duyguyu aşk diye tanımlamak yolun başlangıcındayken hedefe vardığını söylemek, henüz birinci sınıf öğrencisiyken allâme olduğunu zannetmek gibidir. Daha kötüsü de aşk kelimesinin bu derece ulu orta kullanımı aşk kavramının içini boşaltmak, asil ve imrenilecek bir hali ucuzlatarak piyasa metaı haline getirmek biçiminde de yorumlanabilir. En sağlıklısı, kişinin içindeki duyguyu doğru tanımlayarak ona göre davranması, muhatabıyla öyle konuşması ve ilişki kurmasıdır.

Peki ama insanlar içlerindeki duygunun hangi basamakta beklediğini nasıl bilecektir?

Hepimiz sempatinin, ilginin, ilgilenmenin nasıl olduğunu biliriz. Bu aşamalar geçildiyse asıl zorluk kalpteki duygunun sevgi mi, aşk mı olduğunu kestirememe halidir. Gençlere bununla ilgili bir test önerebiliriz; buyurun:

Eğer birisine ilgi duyuyor ona sevgilim veya aşkım diyorsanız hangisinin doğru olduğunu görebilmek için kendinizi yoklayın ve içinize sorun. "Yarın onun yanına varınca şöyle yapayım, şunu söyleyeyim, şöyle davranayım gibi planlar kuruyor da ertesi gün onun yanına vardığınızda bu planı uygulayabiliyorsanız siz ona ilgi duyuyor veya seviyorsunuz; ama plan kurduğunuz halde ertesi gün onun yanına vardığınızda heyecandan, ayaklarınızın ve ellerinizin dolaşmasından planınızı uygulayamıyorsanız siz ona âşıksınız. Çünkü aşk, sarmaşık demektir ve bir sarmaşık bedeni sarınca artık sizi size bırakmaz, her şeyinizi kuşatır, sarar, sarmalar. Bahçenize düşen bir sarmaşık tohumu düşünün. Kısa sürede yeşerip başını kaldıracak, daha yükseğe tırmanmaya başlayacaktır. Bir de bakmışsınız, bahçeyi kaplamış; hatta sınırdan dışarı taşmıştır. İşte gönle düşen aşk tohumu budur. Bütün bedeni sarıp sarmalar, oradan etrafa yayılır. Nice fidanlar, selviler, çınarlar, bir sarmaşık tarafından sarılınca gitgide sarmaşık dalları arasında görünmez oluyorsa, aşk sarmaşığı da insan fidanını öyle kaplayıp görünmez eyler, yok eder. Sarmaşığın özelliği, sarıldığı ağacı içten içe kurutması, bitirmesi, sonunu hazırlamasıdır. Nitekim aşk da insanı sarınca onu içten içe eritip yok eder. Dıştan görünen yalnızca aşktır ve âşık da çevresini görmez olur. Çünkü sarmaşık onu öyle çevrelemiştir ki, dışarıda olup bitenleri ne duyar ne görür; hatta duymak ve görmek de istemez. Aşka tutulan ağaçta artık bütün buyruklar sarmaşık tarafından verilir ve âşık "Herkesi kör; dört yanı duvar sanır." Dıştan bakanlar onun sarmaşığını görürler ama ağaç sarmaşıktan fırsat bulup çevresini göremez.

Sevginin derece derece ilerleyişini ve aşk haline dönüşmesini ayrıca ele alacağız. Şimdilik unutulmaması gereken şey, küçük bir ilgiden hevese, sermestlikten muhabbete, ateşli acılardan kanın delirmesine, kendini yitirmekten aşkta yitirilmeye varasıya kadar hepsi insan için olan bu hallerin hangisine ne diyeceğimiz ve hangi kademede nasıl davranacağımızdır. Öyle ya; aşk ile âbad olmak varken neden aşk bizi berbat etsin?

Hâmiş: Kalptir ki sevgi ile aşk arasında nice korkakları cesur, nice cimrileri cömert, nice hödükleri nazik, nice düşükleri asil, nice yaşlıları genç eylemiştir. Ve elbette nice ince fikir sahiplerinin de akıllarını almıştır. Aşk bir sonuçtur; olmak veya ölmek için...

Dost Sevgili

"BİRİSİ, bir dostunun, sevgilisinin kapısına gelip kapıyı çaldı. Sevgili dostu 'Kapıyı çalan kim?' deyince. 'Benim!' diye cevap verdi. Dostu 'Git, şimdi zamanı değil. Böyle bir sofra, ham kişinin makamı olamaz. Hamı, ayrılık ateşinden başka ne pişirebilir, nifaktan ne kurtarabilir?' dedi. Adamcağız gitti, tam bir yıl dostunun ayrılığıyla yanıp yakıldı. Yanıp pişerek tekrar döndü, geldi. Sevgilinin evinin etrafında dolaşmaya başladı. Kapıya varıp ağzından edepten dışarı bir söz çıkmasın diye yüzlerce korkuyla ve çekinerek halkayı çaldı. Sevgilisi 'Kim o?' deyince 'Sensin, a gönlümü alan dost' diye cevap verdi. Dostu 'Mademki bensin, ey ben, gel, içeri gir! Ev dar, iki kişi sığmıyor zira.'

İğneye geçirilecek iplik iki ayrı iplik olursa geçmez ama ikisi bir olur, biri diğerinde bükülürse iğneden geçer! İpliğin iğne ile münasebeti o birliği sağlar, fakat deve, iğne yordamından geçemez ki!"

(Mevlânâ, *Mesnevî*, c. I, b. 3056-3065)

AŞK... AŞK...

MEVLÂNÂ, "Aşk hakkında ne dediysem, aşk geldiği zaman söylemeye utandım" buyurmuş. Eğer o tarif edemediyse, aşkı tarif bizim kârımız değil... Ancak bugüne kadar yapılan tanımlar ve tariflerden yola çıkarak birkaç söz söylemeye cür'et edebiliriz.

Evvela, aşktan bahsetmek tam da kalpten bahsetmektir. Çünkü aşk, kalbin hem gıdası hem ilacı hem derdi hem devasıdır. Ve aşk evrenin içindeki en büyük duygu iken hiçbir konu ondan daha büyük önceliğe sahip değildir. Bu durum Jung'un "Tanrı sevgidir" formülünde izahını bulan bir önerme gibidir.

İncil'in "*Aşk her şeye katlanır, her şeye sabreder*" (Korintlilere Birinci Mektup, 13/7) dediği aşkın hem faili hem kurbanı kalptir. Ne yazık ki modern çağda onun katili de olma yolunda.

Bedenimizdeki her uzvun bir görevi vardır. Gözden görmesini, kulaktan duymasını bekleriz. Görevsiz bir organ, anlamsız kelime gibidir, işe yaramaz. Herhangi bir organımız kendinden beklenen görevi yerine getirmiyorsa orada bir hastalıktan söz etmek gerektiğini yukarıda izah etmiştik. Bu noktada kalp yürek adıyla kan pompalamak, gönül tanımıyla da sevmekle görevlidir. Ve bütün kalpler sevdikçe işini yapar, işini yaptıkça daha çok sever. Bu da onun sevgi, sevme ve sevgili için var olduğunu gösterir. Nitekim daha yürek yaratılmadan, Kalû Belâ'da gönle sevme görevi verilmiş ve içine aşk mührü vurulmuştur. "*Elestü bi rabbikum?*" sorusunun cevabı olan bu aşkta ilahî bir sır vardır. Bu dünyada kalbinin perdelerini şeffaflaştıran veya kirlerinden arındıran herkes örtülerin altından bu aşkın parladığını görebilir, içindeki aşkı dışarı çıkarabilir.

Yaratılanların aşkı (beşerî aşk) dışarıdan kalbimize girer, ama içimizdeki aşkı biz dışarı çıkarabiliriz. Dışarıdan kalbe girmeye çalışan aşk yalnızca gönlün dış yüzeyine kadar sirayet edebilirken içimizdeki aşk gönlün hepsinde zaten mevcuttur. Gönlün dünya ilgileri, yani hırslar, kuruntular, şehvetler, arzular kalbin içindeki aşka sirayet etme konusunda tıpkı kalbe dışarıdan girmeye çalışan aşk gibidir. Gönülde zaten var olan aşk ise ham bir cevherdir ve işlenerek elmas yahut pırlanta olabilir. Bu bakımdan aşk kelimesinin kendisi de bizatihi aşkın sırrını içerir. Çünkü "A (ayn) – Ş (şın) – K (kaf)" harflerinin her biri bir anlam yüklüdür. Ayn (anlam itibariyle) bir gözdür ki aşk görme ile başlar. Şın bir şevktir (şevk kelimesi şın harfiyle başlar ve bir anlamı "coşku"dur) ki gören kalp aşk şarabını coşkuyla içer. Bu içki âşığı sarhoş edeceği için Kaf'a (Kaf Dağı veya kalp kelimesinin başındaki kaf harfi) uçurur ve maşuk ile âşık kalpte birleşir. Böylece gönül görevini yapmış, âşık olarak Kalû Belâ'da edindiği iksire hayat vermiş olacaktır.

Aşkı tasnif eden bilgeler onu "behîmî (şehevî), tabii (beşerî), aklî (platonik), ruhanî (mecazî) ve ilahî" gibi tasnifler altında incelemişlerdir. Her boyut için kalbimizin faaliyetleri ve gönlümüzdeki tecelliler kademe kademe gerçekleşir. Buna göre aşkın birinci derecesi "meveddet"tir. Yani sevgi duyabilme özlemi, ilgi. Eşyayı sevebilme, çevreyi, insanları sevebilme, sevmeyle ilgili olma hali. Bize kötülük yaptığını düşündüğümüz insanlara bile kötülükle karşılık vermemek gibi. Nasıl denir, içimizde sevgi oluşturabilme özlemi gibi bir şey. Bugün maalesef toplumdaki meveddet eksikliğinden görmelerimiz kin dolu bakışlara bürünmüş, gülümseyen bakışlar ise gitgide unutulmuştur.

Aşkın ikinci kademesi "hevâ"dır. Yani sevgiye duyulan heves. Gözyaşıyla beslenen, gözyaşı döktüren bir sevgi. Dikkat buyurulsun aşk dediğimiz şeyin ikinci basamağında gözyaşı vardır.

Aşkın üçüncü kademesi "hillet" yani sevgi ile sermest olmak, kendinden geçmek, ne yaptığını bilmez hale gelmektir. Şimdiki gençlerin "aşk" kelimesiyle ifade ettikleri durum ekseriyetle işte budur ve ilerisine geçebilmek için gayret gösteren pek az insan vardır.

Aşkın dördüncü kademesi "muhabbet"tir. Muhabbet, sevilenin hoşuna gitmeyecek hiçbir şeyi yapmamaktır. Allah'a muhabbeti olan kişinin Allah'ın hoşuna gitmeyecek bir şeyi yapmaması gibi. Sevdiğini söylediği halde sevgilisinin dediğini dinlemeyen, hatta onunla kavga eden insanlar çağındayız. Oysa muhabbet, sevgilinin sizde görmek istemediği bütün kötü huylardan arınmak, onun istediği gibi olmak demektir. Yunus'un "Yaradılmışı severiz Yaradan'dan ötürü" dediği merhaledir.

Aşkın beşinci kademesi, "şegaf"tır. Bu, tam mânasıyla kalbi parçalayan ateşli bir acıdır. İşte aşk, bu noktada başlar, aşkın eşiği burasıdır.

Aşkın altıncı kademesi, "hüyâm" yani sevdalıyı çıldırtan, kendinde bırakmayan, hani Kays'ı Mecnûn yapan sevgidir. Kanın delirmesi, deli-kanlı olmak.

Aşkın yedincisi kademesi, "vâleh"tir. Yani dostu seyrederken kendinden geçme ve dostu her şeyi ile seyretmedir. Leylâ'nın aşkı gibi. Okumak için açtığı kitabın sayfasında ferahlamak için baktığı mehtabın üzerinde, aydınlanmak için yaktığı mumun alevinde sevgilinin yüzünü görüyordu. Vâleh, bir mahlûka baktığında ilahî kudretten başka bir şey görmeyen erenlerin kademesidir. Kana kana şarap içenin sarhoşluğuna benzer ve "aşk şarabı" dedikleri işte bu kademenin tecellisidir.

Ve nihayet sekizinci kademe, "aşk"tır. Aşk; sevilende son hücresine kadar yok olma yahut son hücresine kadar her şeyiyle –sarmaşık gibi– sevgiliyi kuşatma demektir.

Aşkta ölçü, yok olmaktır. Aşkta âşık yoktur, sadece maşuk vardır. Onun için aşk, tek kişiye aittir. Çünkü aşkta, âşık kaybolmuştur, artık kendinde değildir, idrakten âcizdir. Bu noktada maşuk da âşıktan ayrı değildir. Kulun Allah'ı sevmesiyle Allah'ın kulu sevmesi buna benzer. Aşkın bu son merhalesi bir kadınla bir erkek arasında bile olsa büyük bahtiyarlık ve mutluluk sebebidir.

SEVGİLİ KALBİ

"TEMİZ kalpli soylu bir genç bir zamanlar bir güzel yüzlüye tutulmuş, sevmiş, belki âşık olmuştu. Fırsat el verdi ve bir gün bir kayıkta yalnız kaldılar. Kayık sahilden açıldı, derken fırtına başladı ve girdaba kapılıp devrildi. Uzaktan bir cankurtaran olayı gördü ve kulaçlarını hızlandırıp yanlarına geldi. İkisi de yüzme bilmedikleri için çırpınıyorlardı. Cankurtaran onlara yaklaşınca gence ulaştı ve bileğine yapıştı. O sırada genç elini çekip ona 'Önce sevgiliyi kurtar!' diyebildi. Birkaç saniye sonra da girdabın içinde kaybolup gitti."

(Eski bir halk hikâyesinden...)

SEVDA

Bir nefes çıkmaz gam-ı aşkun gönülden dostum
Sanki ol sevdâyı kalbümle hüveydâ eyledün

Usûlî

Sevgili! Aşkının gamı gönlümü bir an bile terk etmiyor. Sanki sen o sevdayı (âşığın kara bahtını) benim kalbim üzerinden açıklamış gibisin, öyle mi?..

TEVRAT'ta sözü edilen en büyük âşıklardan birisi Potifar'ın karısı Züleyha'dır. Züleyha kocasının kölesi olan Yusuf'a sevdalanmıştır. Çünkü Yusuf'un bu dünyaya gelmiş geçmiş en yakışıklı erkeklerden birisi olduğu rivayet edilir. Züleyha'nın arkadaşları onun Yusuf'a duyduğu kara sevdası ile alay etmeye başlayınca hepsini çaya davet eder. Arkadaşları kendilerine sunduğu meyveleri soyarken, Züleyha Yusuf'u çağırır. Kadınlar Yusuf'u gördükleri zaman onun güzelliğinden öylesine büyülenirler ki, hepsi ellerini keserler. Bunu gören Züleyha da; "Şimdi benim Yusuf'umu gördünüz, artık beni suçlayabilir misiniz?" der.

Sonunda Potifar, Züleyha'yı, Yusuf'a olan skandal aşkı yüzünden boşar ve Züleyha yoksul işçiler ve dilenciler arasında yaşamak zorunda kalır. Yıllar sonra Yusuf, Mısır'ın en güçlü adamı makamına yükseldiğinde, bir gün Züleyha'yı yolda görür. Züleyha, yırtık pırtık elbiseler giymiş, sürdüğü zor yaşamdan dolayı yaşlı ve bitkin bir haldedir. Yusuf müşfik bir sesle ona der ki; "Sen evli ve ben kocanın kölesi iken seni sevemezdim. Ama şimdi seninle evlenmekte serbestim ve senin bana olan sevginden dolayı bunu seve seve yapacağım." Züleyha parlayan gözlerle dedi ki; "Hayır Yusuf, benim sana olan aşkım bir perde idi. O zamandan bu yana Sevgili'yi doğrudan sevmeyi öğrendim. Artık bu dünyada hiçbir şeye ve hiç kimseye ihtiyacım yok."

Züleyha'nın Yusuf'a olan aşkı onun gönlünü açmıştı.

(Robert Frager, *Kalp, Nefs ve Ruh*, s. 28-29)

İLAHÎ AŞK

Hatı irişmedin cân vir yolında
Ölümden öndin öl iy kalb-i gâfil

Cem Sultan

Ey gaflette olan kalbim; sevgilinin hattı (fermanı / ayva tüyleri) belirmeden can vermeye bak; ta ki (ecel ile) ölmeden ence (sevgili uğruna) ölmüş olasın.

İLAHÎ AŞK, yaratılanın Yaratıcı'ya olan bağlılığının son merhalesinde duyduğu mutluluğun adıdır. Kul, yaratılmışların sevgisini kalbinde çoğaltarak Yaratan'da sevginin özüne, kaynağına, avatarına ulaşır. Bu, bütün aşklarda hissedilen aşk lezzetinin son merhalesidir ve âşık, Allah'a kavuştuğunda Sevgili'de yok olarak hayat bulur. İlahî aşk sürecinde kalp sonsuz mutluluğu tadar, günül eriyip yok olur.

İlahî aşk yolunun yolcuları bütün ilgi ve sevgilerini mutlak Sevgili'nin aşkına yöneltince dünyaya ait ne varsa terk ederler; dünya ve dünyalıklar, gözlerindeki değerini yitirir, Mecnûn Leylâ'sından geçer.

Sûfîler Kur'ân-ı Kerim'in *"Hani Rabb'in (ezelde) âdemoğullarının sulplerinden zürriyetlerini almış, onları kendilerine karşı şahit tutarak, 'Ben sizin Rabb'iniz değil miyim?' demişti. Onlar da, 'Evet, şahit olduk (ki Rabb'imizsin)' demişlerdi. Böyle yapmamız kıyamet günü, 'Biz bundan habersizdik' dememeniz içindir"* (A'râf, 172) âyetine dayanarak aşkın daha kalp yaratılmadan evvel Kalû Belâ'da gönüllere bir mühür olarak vurulduğunu söylerler. O gün ruhlarımıza teklif edilen şey her ne kadar Allah'a kulluk olsa da gerçek kulluğun ancak aşk ile başarılabileceği de ortadadır. Âyetin tefsirine göre dünyada hiçbir şey yokken, daha dünya yokken, Allah ruhlarımızı bir yere toplamıştı. Dünyada sırası geldikçe ete kemiğe bürünecek bütün ruhlar o gün oradaydı. Allah, kendi güzelliğinden (Cemâl) çok az (güneşi simsiyah bir örtüyle kaplayıp üzerine iğneyle açılan bir delikten sızan ışık kadarcık) bir parçayı ruhlarımıza gösterdi. Ruhlarımız gördükleri güzellik karşısında o derece kendilerinden geçtiler, Allah'ın güzelliğine öylesine tutulup çarpıldılar ve mest oldular ki o güzelliğin nuruna sahip olmak, onunla kâim olmak için can atmaya başladılar. Bu can atış aşkı başlattı. Sonra Allah onlara "Ben sizin Rabb'iniz değil miyim?" diye sordu ve hepsinden söz aldı. Sûfîlere göre aradan milyonlarca yıl geçtikten sonra bir bedende dünya hayatını yaşamaya başlayan ruhlarımız o verdikleri sözün ardında durmak zorundalar. Nitekim o gün "Evet" anlamında "Belâ" dediğimiz için Allah, sözünü unutan kullarına bazı belâlar ile kendini hatırlatmaktadır. Orada verilen sözün arkasında durabilmek ve kulluğu lâyıkıyla yerine getirebilmek için çeşitli yollar vardır (tarikat). Bu yol, Kalû Belâ'da yalnızca kırıntısını gördükleri ilahî güzelliğe (Cemâl) vuslatı amaçlar ve bunun için farklı yöntemler uygularlar. Ne ki bütün yolların hareket noktası ilahî güzelliğe ulaşma aşkıdır. Sevgili'ye vuslat ise "ölmeden önce ölmek"le mümkündür. Ölmeden önce ölüm ise dünyadan (mâsivâ) el etek çekmeyi gerektirir. Böylece sûfî Kalû Belâ'da görüp âşık olduğu mutlak Sevgili'ye kavuşur O'nda kendini yok eder (Fenâfillah) ve sonsuz hayat bulur (Bekâbillah). Âşık, vuslat için Kalû Belâ'dan itibaren zaten yeterince zaman kaybettiğini, fazlasıyla ayrılık çektiğini düşünerek dünya hayatının oyalamasından kurtulmak ister. Bunun için nefis terbiyesi, çile, riyazet, zikir yahut tesbihlerle derece derece ilerleyip manevî makamlar katetmeye çalışır. Bu makamlar tıpkı beşerî bir aşkın derece derece artması, coşkusu, sabırsızlığı, ayrılığı, hasreti, hicranı gibidir ve âşığı olgunlaştırır, kemâle erdirir. Nitekim bazen beşerî bir aşk serüveni yaşayanlar ilahî aşk macerasında daha kolay yol alabilirler. Bunun için öncelikle "Lâ mabûde illallah" (Allah'tan başka ilah yoktur) denilerek yola girilir. Nefis buna tam inandığında "Lâ maksûde illallah" (Allah'tan başka maksat yoktur) aşaması gelir. Burada sûfî her şeyin Allah'tan olduğuna inanıp yegâne maksadın Allah oluşunu içselleştirir. Bu mertebede sûfî kendi maksadını Allah'ın maksadına feda eder. Sonraki aşama "Lâ meşhude illallah" (Allah'tan gayrı görme yoktur) esasına dayanır ve sûfî her neye baksa Allah'ı görür, her şeyi Allah'ın tecellisi olarak algılar. Bunun neticesinde gönlü o derece itminan ile dolar, varlığı Allah aşkıyla o derece erir ki sonunda "Lâ mevcûde illallah" (Allah'tan başka varlık yoktur) demeye başlar. Buna "Fenâfillah" (Allah'ta yok oluş) denir ve onun bir adım sonrası "Bekâbillah"tır (Allah ile var oluştur). Bu aşamalar için sûfîler her an, her yerde Allah'ın hikmetini, sanat ve kudretini, sıfatlarının tecellisini görmek arzusundadırlar. Allah'ın "Rahman" ismi âşığın yufka kalbinde bir "rahmet ve yumuşaklık" meydana getirir. Yani Allah'ın Rahman adı gönülde tecelli gösterir. Bu da imanın ve küfrün merkezi olan kalbi Allah'ın evine dönüştürmek için önemlidir. Kalp ilahî aşk ile dolduğunda bütün mâna âlemlerini kuşatır. Hak yolcusunun varacağı son merhale de zaten bu kuşatılmışlıktır. İlahî aşkı taşıyan gönül başlangıçta harap olmuş bir ev gibidir. Evi âbad edecek de tamir edecek de ancak Sevgili'dir ama yine de âşık Sevgili için o evi mamur tutmak için çabalar.

Sûfîlere göre yaratılışın maksadı insanın Kalû Belâ'da lezzetini aldığı aşkı yeniden keşfetmesi, onu ifade etmesi ve ona hizmet etmesidir. Bunun için bir yandan Sevgili âşığını çekmekte, cezbetmekteyken, diğer yandan âşık Sevgili'ye cevap vermek için can atar konumdadır. Çünkü sevildiğini bilmek kadar sevilmeyi ummak da âşığı mutlu eder. Keza âşığın sevgisini Yaratan'dan yaratılana yöneltmesi de gerekir. Sevgili'yi sevmek, Sevgili'ye ait olan her şeyi sevmek demektir. Bir kalp ancak böyle huzura erer. Bu huzurun anlamı bir yandan "mutluluk, saadet" ise de diğer yandan "Sevgili'nin eşiğinde olma"dır. Âşık ne kadar huzurda olursa o kadar çok sever, ne kadar çok severse o kadar çok huzur bulur, huzurda bulunur. Aşkın farkındalık hali huzurda bulunmakla mümkündür ve bu duygu sûfîye varlık ile daimi bir ilişki içinde olmayı önerir. Sevgili'nin huzurunda oluş bir teslimiyet halidir. Bu da aşkın tatmin olmuşluk ve rıza makamıdır.

Kullukta aşkı tadan kalpler kurtulmuştur. Kurtulan bir kalp için aşk hem azık hem gıda; hem dert hem devadır. Aşk bir ağaç olsa, gönül o ağacın gövereceği toprağa döner; aşk bir özne olsa, gönül sıfatı; aşk sıfat olsa gönül öznesi kesilir. Aşk gök olsa, gönül yere evrilip onun yağmasını bekler. Gönül bir maden ocağı, aşk bir cevher; gönül kandil, aşk nur veya alev... Gönül göklere dönse, aşk güneş yahut şimşek... Gönül bir küheylan, aşk bir süvari, aşk bir inci, gönül sadefi. Gönül bir bahçe, aşk çiçeği, gönül...

Yaslı Kalp

Aceb tâli'gibi zannım kararmış kalb-i pür-kasvet
Şeb-i deycür-i firkatde eder sad şûr-i matemler

Çuhadarzâde Şâkir

Yaslı kalbim de tıpkı talihim gibi kararmış olsa gerek ki ayrılığın kara gecesinde çığlık dolu matemlerin haddi hesabı yok.

YAS evinde yüzlerce ağlayıcı olsa yine de en tesirlisi dert sahibinin ahıdır. Yüz dertli bir halka olup otursa, halkanın merkezi elbette en kederli, en yaslı olandır.

Anlatırlar ki Züleyha, Yusuf'u zindana attırdığı vakit onun ayrılığıyla yanıp yakılmaya başlamış. Hem kendisinden ayırmış hem hasretini çeker olmuş. Bu yüzden zaman zaman zindanı ziyarete gider, sûreta "Hükümlüm kaçmış olmasın!" diye kontrol eder ama içten içe de hasret giderirmiş. Eğer Yusuf'u uyurken bulursa hücresinin önünde bekler, seyreder; eğer uyanık bulursa azarlama yoluna saparmış. Azarlamasının sebebi de karşılık versin de sesini duyayım diyeymiş. Lâkin Yusuf hiç cevap vermezmiş. Günlerden birinde sesini çok özleyince bir köle çağırıp "Hemen şimdi git, zindanda Yusuf'u yere yık, adamakıllı kamçıla! Öyle vur ki ta uzaktan âh ettiğini duyayım" emrini vermiş. Köle emre itaate niyetlenmişse de Yusuf'un güzel yüzünü görünce kıyamamış. Hücrede bulduğu bir postu yere serip onu kamçılamaya başlamış. Kölenin her kamçısında Yusuf mahsustan feryad etmekte, "Ah!" diye bağırmaktaymış. Beri taraftan da Züleyha bağırıyormuş: "Daha hızlı vur, adamakıllı vur!" Nihayet köle Yusuf'a yalvarmış:

"A güneş yüzlü, Züleyha gelir de sırtında kamçı izi göremezse şüphesiz beni öldürür. Hiç olmazsa bir kere omzunu aç, dişini sık, azıcık olsun kamçıya dayan!.."

Yusuf elbisesini sıyırmış. Köle kamçıyı şaklatmış. Ve Yusuf can evi kavrulmuş olarak yere kapaklanmış. O sırada Yusuf'un âh edişini duyan Züleyha'nın emrini işitmişler:

"Yeteeer!.. "

MECAZÎ AŞK

MECAZÎ aşkın başladığı yer, ten sevgisinin (bedene karşı duyulan şehevî tutkunun) bittiği yerdir. Muhyiddin Arabî, *Tuhfetü's-Sefere*'sinde diyor ki: "Sevginin nihayeti aşktır. Sevgi herkeste var olabilir ama aşk özeldir. Çünkü aşkın mahalli süveydadır. Sevgi kazanılan bir şeydir, aşk ise ilahî bir lütuftur. Allah bir kulunda bu lütfunu arttırırsa sabrını da ona göre verir."

Bu satırlardan anladığımıza göre aşk, sevginin çoğalıp son haddini bulma halidir. Sevgi sıradan bir duygu olduğu halde aşk daha seçkin ve asildir. Veya sevgi herkesin arasında var olabilir, lâkin aşk özge kullar kârıdır. Bu yüzden aşk kalbin tam merkezinde bulunan süveydada tecelli eder ve başlı başına bir mecaz oluverir. Seven, sevgili, sevgi, hatta rakip bile burada mevhum birer benzetmedir artık; gerisi âşıkın kalbindeki tecelliden ibarettir. Eflatun'un "idealer âlemi" veya "mağara istiaresi"nde olduğu gibi… Platonik aşkın felsefesi bu mecaz anlamda gerçekleşir.

Allah, insanı aşk potansiyeliyle yaratmıştır. Kişinin aşkı hissetmesi için kalbinde pek çok ilhamlar vardır. Bunun için mutlaka somut bir sevgiliye ihtiyacı da yoktur. İlahî kudret, kalbi aşka yönlendirmek üzere durmadan tecelli etmektedir. Yaratılmışı Yaratan'dan ötürü sevmenin sırrı buradadır.

Mecazî bir aşkın öncesinde insanı yöneten ve yönlendiren bir "arzu" (şevk, istek) söz konusudur. Arzuyu uyandıran içgüdüsel mihrak ise maddî veya manevî boyutta bir "lezzet"tir. Lezzet fikri insanda hem maddî (şehvet gibi) hem manevîdir (zihinsel ser-hoşluk gibi). İnsanda lezzete yönelme içgüdüsü mecazî aşk yolunun da başlangıcını teşkil eder. Arzu ise sevgiliyi görme çabasından ibarettir. Böylece âşık sevgilinin yüzünü görme veya onun diğer güzelliklerini görme, hissetme, kavrama, anlama gayretinde olur. Bu gayret insana lezzet getirir lâkin belâları da çoktur. Ayrılık, firkat, hasret, hicran, kınanma, dile düşme, kendini bilememe ve bulamama, aklı terk etme, bilinci yitirme vs. hep bu belâlardandır. Belâdan uzaklaşmak için irfan, şeref, itibar, kemâl gibi erdemlere yürümek lâzımdır.

Mecazî aşkı daha iyi anlamak üzere Mecnûn'un ilahî aşktan önceki haline bakabiliriz. Anlaşılan o ki Kays'ı Mecnûn eden şey, onun cemâlinden ziyade hayali idi. Kays Leylâ'yı bir kere gördü, bundan lezzet aldı ve sonra onu hayal ede ede içindeki arzuyu (istek, şevk, iştiyak, özlem) çoğalttı. "Leylâ!.. Leylâ!" sayıklamalarıyla çöllerde dolanırken aynı arzuyu duyuyor ve aynı lezzeti almaya devam ediyordu. Çünkü Leylâ bir hayal olarak, mecaz olarak içindeydi, kendisiyleydi. Onu Mecnûn eden şey bu lezzette kendini kaybetmesiydi, yoksa aklını yitirmiş değildi. Bilakis aklının var gücünü Leylâ'ya adamış, içinde taşıdığı Leylâ'nın hayalinden gayrı bir şeyin duyarlılığında olmamıştı. Hatta Leylâ yanına gelip "Aradığın işte benim, gel kavuşalım!" dediği vakit bile hiç onunla alâkadar değildi. Ete kemiğe bürünüp karşısına geçen Leylâ'yı, hayalindeki Leylâ ile örtüştüremedi. Hayalinde bütün âlem Leylâ ile dolup taşmıştı, her zerrenin adı Leylâ olmuştu ama dokunabilecek kadar yakınında, tam karşısında duran Leylâ onun özlediği Leylâ'sı değildi, hayalindeki aşk evrenini dolduramıyordu. Aşkın hakikatinde de zaten maşukun varlık âleminde görünürlüğü gerekmez. Zihnimizde büyütüp şekiller verdiğimiz, tavırlar biçtiğimiz, edalar giydirdiğimiz, kısacası zihnimizde şekillendirip kendimize göre yeniden yarattığımız muhayyel sevgili bir gün sokakta karşımıza çıkıverdiğinde ikisinden birinin mâna elbisesi diğerine dar gelebilir; biri diğerini kovmaya kalkabilir. Sevgili şöyle yapar, sevgili şöyle konuşur, sevgili şöyle yürür gibi yakıştırmaların tamamı âşığın zihnindedir. "Sevgili kahveyi şöyle içer" diyen bir âşığın, sevgilisinin hiç kahve içmediğini, hatta kahveyi hiç sevmediğini öğrenmesi o kadar da büyük bir dert sayılmaz. Değil mi ki kalbi öyle inanır, sevgili öyledir. Yeter ki bu yüzleşme sırasında madde (süfli) olan mânayı (ulvi) kovmasın ve aşk şehvete yenik düşmesin. Tersi olduğunda zaten ulvi olan süfliyi kovacak ve mecaz hakikate yönelecektir (ilahî aşk). Mecazî aşklardaki yüzleşme veya çatışma sırasında kalp madde ile ulvi hakikat arasında bir tercihte bulunur. Eğer çatışma madde lehine gerçekleşmiş de madde, hayali alt etmişse, âşık vuslat arzusuna düşer ve hükmünü icra ettiğinde de aşk sona erer. Buna eskiler avamın sevgisi derler. Yok eğer, çatışma ulvi olan lehine gerçekleşmiş de hayal, gerçeği yenmişse o vakit aşk devam eder gider; sevgilinin gerçek cemâlini göresiye kadar bir lezzet halinde sürer. Mecazî aşk tam da bu arzunun lezzete dönüşmüş halidir. Aşkın bizzat kendisiyle aşk yaşamak, aşkı kendi ekseninde yaşamak, aşka âşık olmak... Mecazî aşkta âşık, ten sevgisinin bittiği yeri aşmış, içinde aşkın hakikatini yaşamaya başlamıştır. Bir sevgilinin âşığı değil de bizzat aşkın âşığı gibi...

AYRILAN KALP

Bu kadar haste-i firkat durur âvâre gönül
Her nefes olsa tabîb olmaya Sâlim iflâh

Mîrzâ-zâde Sâlim

Avare gönlüm ayrılık yüzünden öyle hasta,
öyle hasta ki, her nefesini tabip gözetiminde
bile alıp verse yine de akıbet ölüm görünüyor.

PEŞİNEN söyleyelim ki aşk ayrılıksız olmaz yahut ayrılıksız aşk olmaz. Çünkü ayrılık aşkın gıdasıdır. Ayrılığı olmayan sevgiler asla aşka dönüşemez. Sevginin aşk olabilmesi için âşığın hasret çekmesi, hicran yaşaması, ayrılığın acısını tatması, firkatin ne olduğunu öğrenmesi gerekir. İçinde sevgilinin hasreti ve özlemi çoğaldıkça kalbinde ona karşı sevgi artıp aşka dönüşür. Ayrılığı olmayan bir aşk kuru şehvetten ibaret kalır. Ayrılık olmalı ki âşık sevgilinin hayalinde olsun, onu hayal ederek içinde sevgiliyi ve sevgiyi çoğaltsın. Aksi takdirde tohum yeşerir yeşermez kuruyup gider, meyve veremez.

Aşk bahsinde öğrencilerime en sık tekrarladığım tavsiye cep telefonlarını kapalı tutmalarıdır. Onlara derim ki; "O arayınca telefonu hemen açmayın ki aşkınız ucuzlamasın, değeriniz düşmesin. Her arandığında bulunan bir sevgili, gerçekten sevgili midir? Bir sevgiliye her arandığında ulaşılabilir mi? Bırakın telefonunuz çalsın ve siz cevap vermeyin. Biraz sizi merak etsin, sizi içinde çoğaltsın, azıcık hasretinizi tatsın. O sırada aklından 'Telefonunu neden açmıyor, acaba bana sitem mi ediyor, bana gücenmiş olabilir mi, başında bir iş mi var, telefonunu mu kaybetti?' gibi soruları geçirecektir ki böyle bir süreçte sizin kıymetinizi anlar. Birkaç dakika sonra yeniden arayacaktır, yine açmayın." Ben böyle söyleyince bazı şımarık öğrencilerim "Hocam ya bir daha aramazsa?" diye sorarlar. Cevabım hazırdır; "Bırakın gitsin, ondan size sevgili de eş de yâr da olmaz!"

Âşık kalplerin vuslattan daha ziyade ayrılık istediğini biliyor muydunuz? Bunun sebebi kalbin, vuslatı bir defa, ayrılığı ise her an yaşamak üzere yaratılmış olmasıdır. Âşık, vuslatı isteyeceğine ayrılığın devamlı artan acısını isteyerek aşk mesleğinde bir gömlek daha yükselme, sevgilinin yolunda kendini olgunlaştırma gayretinde olan kişidir. Bunun hilafına aşk henüz kemâle ermeden sevgiliye vuslat istemek acemilik, kendini bilmezlik ve hamlık göstergesidir. Çünkü vuslata giden yolun uzunluğu veya kısalığıdır ki aşkın ömrünü belirler. Sevdiğimiz insandan bizi sevmesini beklemek yahut yalnız bizi sevenleri sevmek, nihayet kuru bir alışveriş, hatta belki kaba bir değiş tokuştur. Burada önemli olan aşk kavramının içini ne ile doldurmak gerektiğinin belirlenmesi, böylece aşkı kabalıktan kurtarıp zarafete, sırça saraylardan bir numune olan gönle konulacak inceliğe büründürmektir. Bu da aşkı bir üst boyutta, belki beşeriyet boyutunun ötesinde yaşamakla mümkündür.

Rabia Hatun müstearıyla şiirler yazan İ. Hami Danişmend "Pâyın sadâsı gelse de sen hîç gelmesen" diyor bir mısraında. "Hiiiiç" kelimesini aruz ölçüsünde bir buçuk hece uzatarak da âdeta "kıyamete kadar" sürecek bir zamanı tanımlıyor. Bir âşık, sevgilisinin ayağının geliş sesini dinleyerek kıyamete kadar acıkmadan, susamadan mutlu yaşayabilir ama sevgilisi geldiği anda gitme ihtimali de belirir. Burada âşığa düşen ya o anda can vererek vuslatı sonsuza uzatmak veya bu mısrada olduğu gibi vuslatı hiç istememektir. Çünkü vuslat, henüz kemâle ermeyen aşkları bitirir.

Eski âşıklar sevgili uğruna ölmeyi bir ideal, bir amaç bilirlermiş. Sevgilinin penceresi önünde naralanıp söğüt yaprağı bıçak ile bileğini dirseğine kadar yaran âşık da gönül sultanının geçtiği yola yatıp ya üstüne basıp geçmesini, yoksa bir kerecik olsun yüzüne bakıp gülümsemesini isteyen âşık da ölmek ile olmak arasında kendini kaybediyorlardı şüphesiz. Onlar, uğruna ölünecek sevgililer buldukları için bahtiyar idiler ve belki bir gün sevgili de beni sever umudunu içlerinde durmadan büyütüyorlardı. Oysa aşk, iki kişi arasında asla eşitlenmeyen bir şeydir. Allah, âşığın uğraştığı sevgiyi maşuka vermemiştir. Bunun içindir ki âşıklar, ya kendilerine verilen derdin aynısının sevgiliye de verilmesi ya da sevgilideki vurdumduymazlığın aynısı ile kendilerine de ihsanda bulunulması için yakarır dururlar:

"Allah'ım ya içimdeki derdin birazcığını ona ver yahut onun aldırışsızlığından bir nebzecik bana!"

Acemi âşıklar isterler ki Allah, aşkı seven ile sevilen arasında eşit bölüştürsün... Oysa aşk bu demek değildir. Seven daima ayrılıkta olmak gerekir. Ayrılığın hasret ve ateşi âşığı yakıyorsa da öte yandan pişiriyor demektir... Âşık, ancak bu pişme sürecinde ham iken olgun, çiğ iken kâmil olur. Çünkü aşk yolunda varılacak merhalelerin en yücesi, aşkın olgunluğunda kendi dünyasını kurabilmektir. O mertebeye gelindikten sonra aşk uğrunda can vermek âşığa çok kolaydır.

Hâmiş: Maksat aşk uğruna ölmek değil, uğruna ölünecek aşkı bulmaktır.

FEDA OLAN KALP

Gönlümde fikr-i zülfü başta havâ-yi müjgân
Tûl-i emel gönülde tîg-i ecel kafâda

Hayâlî Bey

Gönlümde zülfünün sevdası, başımda kirpiğinin özlemi… Yani ki kalbimde uzun emeller, kafamda ecelin kılıcı…

FUZÛLÎ üstat bir beyitte,

Cânı içün kim ki cânânın sever cânın sever
Cânı kim cânânı içün sevse cânânın sever

buyurur. Aşağı yukarı şöyle demektedir: "Her kim ki sevgilisini kendi canı için sevmektedir, aslında o kişi kendi canını sevmektedir. Ama kim ki canını sevgili için sevmektedir; işte hakiki âşık odur ve sevgiliyi en gerçek şekliyle o sevmektedir."

Beyit bize anlatıyor ki aşk söz konusu olduğunda kalp kendini feda edecek, sevgili uğruna yaşayacaktır. Nitekim atalarımız, feda olmayan bir kalbin aşkın hakikatine eremeyeceğini düşünmüşlerdir. Onlara göre maddeden, mâsivâdan, varlıktan, her şeyden vazgeçip sevgili için olmadıktan sonra bir kalbin kuru et parçasından öte değeri yoktur. Bunun içindir ki sevgili için can isteyen ile canı için sevgili isteyen arasında fark olacaktır. Bunu birer hikâye ile anlatalım. Önce canı için sevgili isteyen olsun:

Vaktiyle bir padişahın çok güzel bir kızı varmış. Garibanın biri onu görmüş ve âşık olmuş. Her nereye gitse sevdiğinden bahsediyor, aşkını anlatıyor, sabredemiyor, çırpınıyor, âh çekiyor, halkı kendine acındırıyormuş. Şehirde haber çabuk yayılmış ve sultan bunu duyunca âşığı huzura getirtip bağırmış:

"Ya ülkemi terk eder gidersin ya da kelleni vurdurtacağım, kararını hemen ver."

Zavallı genç, düşünmüş, taşınmış ve gitmeye karar vermiş. Sultan bu cevabı duyunca hemen cellatları çağırtmış. Vezir demiş ki:

"Hünkârım, neden suçsuz birinin kellesini vurdurtacaksınız?"

"Çünkü gerçek bir âşık değil o, sahtekâr. Eğer gerçekten âşık olsaydı başının kesilmesini seçerdi. Eğer başının kesilmesini seçseydi, tahtımdan kalkıp onu yerime oturtacak, kızımla düğününü yapacaktım."

Hikâyedeki hükümdarı acımasız veya zalim bulabilirsiniz; karar sizindir, lâkin bence hükümdar aşkın asil bir duygu olduğunu, hürmet gösterilmesi gerektiğini, ulu orta aşk kelâmı edilmemesini çok iyi biliyormuş. Çünkü eğer her kendini bilmez aşktan söz eder, her ilgi duyan âşıklığından bahis açarsa aşkın pahası ucuzlar, zümrüt çakıl taşıyla tartılır. Çünkü aşkın ölçüsü kalbin feda edilip edilmediğidir. Kalbini –ve elbette kendini– sevgili için fedaya hazır olmayanların aşktan bahsetmeleri abestir. Çünkü bir âşık ancak sevgili için yaşamalı, sevgili uğruna ölmeli, feda olmalıdır. Bunu anlamak için şimdi diğer hikâyeyi okuyalım. Sevgili için can isteyen, canını sevgiliye feda olmak üzere taşıyan âşığın hikâyesi. Kim âşıktır, kim değildir karar sizin:

Vaktiyle bir padişahın çok güzel bir kızı varmış. Uzun saçlı bir gariban ona âşık olmuş. Geceleri hasretiyle âh ediyor, gündüzleri sarayın kapısını gözlüyor, o nereye giderse atının ardından sürüklenip gidiyor, koşuyor, gözlerinden yağmur gibi yaşlar akıtıyormuş. Bu yüzden sultanın çavuşlarından durmadan eziyet görüyor, dayak yiyor, ama bir kerecik olsun feryad etmiyor, âh demiyormuş. Halk bu olup biteni gördükçe kâh delikanlıyı ayıplamaya kâh sultanın insafsızlığını dillendirmeye başlamışlar. İçlerinden bir tanesi bile delikanlıyı kıza lâyık görmüyormuş nedense. Nihayet kız, babasına:

"Bu belâ niceye dek sürecek, beni bu halden kurtar, artık adımı çıkarıyor ve halktan utanıyorum" demiş.

Sultan bunun üzerine o delikanlının tutuklanmasını, on gün sonra da şehir meydanına getirilip saçlarından bir atın ayağına bağlanarak bedeni paramparça olana dek sürükletilmesini ferman buyurmuş. Haber her yana yayılınca anılan günde halk toplanmaya başlamış. Bazılarının yürekleri parçalanıyor, bazıları ağlıyor, bazıları da şenlik olacak diyormuş. Nihayet kararlaştırılan saat gelmiş ve sultan da maiyyetiyle birlikte meydandaki yerlerini almışlar. Meydan hınca hınç-mış. Herkes sevgili için feda olan, aşk uğruna ölecek olan âşığı görmek istiyormuş. Nihayet askerler delikanlının saçlarından tutup hazırlanan atın ayağına bağlamak üzere meydanda sürüklemeye başlamışlar. Derken delikanlı aniden kurtulmuş ve padişahın huzuruna koşup eteğine yapışmış:

"Ey âleme adalet veren sultan, senden bir dileğim var, bir parçacık beni dinle!.."

Sultan hışımla karşılık vermiş:

"Canını bağışlamamı istiyorsan, nafile; şu anda seni öldürtmekten daha önemli bir arzum yok. Atlara bağlayıp saçımdan sürükletme, bir anda öldürecek bir yol tut diyeceksen, ahdettim, senin kanını at nallarına çiğneteceğim. Bir zaman için bana aman ver diyeceksen, bu da mümkün değil, çünkü toplanan halka karşı küçük düşmüş olurum. Yok, kızımla birkaç dakika yalnız kalayım diyeceksen, onun bir tek tel saçını bile sana reva görmem, artık onun yüzünü göremeyeceksin. Eğer..."

"Hayır, ey her yaptığını güzel yapan sultan" demiş delikanlı onun sözünü keserek, "canımı bağışlamanızı istemiyorum sizden. Hiçbir an mühlet de dilenmiyorum hatta. Kızınızı bana göstermeyeceklerini de artık biliyorum. Atların ayağı altında sürüklenme konusuna gelince, buna da itirazım yok. Benim sizden isteğim tamamen başka."

"Söyle o vakit nedir dileğin?"

"Elbette bugün saçlarımdan sürükleterek beni öldürecek, at nalları altında hor ve hakir kanımı toprağa karıştıracaksınız. Dileğim o ki saçlarımı onun atının ayağına bağlayıp sürükletin. Çünkü ben o ay yüzlünün yolunda ölünce ancak diri olabilirim."

Sultan, onu elbette affetmiş ve kızıyla evlendirip feda olan kalbine tahtını bağışlamış.

KAVUŞAN KALP

Kalb-i tabîb-i vuslata gelmezse merhamet
Allah rahmet eyliye bîmâr-i hasrete

Yenişehirli Avnî

Kavuşma isimli tabibin kalbine merhamet gelmeyecek olursa artık ayrılık hastasına Allah rahmet eylesin...

VUSLAT... Aşkın gayesi. İlahî aşkta ölümsüzlük, beşerî aşkta ölüm; aşkın hayatı veya ölümü... Tensel zevkler söz konusu edildiğinde kalplerdeki sevgiyi azaltan bir özelliğe sahipken ulvi maksatlar için büyük nimet...

Beşeri aşkın gayrimeşru vuslatı tehlikelerle doludur. Kalpte sevgiyi çoğaltmak veya hasreti yeniden biriktirmek bu tehlikelerin bazılarını bertaraf edebilir. Sevgiliyle karşılıklı oturmak, yüz yüze veya aynı noktaya bakmak, şiir okumak, sevgiliden utanacak kadar terbiyeli davranmak, güzel şeylerden bahsetmek veya sevgiliyle birlikte gülmek kalpte sevgiyi arttırır. Sevgiliye bakmak kalpteki aşkı güzelleştirir, konuşmak zenginleştirir. Bakmayı ve konuşmayı zarafetle sürdüren kalplerde aşk çoğalırken bunu hoyratça ve kabalıkla yapanların sevgisinde azalma olur. Beşerî aşkın meşru vuslatı iki âşığı her anlamda birbirine yâr eyler ve arada kopmaz bir dostluk bağı başlatır. Sevgiliyle dost olanlar büyük bahtiyarlıktadır. Sevgiliye cinsellik gözüyle bakanların sevgisi artmaz ve bu tür sevgiler sahiplerine ziyan getirir. Âşığa düşen, sevgilinin vuslatındayken hem kendisine hem de ona ait hayâ, saygı ve dostluğu zedeleyici söz veya tavırlardan kaçınmaktır. Bunu yapmazsa gitgide sevgisi azalır ve sevgiliyi kaybeder.

Evlilik öncesi şeytanın ayartmalarına kanmak ve dokunuşa talip olmak, –derecesi ne olursa olsun– aşkı alçaltır ve ayaklar altına düşürür. İki âşık, hayâ elbisesi içinde bir ömür boyu birbirlerini sevebilirler ama eğer karanlık bir gecede sevgilinin ayasının beyazlığını görecek kadar da olsa bedensel anlamda vuslata ererse, aşk tükenmeye başlar. Eskilerin, aşkın gerdeklenmekle sona erdiğini söylemeleri bundandır.

İlahî aşk mevzubahis edildiğinde vuslat, yücelerden yüce bir amaçtır. Allah her çalışıp çabalayana emeğinin karşılığını verdiğine göre âşık da çektiği emek kadar karşılık görmeyi hak eder. Yani her kim âşık olur, elbette bir gün maşukuna kavuşur. Mademki aşk insan tabiatının bir şeye kemâl derecesinde meyli ve rağbetidir, o halde Allah da kulunu (gerekleri yerine getirdiği sürece) meylettiği şeye ulaştırır; gerek meşru, gerek sakıncalı. Dünyada bir şeyi çok isteyerek çalışanlar, bir gün o şeye mutlaka kavuşurlar. Mademki Allah, kulu için bir şeyi istediğinde ona önce istemeyi veriyor; o halde istemesi son haddine gelmiş olan kuluna istediğini neden vermesin?!. Allah'a âşık olup O'nu isteyen Hakk'ın vuslatına; Resûlullah'ı isteyip O'na âşık olan da dîdârını görmeye hak kazanıyor, hatta dünyayı isteyip âşık olan nasıl dünya malına kavuşuyorsa, cenneti seven de elbette öte dünyada cennete erişecek, Allah'ın cemâlini isteyen de elbette onu görecektir. Yunus'un "Bana seni gerek seni" feryadındaki gibi... Kişi bir şeyi ihlas ve sıdk ile ister, aşk mertebesinde arzularsa elbette Allah ona istediğini verir. Yani herkes istediğine bir gün kavuşur; ister maldan mülkten, ister ilimden irfandan, ister sanattan kültürden... Bir şartla ki herkes her neye talip oluyor ve aşkını içinde gezdiriyorsa onun vuslatı için sebeplere yapışmalı, vuslat yolunun gereklerini yerine getirmelidir.

İmdi, Allah'a talip olan kalp, Allah'tan başkasının muhabbetini terk etsin. Sûfîler demişlerdir ki; Hakk'a âşık olmanın nişanı mâsivâyı terk etmektir.

Resûlullah'a talip olan kalp sünnete harfiyyen uysun. Çünkü Sevgili'nin yolu, onun beğenip işlediği güzelliklerle süslenmiştir.

Cennete talip olan kalp salih ameller işlesin. Çünkü cennet salihlerin makamıdır.

İlme talip olan kalp üniversitelere ve âlimlere koşsun.

Sanata talip olan kalp üstatların eteğine sadakatle yapışsın.

Dünyaya talip olan kalp doğrulukla kazanç yoluna gitsin, işini iyi yapsın.

Kadına veya erkeğe talip olan kalp, talip olduğunun hoşuna gidecek şeyler yapsın.

Hâmiş:

Soru: "İnsan vuslata nasıl erebilir?"

El-cevab: "Her yaptığını sevgili her an görüyormuş gibi yaparak!"

Unutmayan Kalp

Bir güzele çattı gönül
Aldanıp da yandı gönül
Unuturum sandı gönül
Ben geçerim, gönül geçmez

(Bir şarkıdan)

MEVLÂNÂ Hazretleri İbrahim Edhem'in hikâyesini şu şekilde anlatıyor:

"İbrahim Edhem bir gece vakti tahtında otururken sarayının damında ayak sesleri duydu. Damın üstünde birkaç insan sert adımlarla yürüyorlar, oradan oraya geziniyorlardı.

İbrahim Edhem başını pencereden çıkardı:

'Kim o? Sarayımın damında ne işiniz var, neden oraya çıktınız?' diye seslendi.

Yukarıdan cevap verdiler:

'Develerimizi kaybettik, onları arıyoruz.'

İbrahim Edhem hayretler içinde kalarak sordu:

'Gecenin bu vaktinde sarayın damında deve aranır mı, böyle bir yerde deve arandığını kim görmüş?'

Damdakiler cevap verdi:

'Peki ya senin bir yandan tahta oturmuş, lüks içinde padişahlık ederken Allah'ı aramana, hatta bulmayı ummana ne demeli? Bizim damda deve aramamıza göre asıl buna şaşırmalısın!'

Bunun üzerine İbrahim Edhem tahtı tacı bırakarak ermişlik yolunu seçti."

Devamını da biz anlatalım:

İbrahim Edhem ermişlik yolunu seçince hükümdar olduğu Belh şehrinde bir şeyhin eteğine yapıştı ve uzun yıllar hizmetinde bulundu. Kıvama erme noktasındayken şeyhi ona "Sefer!" dedi, "Git, dünyayı ibret nazarıyla dolaş ve nasibini ara!" İbrahim Edhem tam yirmi yıl şeyhinin sözüne sadık kalarak dervişlik eyledi. Nihayet bir gün Belh'e yeniden dönmek istedi. Asâsına elini, omzuna çıkınını atıp yollara düştü ve günlerden, aylardan sonra Belh surlarının önünde belirdi. Belh şehrinin yedi kapısı vardı. İbrahim Edhem'i oralarda gören bir derviş koşup şeyhine haber verdi; "İbrahim Edhem şehre dönüyor!" "Henüz değil" dedi şeyh, "sakın onu şehre sokmayın." Dervişler koşup şehrin kapılarını tuttular. İbrahim ilk kapıya yaklaşınca da "Git! Burada istenmiyorsun, dönüp bakma ardına, git!" dediler. İbrahim şaşkın, diğer kapıya yöneldi. Orada da aynı muamele... Üçüncü kapıda diretti ama nafile. O ısrar ettikçe diğerleri tartaklamaya, ittirmeye ve azarlamaya başladılar. İbrahim'in gayreti diğerlerini daha acımasız ve pervasız hale getirdi. Dördüncü, beşinci kapı; tartaklamalar, ittirmeler derken İbrahim son kapıya yöneldi. Kararını vermişti; kim ne derse, hangi derviş ne yaparsa direnecek ve şehre girecekti. Son kapıda onu eski derviş arkadaşları bekliyordu; kollarını bağdaştırıp meydan okurcasına. Önce içlerinden biri bir tokat attı. İbrahim içeriye doğru yıkıldı. Birisi kolundan tutup sürüklemek istedi, o içeriye doğru süründü. Bir başkası tekmelerken o içeriye tekmelendi. Dervişler baktılar ki olmayacak, onu durdurmaları lâzım, üçü beşi bir araya gelip İbrahim'i epeyce tartakladılar. İbrahim hiç acıya aldırmıyor, her defasında içeriye doğru bir adım daha ilerliyor, sürünüyor, yıkılıyordu. O direndikçe dervişler şeyhlerinin emri diye şiddeti arttırdılar. Nihayet içlerinden biri İbrahim'in topuğuna öyle bir tekme savurdu ki, eti yarıldı, aşık kemiği dışarı fırladı. İşte o an İbrahim canının çok yandığını hissetti ve ilk kez kendisine bunu reva görenlere seslendi:

"A dostlarım. Sizinle aramızda tekkenin tuz ekmek hakkı var iken neden böyle yapıyorsunuz? Yoksa siz beni hâlâ Belh sultanı İbrahim Edhem mi sanıyorsunuz ki kendinizden uzaklaştırıyorsunuz?"

Dervişlerden biri koşup şeyhe haber verdi. Durduramıyoruz, geliyor, dedi. Şeyh sordu:

"Bir şey diyor mu?"

"Evet efendimiz, siz beni hâlâ Belh sultanı mı sanıyorsunuz diyor!"

"Bakın işte, kalbi hâlâ unutmamış; bir zamanlar Belh sultanı olduğunu hâlâ hatırlıyor. Onu şehre sokmayın..."

Hâmiş: Kalp asla unutmaz! Sevilen ölse de yok olsa da gitse de... Kalp asla unutmaz! Söylenen güzel olsa da çirkin olsa da...

KIRILAN KALP

Egerçi seng-i gamı kaldurur tarîkümden
Şikest ider yine mir'at-i kalb-i şeydâyı

Cem'î

Gerçi yolumdaki keder taşlarını kaldırıp temizler ama (aynı taşları) deli kalbimin sırçasını kırmakta kullanır.

"ÖYLE büyük bir acıydı ki, kalbimde kanın hızlı aktığını, nefesimi boğacak gibi olduğunu hissettim. İçime kıymıklar batıyor, bedenimi mengeneler sıkıyor gibiydi."

Bu cümleler kalbi ihanete uğramış bir delikanlının yakınmasından alındı. Kalp kırılmalarını derecelendirecek olsak bir söze incinen kişinin kalbindeki kırık ile ihanete uğrayanın kırık derecesi aynı olmayacaktır.

Kitabımızın başında söylediğimiz gibi kalp fizikî olarak bir et parçası, lâkin derece derece kırılıyor ve bu kırıklardan kademe kademe acı fışkırıyor. Kas yığını olmasına rağmen hem iyiyi hem kötüyü temsil ederek haşin biçimde çiziliyor, tırmalanıyor, parçalanıyor, un ufak oluyor.

Hakikatte bunca kırılganlığa neden olan şey kalpte bir güven kaybından ibarettir. Kişinin güvendiği insanla, söz veya tavır ile açık veya gizli bir mutabakat, bir anlaşma mevcuttur ve taraflardan biri ihanet ettiğinde diğerinin kalbi kırılır. Bu kırığın tamiri güvenin yeniden sağlanmasıyla mümkün olabilir ama asla eskisi gibi olmaz. Tamir işi bir marangozun tahtayı önce çekiçleyip sonra o çekiç izlerini kapatması gibidir. Çekiç izleri kapatılmış tahta asla hiç çekiçlenmemiş tahta gibi olmaz. Çökük ve hasarlı noktaları macunla doldursanız, üzerini zımparalayıp tahta renginde yeniden boyasanız bile derinlerde bir yerde o çekiç izleri hâlâ mevcut olacaktır. Kırılan kalp de çekiçlenen tahta misali öyle bir hasar alır ki tamiri hiçbir vakit tam olmaz, mutlaka izi kalır.

Kalpteki kırıkların, çekiç darbelerinin en büyüğü aşk ihanetiyle ortaya çıkar. Çünkü güven kaybının en yüksek olduğu yer, en yakın kabul edilen sevgilinin kalbidir. İki kalp birbirine bağlandıktan sonra bunlardan birinin ihaneti, şirket sözleşmelerindeki ortaklardan birinin cayarak ihanetiyle kıyaslanamaz. Sevgiliyle iş ortağı bir midir?

Kalp kırıldığı vakit önünde iki yol vardır: yara izlerini hiç kapatmadan yaşamak veya yarasını kapatmanın çaresini aramak. Birincisi onu katı ve duygusuz yapar, ikincisiyse yaralı ve üzgün. Her iki halde de kişi hasardadır ve bir parçası artık ölmüştür. İhaneti kabullenmesi belki içinde geçici bir rahatlama yaratacaktır ama ihaneti ortadan kaldırmayacaktır. İhanetle parçalanan acılı kalplere şifa verecek yegâne hekim Allah'ın kudretidir. Çünkü ölüleri dirilten yalnızca O'dur ve insanın içinde yeniden yaşama isteği uyanması, ölü kalplerin dirilmesi, ancak O'nun lütfu, keremi sayesinde gerçekleşir. İş odur ki kırılınca üzüldüğümüz kalplerimiz başka kalpleri kırıp üzmesin!

İNCİNEN KALP

ALVARLI Efe Hazretleri'nin altı bendlik mütekerrir bir müseddesi vardır. Her bendi yürek yakar. Kırık kalplerden sonra kalp kırmamak için iki bendini okuyalım, üstüne söz söylemeyelim:

Hazer kıl kırma kalbin kimsenin cânını incitme
Esîr-i gurbet-i nâlân olan insânı incitme
Târik-i aşkda bîçâre-i hicrânı incitme
Sabır kıl her belâya hâne-i Rahmân'ı incitme

Felekde hâsılı insân isen bir cânı incitme
Günahkâr olma Fahr-i âlem-i zîşânı incitme

"Aman ha, kimsenin kalbini kırma, canını incitme. Zaten bir ayrılık yurdu olan şu dünyaya esir olup kalmış insanı incitme. O insan ki aşk yolunda ayrılık çeken bir biçaredir. Sana bela getirenlere bile sabret Allah'ın evi olan kalbi incitme.

Hâsılı, şu evrende bir insan olarak yaşıyorsan (insanlığına yakışanı yap), bir canı incitme. Ta ki günaha düşüp âlemlerin övüncü yüce Peygamber'i incitme."

Bulaşma çirk-i dünyâya vücûdun pâk, tahirken
Güvenme mal u mülk ü mansıbın efnâsı zâhirken

Nic'oldu mâlı Karun'un felek bağında vâfirken
Nedir bu sendeki etvâr-ı dert gönlün misâfirken
Felekde hâsılı insân isen bir cânı incitme
Günahkâr olma Fahr-i âlem-i zîşânı incitme.

"Tabiatın ve varlığın pak yaratılmışken şu dünyanın kirine (kirli işlerine) bulaşma. Sonunda bırakıp gideceğini bildiğin mala, mülke ve makama güvenme. Dünya denen bahçede onca zenginlik içinde yaşadığı halde Karun'un malı şimdi kim bilir nerede, kimlerin elinde bir baksana. Hele şu dünyada geçici bir misafir olduğunu bilip dururken bunca dünya derdiyle dolup taşmak da neyin nesi?

Hâsılı, şu evrende adam gibi yaşa ve bir canı incitme. Ta ki günaha düşüp âlemlerin övüncü yüce Peygamber'i incitme."

Hüzünlü Kalp

ŞAİRİN biri (Ahmet Haşim) "Melâli anlamayan nesle âşinâ değiliz" buyurmuş. Bir diğeri (Hilmi Yavuz) onun fikrini pekiştirmiş: "Hüzün ki en ziyade yakışandır bize."

Deriz ki; hüzün, su ve ateştir, gülünü de gülistanını da, ırmağı ve lalesini de ateş ve suya döndürür hayatın... Hüzün kalpte başlayan bir yanıştır ve göz pınarları yağmur yağmur... Kelimeleri tutsak olmuş zamanları sürükler dalga dalga, inatla ve kasıtla. Sonsuz hürriyete benzer uzayan bir şey vardır uzaklarda, hep uzaklarda... Yağmayan yağmurların altında, yalınayak, antik güzelliklere tutkun papatya tarlalarını seher yürüyüşleriyle geçerek beyaz saatler yaşamaktır hüzün. Damla damla arınmadır, kirli sulardan. Kirlerden arınmak için onu anlamayan nesle âşinâ olmayız, onu kendimize pek yakıştırırız.

Hüzün, kelime anlamıyla "kalbin içindeki gam ve keder"dir. Keder bir kalp kırığından olabildiği gibi bir sorumluluk hissinden de kaynaklanabilir. Eğer bir sorumluluk hissiyle hüzün sahibiyseniz kalbinizi tebrik edin; çünkü hüzün ancak duyarlı kalplerde bulunabilir. Tıpkı melâl gibi. Hani Namık Kemal, "Kendi derdi gönlümün billah gelmez yâdına" der ya!..

Hüzün su ve ateştir dedik ya, hayatın gülünü de gülistanını da, ırmağı ve lalesini de ateş ve suya döndürür. Hüzünlü bir kalp, yanık şakıyan bir kuşcağıza benzer, kâh damlada deniz gibi çağlar kâh dertlerin karşısına oturup gizli gizli ağlar. Bazen umutları bir aha bağlar, bazen hastalıkları bir dua ile sağlar.

Kalbinin köşesinde bir hüzün taşımayan insan kendini yeniden gözden geçirmelidir bence. Çünkü dünyada bunca açlık, bunca keder, bunca zulüm, bunca gözyaşı varken içimizde bunlara dair bir hüzün bile yoksa kalbimizde bir sorun var demektir. Bunun için aynanın karşısına geçip gözlerinizin içine bakın. Orada önce kalbinizi sonra da gözlerinizde kaybolan huzuru göreceksiniz. Çünkü hüzünlü kalple bakan gözler daima fersizdir.

Gamzeli Kalp

KARACAOĞLAN, bir yerde:

Elif kaşlarını çatar
Gamzesi sineme batar
Ak elleri kalem tutar
Yazar Elif Elif diye,

derken başka bir seferinde:

Niçin aldanmayım niçin yanmayım
Deli gönül bir sevdaya bağlıdır
Özü şirin, sözü şirin bir güzel
Gamzesi ok, kaşı yaya bağlıdır,

itirafında bulunmuş. Burada sözü edilen gamze edebiyat estetiğinde "sitemli ve süzgün bakış" demektir. Öyle ki, bu durumu "dudaklarında gülümseme olan bir güzelin hafiften kaşlarını çatarak süzgün tavrıyla nazlanarak bakışı" olarak anlayabiliriz. Hani Mona Lisa'nın göz zaviyesinden aynı anda ağlayan ve gülen çehresinin görünmesi gibi gamzede de hem sitem hem sempati iç içedir. Sevgilinin süzgün bakışı kaşlarının kurulu bir yay gibi eğilmesine yol açar ve o yaydan sıçrayan kirpik okları varıp âşığın kalbini deler. Üstelik gamzenin bu ok atışında isabeti tam on ikidendir.

Gamze okları âşıkın kalbinde sevgiliden bir hatıradır. Âşık o oku kalbinde saklayarak sevgiliye vefasını, acısına katlanarak da fedakârlığını gösterir. Ta ki sevgili yüzlerce âşığı içinden onu seçsin, kadrini bilsin. Bu yüzden âşıklar kalplerine saplanan gamze okunu yerinden kımıldatmak veya çıkarmak istemezler. Fuzûlî üstadımız bir beytinde bunu anlatır:

Çıkarmak etseler tenden çekip peykânın ol servin
Çıkan olsun dil-i mecrûh peykân olmasın yâ Rab

"Ya Rabbi, Sana yalvarıyorum ki o selvi boylunun gamze okunu (iyilik ve yardım etme amacıyla) kalbimden çıkarmak isteyen birileri olursa, yaralı kalbim o ok ile birlikte çıksın ama sevgilinin hatırası olan o ok kalbimden çıkmasın!"

Kırık kalplerde göz, kaş ve kirpiklerin ortak icraatı olan gamze aslında sevgilinin süzgün bakışlarıyla nazlanmasıdır. Sûfîler gamzeyi Allah'ın tecellisine yorarlar ve oku kalplerinde bir titreme olarak taşımak isterler.

Platonik âşıklara göre gamze, âşığın kalbini hedef alan bir cellattır. Ama o kadar nazik bir cellattır ki, hiç hissettirmeden sanatını icra ediverir. Gerisi zaten ölüm demektir. Bu yüzdendir ki, gamze hiçbir vakit hedefini şaşırmayan tîr-i kaza (kaza oku) olarak bilinir ve âşık için ondan kurtuluş yoktur.

EROS'UN KALBİ

GAMZENİN Batı kültüründeki versiyonu Yunan mitolojisinden kaynaklı aşk ve arzu tanrısı Eros'un kimliğinde yaşar. Güzellik tanrıçası Afrodit'in oğlu olan Eros sırtında taşıdığı okları insanların kalbine fırlatarak ya çiftleri birbirine âşık eder veya insanların birbirinden nefretini sağlarmış. Eğer oklar sivri uçlu ve altından yapılmışsa aşk için, küt uçlu ve kurşundan yapılmışsa nefret için olurmuş.

Rivayet odur ki, sırtında bir çift kanadıyla ve sevda oklarıyla uçan Eros başkalarının aşkına hükmederken kendi kalbine hükmedememiş ve bir güzele âşık olmuş. Afrodit, üç kız kardeşin en küçüğü ve en güzeli olan ölümlü Psyche –bu kelime "ruh" demektir– hakkında bir kıskançlık kararı almış ve oğlu Eros'tan onu dünyanın en çirkin erkeğine âşık etmesini istemiş. Eros annesinin isteğini yerine getirmek için yola çıkmış ama Psyche'yi görür görmez âşık olmuş. Psyche çok gururluymuş ve kimseye âşık olmamakla övünürmüş. Eros onu sessizlik içinde uyuyan bir ormanın ortasındaki ıssız bir saraya saklamış. Işığın yasak olduğu bir saraymış burası ve Eros, her akşam karanlıkta gelip gizlice onu ziyaret ediyormuş. Bir müddet sonra aralarında bir dostluk, sonra da sevgi başlamış. Zaman ilerledikçe kız Eros'un yüzünün merakına düşmüş. Eros ona "Beni görmeden sev, beni öğrenmeye çalışma, olduğum gibi sev!" diyormuş. Günlerden birinde Psyche'nin kız kardeşleri onun yerini bulmuşlar. Başından geçenleri öğrenince de Eros hakkında, "Eğer çirkin ve vahşi görünüşlü olmasa kendini sana gösterir, seni bu sarayda tutmazdı" yorumunda bulunmuşlar. Odadaki vazonun altına bir ateş gizleyip Eros uyuyunca ateşi vazonun altından çıkarıp Eros'un yüzünü görmesi için Psyche'ye akıl vermişler. O gece Eros sevgilisini ziyarete geldiğinde bir müddet sonra uykuya dalmış. Psyche ateşi yerinden çıkarmış ve Eros'un yüzüne bakmış. O da ne? Fevkalâde bir güzellik!.. Dayanamayıp onu öpmek istemiş ve tam eğildiği sırada lambadan bir ateş parçası Eros'un omzuna damlayıp onu uyandırmış. Işığı görür görmez saraydan kaçan Eros o günden sonra bir daha görünmemiş. Bu sefer Psyche onu aramaya koyulmuş ve son çare olarak Afrodit'in kapısını çalmış. Afrodit, eğer kendisine köle olmayı kabul ederse Eros'u geri getirebileceğini söylemiş ve o razı olunca da köleleştirip eziyete başlamış. Aradan uzun zaman geçince Eros'un omzu iyileşmiş ve annesinin elinden sevgilisini kurtarıp eşi olması için Zeus'a gitmiş. Zeus onları mutlu sona kavuşturmuş.

O gün bu gündür Eros'u hep elinde kurulu bir yay ile görüyoruz. Aşk okunu kalplere fırlatmak üzere... Tıpkı sevgilinin yay kaşlarından gamze oklarının fırlaması gibi.

LEYLÂ İLE MECNÛN'UN KALBİ

Bugün ol zülf-i Leylâ'nun benüm 'alemde Mecnûn'ı
Elimde şîşe-i kalbim şikest olmuş çanagımdur

Nâtıkî

Bugün şu dünyada Leylâ zülüflü sevgilinin Mecnûn'u (en çılgın âşığı) benim... Elimde taşıdığım kırık çanak da zaten kalbimin kırık şişesinden başka bir şey değil...

AŞK mevzubahis olunca söylenecekleri belli kahramanlar üzerinden anlatmak eski âdettir. Anlatan ile anlatılan arasındaki mahremiyetin sağlanması, kişilerin kalbindeki hisleri rahat ölçebilmeleri için... Tarihte yaşamış bazı âşıkların halleri daha sonraki yüzyıllarda değişerek, dönüşerek, artarak veya eksilerek çağın gerekleri doğrultusunda yorumlanmış ve yeni nesillerin duygu dünyaları eski âşıkların hayat hikâyeleri üzerinden harmanlanıp gelmiştir. Ferhat ile Şirin, Kerem ile Aslı, Vâmık ile Azrâ, Yusuf ile Züleyha gibi gerçek kişilerin efsanelere veya menkıbelere dönüşen maceraları kadar gül ile bülbül, mum ile pervane, Hüsn ile Aşk başlıklı alegorik hikâyeler de gerçek kalplerdeki aşkı anlatmak için şair ve yazarlara geniş imkânlar sunmuş, onları muhataplarıyla buluşturmuştur. Aşk kahramanları veya kahraman âşıklar olarak Doğu medeniyetinin Leylâ ile Mecnûn'u, Batı medeniyetinin ise Romeo ve Jüliet'i diğer bütün âşıklardan daha etkili olmuştur.* Çünkü her iki hikâyeyi de usta iki şair yazıya geçirmiş ve sanat ile aşkı en zarif zirvede buluşturmuşlardır. Biz Romeo ile Jüliet'i anlatmayacağız, onu bu yurtlarda herkes İngilizlerden daha iyi bilir nedense; biz Leylâ ile Mecnûn'u anlatacağız, çünkü onu

---

* Leylâ ile Jüliet'in veya Kays ile Romeo'nun hikâyeleri birbirine çok benzer. Aşkları uğruna can veren gençlerin başlarından geçenlerin anlatıldığı her iki hikâyede de vuslat gerçekleşmez. Her ikisinin de aileleri arasında bir kast sistemi vardır. Her iki âşık da sevgilileri için güzel sözler eder, aşklarını tiradlarla anlatırlar (Romeo, balkon sahnesinde Jüliet'e, Mecnûn mehtaba, Leylâ muma vb.). Her iki aşk macerası da önce halk hikâyesi gibi dillerde dolaşır, sonra yazıya geçirilir. Her ikisinde de şiir üslubu hâkimdir, her ikisinin de dili klasikleşmiştir, her ikisinin de... Hatırlamamız gereken şey şudur: Şekspir eserini yazdığında Genceli Türk şairi Nizâmî Leylâ ile Mecnûn hikâyesini yazalı üç yüz küsur sene olmuştu. Fuzûlî ile Şekspir ise aynı güneşin altında nefes alıp vermişlerdi ve Fuzûlî'nin Leylâ ile Mecnûn'u ile Romeo ile Jüliet sarraf terazilerinde tartılsa Fuzûlî'nin eseri mutlaka ağdırır. Ne var ki biz onu fuzuli zannederiz ama İngiltere Romeo ve Jüliet'i kullanarak bir medeniyet inşa eder. Operası, çizgi filmi, bilgisayar oyunu, sineması, tiyatrosu, romanı, üzerine yapılmış bilimsel araştırmaları vs. sayesinde Romeo ve Jüliet bütün dünyayı dolaşır. Şekspir'in orijinal dili de Fuzûlî'nin Türkçesi gibi bugün eskimiş, klasikleşmiştir ama İngiltere'de Romeo ve Jüliet'in her yıl orijinal diliyle basımı yanında orta öğretim için ayrı, üniversite öğrenimi için ayrı, hatta ilköğretim için ayrı baskıları yapılır. Hiçbir İngiliz çocuğu da "Şekspir'in dili eskidi, ben onu anlayamıyorum!" diyerek ondan yüz çevirmez. Eğer bir İngiliz genci, bizim gençlerimizin Fuzûlî'ye davrandıkları gibi Şekspir'e, asırlar öncesinde kalmış, dili de anlaşılmayan bir adam muamelesi yapsa, herhalde kişilik bozukluğu testine gönderilip tımarhaneye kapatılırdı. Bizdeyse Fuzûlî'yi fuzuli bulanlar modern ve çağdaş insan sayılıp el üstünde tutuluyor.

bu yurtlarda fazla bilen yoktur. Bilenlerin bir kısmı da masal veya film zanneder zaten.

Râviyân-ı ahbâr ve nâkilân-ı âsâr şu gûne hikâyet ve bu yolda rivayet ederler ki; Necid çöllerinde, Benî Âmir kabilesinde aynı gecede iki çocuk doğar. Birine Kays, diğerine Leylâ adı konulan bu çocuklar daha sekiz dokuz yaşlarındayken aynı mektebe varıp orada birbirlerini severler. Haklarındaki dedikodular çoğalınca Leylâ'nın annesi kızını çadırına kapatır. Ertesi gün, ertesi gün ve daha ertesi gün sevgilisini göremeyen Kays'ın bir müddet sonra aklı başından gider ve kederinden sahralara düşer. İlerleyen yıllarda ondan bahsedenler adını Mecnûn (deli) diye anarlar. Kays'ın babası oğlunun derdine çare olmak üzere Leylâ'yı ailesinden isterse de Kays bir mecnûna döndüğü için kızı vermezler. Babası oğlunu iyileştirmek için çareler arar, hekimler çağırır ama imkânsızdır. Son bir umut diye onu Kâbe'ye dua etmeye götürür. Fakat Kays, aklını istemek yerine aşk derdinin çoğalması ve aşkının artması yolunda duada bulunur. Üstelik duası da kabul olunur. Bu sefer babası çaresizlik içinde evine döner. Mecnûn ise çöllerde yabanî hayvanlarla dostluk kurmuş, arkadaşlıktadır. Artık yanık aşk şiirleri her yana yayılmaya başlamıştır. Nevfel adlı bir Arap beyi onun şiirlerini okur ve acıklı haline bir son vermek için Leylâ'yı babasından tekrar ister. Kızı iyilikle alamayınca da ordusunu toplayıp Leylâ'nın kabilesi ile savaşa girişir. Mecnûn Leylâ'yı o denli sevmektedir ki ona ait hiçbir şeye zarar gelmesini istemez ve Leylâ'nın kabilesi, savaşı kazansın diye duada bulunur. Nevfel yenilir. Ancak bu mağlûbiyeti nefsine yediremeyip tekrar savaşa başlar. Bu defa galip gelir ama Mecnûn'un duasını öğrendiği için kızı almadan çekip gider. Sonra Leylâ'yı İbn Selâm adlı biriyle evlendirirler. Leylâ ise Mecnûn'un aşkına sadık kalmak için bir yalan uydurur ve kocasına, çocukluğundan beri bir cin tarafından sevildiğini, eğer ona birisi el sürecek olursa cinin her ikisini de öldüreceğini söyler. Güya İbn Selâm'ı kandırıp kendisinden uzak tutmaktadır. Ne var ki o sırada Mecnûn'un intizarları sonucu İbn Selâm ölür. Serbest kalan Leylâ, Mecnûn'u aramaya çıkar. Çölde onu bulursa da Mecnûn onu tanımaz ve vuslata gücü olmadığını bildirir. Çünkü artık bütün maddî varlıklarla ilgisini kesmiş ve manevî bir aşk ile sarhoş gezer olmuştur. Leylâ umutsuz bir halde geri döner. Bir müddet acı çektikten sonra da ölür. Bunu haber alan Mecnûn Leylâ'nın mezarına koşar ve orada kendisinin de ölmesi için Tanrı'ya yakarır. Yakarışı kabul edilir ve son nefesinde "Leylâ!.." diyerek can verir. Sevgilisi ile cennette buluşurlar.

Türk edebiyatında otuzdan fazla şair Leylâ ile Mecnûn'un hikâyesini yeniden yazmıştır. Bunların çoğu Nizâmî'nin etkisi altında veya onun eserinin tercümesi biçiminde kaleme alınmıştır. Ali Şîr Nevâî ile Fuzûlî ise hikâyeye yeni bir ruh kazandıran şairlerdir.

Leylâ ile Mecnûn mesnevileri hikâye edebiyatımızı da etkilemiş, halk hikâyesi geleneğine uygun olarak yalın bir dille ve resimli olarak taşbaskısı yoluyla bir Leylâ ile Mecnûn kitabı basılmıştır (1954). Rusça, Ermenice, Almanca gibi değişik dillere de tercüme edilen hikâye defalarca filme çekilmiş (msl. Halit Refiğ, 1982), opera (Üzeyir ve Ceyhun Hacıbegof, Baku, 1917), müzikal (İskender Pala, İstanbul, 2008) ve Karagöz oyunu haline getirilmiş, Sezai Karakoç tarafından da manzum olarak tekrar kaleme alınmıştır (bs. 1980).

Leylâ ile Mecnûn külliyatı bir masal veya hikâyeden öte Doğu medeniyetinin kültür taşıyıcı kitapları arasında görülür. Kasabalarda, konaklarda, şehirlerde arkası yarın gibi okunur, anlatılır, konu çağa göre yorumlanır, tartışılır, öğretilir, böylece çeşitli yaş gruplarından dinleyiciler eğitilir, bir millet olmanın ortak duyarlılıklarıyla donatılırdı. Bunun içindir ki Leylâ ile Mecnûn'un genel hikâyesi kadar yapıp ettiklerinin bölümleri de birer öğüt, birer ibret veya nükte diye anlatılagelmiş, pek çok kitapta misaller bu iki âşık üzerinden dillendirilmiştir. Yani atalarımız gönül işi söz konusu olduğunda söylemek istediklerini Leylâ'ya ve Mecnûn'a söyletmiş, saygın kişiler gibi onların sözlerine kulak vermiş, yaptıklarını tebcil etmiştir. Böylece gönül ve aşk kelimeleri Leylâ ile Mecnûn kelimeleriyle yorumlanır olmuş, zamanla her çağdaki her aşk hikâyesi onlara yakıştırılmaya bile başlanmıştır. Hikâyenin özünde hem beşerî hem mecazî hem de ilahî aşk boyutu bulunduğu için de her kademe ve her katmanda küçük ve ibretlik hikâyelere dönüşmüştür.

LEYLÂ'YI BİLMEK!..

GÜNLERDEN birinde Mecnûn'a rastlayan bir gönül ehli, onun halini bilen bir yolcu, bütün içtenliğiyle sordu:

"Leylâ hakkında ne biliyorsun? Bana Leylâ'dan haber ver!"

Mecnûn, o anda baş aşağı yıkıldı, yola serilip kaldı. Sonra inler gibi mırıldandı:

"Bir kere daha Leylâ de! Eğer Leylâ'yı bilmek istiyorsan bir kere daha Leylâ de. Yoksa benden bir şeyler sorup durman beyhude. Madem Leylâ diyorsun, soruna cevap olarak Leylâ adı kâfi değil mi? Ne kadar mâna incisi delinse, yine de Leylâ adı kadar değerli değildir. Leylâ'nın adını andın mı, cihan içinde cihanlarca sır söyledin demektir. Leylâ adı hatırımda dururken başka bir adı bir an bile ansam küfürdür bu."

Bunu duyan o gönül ehli, daha sonraki zamanlarda şu şiiri okuyup durdu:

Mecnûn ki "Lâ ilâhe illâ!" der idi
Teklif-i visal eyleseler "lâ" der idi
Şol mertebe meftûn idi Leylâ'sına kim
*Mevlâ diyecek mahalde Leylâ der idi**

* Mecnûn (Leylâ'nın aşkıyla öylesine kendinden geçmişti) ki "Lâ ilâhe illâ = (Allah'tan) Başka İlâh yoktur!" diyordu. Onu Leylâ'ya kavuşturmak isteseler "Lâ = Hayır!" diyordu. Velhasıl Leylâ'ya o derece vurgundu ki, "Mevla!" diyecek yerde "Leylâ!" diyordu.

PERİŞAN ÂŞIK

MECNÛN bir fırsatını buldu, Leylâ ile baş başa kaldı. Leylâ da ondan bir dilekte bulundu:

"Ey âşık! Neyin varsa getir!.."

"A ay yüzlü!.. Senin aşkınla ne suyum kaldı ne kuyum. Ne ciğerimde azıcık kan ne gözümde bir nebze uyku. Aşkın aklımı yağmaladıktan sonra her şeyim birer birer gitti. Şimdi sahip olduğum tek şey yaralı bir kuş olan canım. Senden bir emir bekliyorum. Ver, dersen hemencecik vereyim."

Leylâ güldü bu sohbete. Sonra sitem etti:

"A yiğit!.. Ben senden bunu ne vakit istersem alırım, başka neyin var?!."

Bu söz üzerine Mecnûn, partal giysilerinin eprimiş yakasından çıkardığı bir iğneyi Leylâ'ya sundu:

"Vallâhi, Leylâ'm, varlık âleminde malik olduğum tek şey işte bu iğnedir. Bundan başka hiçbir nesneye sahip değilim. Bunu taşımamın sebebi ise yine sensin a gönlümü alanım!.. Çölde, ovada, dağda, kırda senin hayalini izlerken dikenler ayağıma batıyor. İğne, onları ayağımdan çıkarmak için."

Mecnûn, Leylâ'nın kendisine acımasını beklerken o sitem etti:

"Vay vaaayy!.. İşte benim aradığım. Ey perişan âşık; eğer aşkta gerçek isen bu iğne sana nasıl lâyık oluyor? Bencileyin bir güzelin peşindeyken ayağına diken batsa o dikeni çıkarmak doğru olur mu? Eğer o dikeni çıkarırsan, seninkine vefa derler mi?!. Sevgili yolunda ayağına diken batan âşık, onu elbisesine takılmış bir gül görmeli değil midir?"

LEYLÂ'NIN ÖLÜMÜ

YOLUNU şaşırmış Mecnûn oradan oraya koşturup giderken biri ona, "Leylâ öldü!" deyiverdi. Mecnûn, bu kara haber üzerine derhal durdu ve ellerini açıp şükretti:

"Hamd olsun Allah'ıma!.."

Bu sefer adam çok öfkelenip bağırdı:

"A aklı ve hayatı darmadağın olmuş zavallı! Hem onun için yanar hem de neden böyle söyler, ölümüne sevinirsin?"

"Ben iyiliğini isteyip dururken o ay yüzlüden bir fayda elde edemedim. Bari kötülüğünü isteyen de bir şey elde edemesin, kötülükten kurtulsun!.."

MECNÛN'UN SEVİNCİ

GÜNLERDEN birinde Mecnûn'u bir duvarın üstüne oturmuş, ayaklarını sallandırmış otururken buldular. Kerpiçten duvarın üstünde gayet neşeli ve bahtiyardı. Kendince konuşuyor, işaretleşiyor, gülüyordu. Gelip geçenler bu hale bakıp gülmedeydi. Nihayet bir gönül eri oradan geçti. Kalbiyle bakınca Mecnûn'un yanında Leylâ'nın da oturmakta olduğunu gördü. Başkasına gizli olan ona açılmıştı. Şükretti:

"Bir ömürdür koşup durdum... Çok da yoruldum... Ama sonunda bir araya geldiklerini gördüm!.. Çok şükür Allah'ım; sevenleri buluşturdun!.."

LEYLÂ'DAN GEÇME FASLI

LEYLÂ bir gün Mecnûn'u görmek ve aşk yüzünden düştüğü hali sormak için yanına gitti. Binlerce kişinin yolunu kaybedeceği bir ovada, Mecnûn'un yüzünü toprağa koyarak bağırıp çağırdığına ve sürekli Leylâ adını zikrettiğine şahit olmuştu. Biraz yanında oyalandı ama nafile; Mecnûn, kendisiyle ilgilenmiyordu. Anladı ki hayalinin sûretini tamamen gönlüne yazmış ve aklınca şeklini şemailini bütünüyle unutmuştu. Yine de kalbi onu ilk gördüğü zamanlardaki gibi hissetmek istiyordu. Bunun için birkaç girişimde bulunsa da Mecnûn gönlündeki Leylâ'dan dolayı canı sarhoş yaşıyor, asla "Nerde bu sevgilinin görünüşü ve sûreti?" demiyordu. Ve Leylâ'nın hayaline çok fazla kendini kaptırdığı için bir kez olsun sevgilisinin yüzüne bakmadı.

Leylâ dayanamayıp söze başladı:

"Ey Mecnûn! Senin ne durumda olduğunu merak ettiğimden halini sormaya gelmiştim. Ama senin şu halin beni büsbütün delirtti. Aşk yüzünden böylesine perişan iken bu durumun nasıl düzelecek?"

Mecnûn cevap verdi:

"Canımı aşka bıraktım. Dünyada bana da bu düştü. Hem, sen kimsin ve akıllıların deliler yanında ne işi var? Durumumun ne olduğunu bildin diyelim, ne yapmak için halimi soruyorsun? Tanıdığım biriysen ben seni niçin bilmiyorum? Yabancı bir kimseysen neden beni soruyorsun? İşine yollan ve beni kendimle bırak. Bencileyin deli olmamak için yanımdan ayrıl, kaygıyla dolmak istemiyorsan burada durma!"

Mecnûn'un kendisini gördüğü halde tanımaması üzerine Leylâ'nın gönlü ve canı çok yandı. Mecnûn'a cevap verdi:

"Biliyorum ki, kalbinin içinde bulunan ve seni delirten, Leylâ'nın aşkıdır. Seni Leylâ delirttiği halde niçin Leylâ'nın ta kendisi olan beni tanımıyorsun? Hayalde ve hakikatte beni talep etmene rağmen nasıl yüzümü bilemezsin? Mecnûn'a elbette bir Leylâ lâzımdır. Leylâ ben olmama rağmen beni tanımadın. Galiba sen Leylâ'yı sevmiyorsun, eğer sevsen görünce onu hemen tanırdın."

Mecnûn cevap verdi:

"Ey hikmetli kişi! Dediğin gibi eğer Leylâ sensen bu hikâye benim için çok güç oldu sayılır. Benim gönlümün içinde şimdi zaten bana sevgili ve yâr olan bir Leylâ var. Leylâ eğer gönlümdekiyse beni zaten görüyor. Leylâ eğer sensen, acaba gönlümdeki kimdir? Sen bu kesin bilgiye şüphe katmıyorsan, nasıl Mecnûn bir iken Leylâ iki olabiliyor? Mecnûn (âşık) eğer yüz adet olursa yerindedir, ancak Leylâ'nın (sevgili) iki olması büyük hatadır. İbadet edenler hiç iki kıbleye doğru namaz kılabilirler mi? Âşık, sevgilisiyle bir olmalıdır. Bu yolda ikilik bir tür kâfirliktir. Benim içimde bir Leylâ varken dışarıdaki Leylâ benim ne işime yarayacak? Dışarıdaki Leylâ toprak olsa bile içerideki Leylâ sonsuz değil midir? İşte bu yüzden senin 'Leylâ benim!' diye söylediğin söz hamdır. Bize bizim Leylâ'mız tamamdır."

(*Mantıku't-Tayr'*dan, s. 144-6)

AKILLI DELİ

ANLATIRLAR Kİ, kendince kavminin önde gelenlerinden, dindarlığı herkes tarafından bilinip itibar gören biri kırlara gezmeye çıkmış, Allah'ın yarattıklarını ibret nazarıyla seyre koyulmuştu. Sonra kalktı, iki rekat şükür namazı kılmak üzere tekbir aldı. Olacak bu ya, o sırada Mecnûn da kırlarda dolaşıyordu ve tesadüfen bu adamın önüne doğru geçip bilmeden orada oyalanmaya başladı... Adam selam verdikten sonra Mecnûn'a seslendi:

"Bre deli, çekil önümden, burada namaz kılıyorum."

O vakit Mecnûn hayretler içinde şöyle sordu:

"A efendi! Sen bu namazı niçin kılarsın?"

Adam delinin kendisiyle konuşmasına şaşırmıştı. İşin sonunu getirmek istedi:

"Neden sordun ki?"

"Allah aşkıyla ve O'nun için kılıyor musun diye?"

"Evet, Allah aşkıyla ve O'nun rızası için kılıyorum!.."

Mecnûn önce güldü, sonra dudağını büzüp kederlendi:

"Kendini yokla beyim, içini yokla... Ben Leylâ'nın aşkına düştüm düşeli şunca yıldır ondan başkasını görmüyorum da sen Allah aşkıyla namaz kılarken beni nasıl görüyorsun?"

ŞAİR MECNÛN

MECNÛN çöllerde, sahralarda Leylâ'nın aşkı ile divane dolaşırken kendi halini anlatan şiirler söylemiş, ona yolu uğrayanlar bu şiirlerden okumasını istemiş, şiirler okundukça dört bir yana yayılmış, böylece Leylâ adı daha çok bilinir olmuş. İşte o şiirlerden parçalar:

"Toplumda ve tenhada, gece gündüz, yirmi sene, insanların Rabb'ine dua ettim;

Leylâ'nın da benim çilem gibi çile çekmesi, benim sevdiğim gibi sevmesi için...

Yahut benim halimi anlaması veya bana acıması için...

Allah duamı kabul etmedi. Bu yolda benim aşkımı bir geçen de olmadı... Oysa beni bitiren şu aşk yüreğimde arttırıldı da arttırıldı...

Aşk her âşığın kalbinde eskiyor; Leylâ'ya olan aşkım ise ben yaşadıkça tazelenmekte...

Rabb'im! Artık beni ona sevdir veya bana onunla şifa ver.

Rabb'im! Ya ondaki vefasızlıktan birazcık bana ya bendeki sabırsızlıktan birazcık ona ver.

Rabb'im! Ya ona beni benzet ya bana onu; yoksa kalbimin çektiği çileden artık dinlendirileyim, Rabb'im!.."

*

Mecnûn'dan berceste:

"Leylâ'yı henüz göğsünde tomurcuklar belirmeden sevmiştim. İkimiz de çocuktuk, kuzuları otlatıyorduk. Keşke ne kuzular büyüseydi ne de biz!"

Gül İle Bülbülün Kalbi

Öldügüme acımazsa n'ola kalb-i âhenün
Gülşenünden tutalım bir bülbül eksilmiş senün

Yahyâ Beğ

Ey sevgili, şu çelikten kalbin öldüğüme hiç üzülmemiş, ne çıkar; tutalım ki gül bahçendeki bülbüllerden biri eksilmiş!..

KALPTEN ve aşktan söz edip de gül ile bülbülü anmamak, gülün dikenleriyle kanayan bülbülün kalbine saygısızlık olur. Hele de Sultan II. Selim, Selimiye kadar muhteşem ve ünlü olan şu beytinde çağlayıp dururken:

Biz bülbül-i muhrik-dem-i gülzâr-ı firâkız
Ateş kesilir geçse saba gülşenimizden

Aşağı yukarı şöyle demeye gelir: "Biz, ayrılık denen gül bahçesinde yanık nağmelerle inleyip duran bir bülbülüz. Öyle (yanık) ki, eğer saba rüzgârı bizim şakıdığımız bahçeden geçecek olsa ateş kesilir (Bir uçtan rüzgâr olarak girer, diğer tarafa ateş olarak geçer)."

Dehşetli bir hayal, muhteşem bir ifade!.. Aşk için söylenmiş sözlerin en güzellerinden... Doğrusu böyle bir bahçede güllerin ateş ateş olması insanı hiç şaşırtmaz. Şöyle yangın yeri gibi orada burada kızıl güllerle alev alev yanmaya devam eden bir bahçeyi hayal edin. Rüzgâr bu bahçeden geçerken kıvılcımlar onu da tutuşturuyor ve Lut kavmini helâk eden ateş yüklü bulutlara dönüştürüp gönderiyor. Bütün bu yangının sebebi ise aşkı yüzünden bağrı yanmakta olan ateşler içinde bir bülbülün aşk derdiyle âh edişleri, şakıyış ve inleyişleridir. Siz artık avuç içinize sığacak mini minnacık bir bülbülün tırnak kadarcık kalbindeki yangının her yanı tutuşturan dehşetine bakın da aşkın nelere kadir olduğunu derin derin düşünün.

Hep merak etmişimdir; bülbül olmasa, gül olmasa şairlerimiz aşkı nasıl böyle güzel anlatabilecek, atalarımız aşk bahsinde nasıl yeni dünyalar kuracaklardı acaba? Kaldı ki onların bülbülü âşık, gülü de sevgili yerine anmaları sebepsiz değildir; nasıl ki divan edebiyatı bülbülden ayrı düşünülemeyeceği gibi!

Bülbül, şakıyışlarıyla ağlayıp inleyen, durmadan sevgilisinin güzelliklerini anlatan ve ona aşk sözleri arzeden bir âşığın timsâlidir. Bazen âşığın kendisi, bazen canı, bazen de gönlü olur. Gülü delicesine sevdiği için bir âşığı temsil eder. Üstelik güzel sesi de âşığın güzel sözleri, şiirleridir. Nasıl bülbül gülsüz olamazsa, âşık da maşuksuz olmaz. Gülün dikenleri nasıl bülbülün ciğerini delerse, sevgilinin eziyetleri de âşığın bağrını deler. Kısaca bülbülün her özelliği âşıkta mevcuttur.

Bülbül seher vaktinde gülü karşısına alarak şakır. Çünkü gül seherde yaprakları yeni açılmış bir kitaptır ve okunmak ister.

Bülbülün bütün neşesi gül ile kaimdir. Gülden ayrı olunca inleyişler içinde kalır. Gülü görünce mest olur. Onun şair bir yanı vardır ve güzel şakıyışlarıyla güzeli ve güzelliği övmede bir üstattır. Ama bazen şair bu konuda bülbüle ders okutur.

Gül, nâz; bülbül, niyâz için yaratılmış gibidir. Bülbül bütün bu niyâzlarıyla bir destan yazmaktadır. Bu destanın içinde gözyaşı da vardır, ciğer kanı da. Her yeri elem, acı, cevr ü cefâ doludur. *Gül ü Bülbül* veya *Bülbülnâme** adlı alegorik mesnevilerde (msl. Bakâî ve Kara Fazlî'nin eserleri) bülbülün bu özellikleri belirgin şekilde anlatılmaktadır.

Gül ile bülbül deyince bir şarkıyı hatırlamadan edemem ben. Tamburî Ali Efendi tarafından bestelenen hüseynî şarkı. Güftesi Osman Nevres'e aittir. İşte şiirin tamamı:

Senden bilirim yok bana bir fâide ey gül
Gül yağını eller sürünür çatlasa bülbül
Etsem de abestir sitem-i hâre tahammül
Gül yağını eller sürünür çatlasa bülbül

Ellerle o zevk etdi ben âteşlere yandım
Çekdim o kadar cevr ü cefâsın ki usandım
Derlerdi kabûl etmez idim şimdi inandım
Gül yağını eller sürünür çatlasa bülbül

Senden güzelim çare bana kat'-ı emeldir
Etsen dahi ülfet diyemem ellerle haleldir
Ağyâr ile gezsen de gücenmem, ki meseldir
Gül yağını eller sürünür çatlasa bülbül

Gördüm açılırken bu seher goncayı hâra
Sordum nola bu cevr ü cefa bülbül-i zâra
Bir âh çekip hasret ile dedi ne çâre
Gül yağını eller sürünür çatlasa bülbül

Bîgâne-edâdır bilir ol âfeti herkes
Ümmîd-i visâl eyleme andan emelin kes
Beyhûde yere âh u figân eyleme Nevres
*Gül yağını eller sürünür çatlasa bülbül**

* Ey gül (sevgili)! Anladım ki artık senden bana bir fayda yok (Aşkına beyhude düşmüşüm). Bu durumum bülbül feryad figan çatlayıp giderken gül yağını başkalarının sürünmesine benziyor. Hatta bu yüzden diken (yaratılışlıların) eziyetlerine katlansam da işe yaramaz; çünkü bülbül feryad figan çatlayıp giderken gül yağını hep başkaları sürünmüşlerdir.
Sevgili, yabancılarla zevk ü safa sürerken ateşlere yanan ben... Eziyet ve ayrılığını çekerek yanıp yakılan ve bundan artık bıkıp usanan ben... Diyorlardı da inanmıyordum, şimdi inandım ki meğer, bülbül feryad figan çatlayıp giderken gül yağını hep başkaları sürünürmüş.
A güzel! Senden yana tek çarem, umudumu kesmektir (Bunu anladım). (Artık) Başkalarıyla sıkı fıkı oluşuna da söyleyecek sözüm yok. Hatta rakiplerimle gezip tozsan da aldırmayacağım; çünkü artık anladım; bülbül feryad figan çatlayıp giderken gül yağını hep başkaları sürünmekte.
Bu seher, goncayı dikenler arasında açılırken (gül sevgiliyi rakiplerle beraber gülüp oynarken) gördüm. Dedim ki "Bu bülbülüne bunca eziyet ve zulüm de neden?" Öylesine bir âh çekip hasret ile dedi ki; "Ne çare (ey şair, buna alış, çünkü), bülbül feryad figan çatlayıp giderken gül yağını hep başkaları sürünür.
Ey Nevres! Sevdiğinin ne kadar vurdumduymaz bir eda taşıdığını bilmeyen yok. Böyle birinden vuslat umudunu artık bitir, emelini kes de boş yere bülbül gibi ah-vah ederek yanıp yakılma. Çünkü (işte gördün) bülbül feryad figan çatlayıp giderken gül yağını hep başkaları sürünüyor.

BAHÇEVANIN KALBİ

BAHÇEVAN bir sabah bağında güzel bir gül açtığını gördü. Baktı, seyretti, hoşlandı, gönlü ısındı ve onu sanki âşık olmuşçasına korudu. Gözünden kıskanıyor, esen yelden sakınıyordu.

Bir sabah ne görsün!.. Hoyrat bülbülün biri gülün dalına konmuş, yapraklarını bir bir koparıyor, zedeleyip yaralıyor. Önce bülbülü kovaladı. Ama gül boynunu bükmüş, mahzunlaşmıştı. Bahçevan ertesi sabah yeniden gözledi ve gül ile bülbül arasında aynı hadisenin yaşandığını, gülün daha kötü hırpalandığını gördü. Bu sefer bülbüle kastetmek istedi. Ama bülbül uçup gitmişti. Bahçevan güle bakıp bakıp ağladı. Üçüncü gün bülbül yine gelecekti. Ona bir tuzak kurdu, bülbülü yakalayıp bir kafese koydu. Devam eden günlerde gülün bütün yaprakları bir bir döküldükçe de kafesinin karşısına geçip gözyaşı döktü. İçinden "Âşık sevgiliye kıyar mı hiç a bülbül" diye sitemler ediyordu. O sırada bülbül çıkıştı:

"A insafsız adam!.. Sana ne yaptım ki beni kafese kapattın? Eğer sesimi beğendiğin için beni hapsettiysen ben zaten senin bağının bülbülü değil miyim? Eğer başka bir suç işlediysem bunu bilmek elbette benim hakkımdır, söyle, neden bu kafesi bana reva gördün?"

Bahçevan lisan-ı münasiple olup biteni anlattı, gülü kopardığı için kendisini cezalandırdığını söyledi. Bu sefer bülbül sesini daha da yükseltti:

"Yani şimdi sen, yalnızca bir iki gün içinde solacak bir gülü telef ettim diye mi bunu bana reva gördün?.. Bunun için mi hürriyetimi kısıtladın?!. Bu seninki adalet midir?!."

Bağcı merhamete geldi, yaptığını affedemese de bülbülü bıraktı. Özgürlüğüne kavuşan bülbül bahçevana şöyle dedi:

"Ey iyi kalpli âşık, mademki sen bana hürriyetimi verdin, ben de sana hazine vereyim. Şu solan gül fidanının altını kaz!"

Bahçevan orada bir küp altın buldu. Sevindi, yeni gül bahçeleri yapmaya ahd etti. Bu arada bülbül yine seherlerde gelip onun bahçesinde şakıyordu. Bir sabah adam merakını yenemeyip bülbüle sordu:

"Bahçemdeki hazineyi toprak altındayken biliyorsun da gül dalının yanına kurduğum kapanı gözünün önündeyken nasıl bilmedin?"

"Senin kapanın kaza ve kaderin gereğiydi. Kadere karşı kalplerin gözü kapanır. Kişi ne kadar uyanık olursa olsun kazaya karşı kördür."

BÜLBÜLÜN KALBİ

Bu dil bülbül gibi feryâd eder vakt-i seherlerde
Ne hâbım var ne haşyet var ne bir ân istirâhat var

Yozgatlı Hüznî

Şu gönlüm seher vakitlerine kadar tıpkı bülbül gibi feryad eder... Ne uykum kaldı ne ürperti hatta ne de bir an olsun dinlence...

GÜL, su ile büyür ve susuz olamaz. Ancak efsaneye göre o, su ihtiyacını genellikle bülbülün kalbindeki kanla karşılamaktadır. Öyle ki çılgın âşığı bülbül şeydalanan şakıyışlar içinde aşk ile kendinden geçerken gül de naz uykusundan uyanıp onun kanını içiverir.

Alegoriye göre goncanın açılması için bülbülün bütün gece boyunca aşk neşidelerine devam etmesi gerekirmiş. Gül, âşığının kendisi uğruna ne kadar fedakârlık yapabildiğini görmek için önce dallarına konmasına izin verir, sonra da onun mestliğinden yararlanarak dikenlerini bağrına batırıp kalbini kanatarak fedakârlığını ölçermiş. Böylece bülbülün kanı, gülün dikenlerine sızıp goncaya ulaşır ve ona renk olurmuş. Güle kırmızı rengini veren de zaten bülbülün aşk için kalbinden akıttığı bu kan imiş. Yoksa gülde bu kırmızı güzellik olmazmış.

Bu alegorik hikâyede bülbülün çığlıklarına aldırmayan gül, aslında seveninin kanına susamış, susuzluğunu bu yolla gidermeye çalışan bir sevgili oluvermiştir. Galiba âşık, yaptığı fedakârlığın sonunda aşk şehidi olduğunu göstererek adını yaşatmaktadır. Tıpkı Mecnûn gibi, Kerem gibi…

KIRMIZI GÜLÜN KALBİ

OSCAR WILDE'ın "The Nightingale and the Rose" (Bülbül ile Gül) adlı bir hikâyesi vardır. Özetleyelim:

Fakir bir öğrenci, sevdiği zengin kızı dansa götürmek ister ve cesaretini toplayıp ona teklifte bulunur. Kız, eğer kendisine kırmızı bir gül getirebilirse sabaha kadar dans edebileceklerini söyler. Ne ki, mevsim henüz gül mevsimi değildir. Buna rağmen delikanlı büyük bir sevinçle kırlara koşar. Arayıp tarar ama gül bulamaz. Bu umutsuzlukla ağlamaya, inlemeye başlar. Bu arada onu işiten kertenkele, kelebek, papatya, menekşe vs. hep ona acıyarak bakarlar. Bir tek bülbül, onun şahsında gerçek bir âşığı görür, kendisinin bir ömür boyunca aşkın acıklı şarkılarını söylemekle beraber böylesine ağlayamadığını düşünür ve delikanlıya yardım etmeyi aklına koyar. Çünkü aşk, dünyanın bütün hazinelerinden ve bütün ömürlerinden daha değerlidir. Bülbül hemen çimenliğe koşar, bütün gül fidanlarını tek tek dolaşır. Delikanlı için ertesi sabah kırmızı bir gül verip veremeyeceklerini hepsine sorar. Yalnızca bir tek fidan, ertesi sabah kendisine kırmızı bir gül açabileceğini ancak bunun için bir şartı olduğunu söyler. Şiddetli kışın etkisiyle buz tutarak kırılan dallarında bir gül açabilmesi için damarlarına yürüyecek sıcak bir sıvı gerekmektedir. Eğer bülbül kalbindeki sıcak kanı ona verirse kırılan dal tamir olup gül açabilecektir. Bülbül bu şartı, aşk uğruna can vermek olarak görüp kabul eder. Tesadüf, o gece mehtap çıkmıştır ve bülbül, kalbini gülün kırık dalındaki dikene dayayıp şarkılar söylemeye başlar. O gece, bütün öteki şarkılarından daha güzel şarkılar söylediğini fark eder ve bu coşku ile kendinden geçerek sabaha kadar yepyeni besteler yapar. Sabaha karşı gül fidanında eşsiz güzellikte kırmızı bir gül açmıştır ama artık bülbül fidanın ayakları ucunda, çimenler arasında, kalbinde kan yerine bir diken ile cansız yatmaktadır.

Delikanlı sabahleyin sonsuz bir sevinç içerisinde kırmızı gülü dalından dikkatle koparıp doğru sevgilisine koşar:

"İşte kırmızı gülü getirdim!"

Kız oralı bile olmaz. Çünkü sınıftaki bir başka delikanlı ona dans teklifi karşılığında mücevherler göndermiştir. Delikanlı kırmızı gülü öfkeyle yere fırlatır. O, bir kenarda ağlayıp aşkın yalnızca acıdan ibaret olduğunu düşünürken yere attığı gülün üzerinden bir otomobilin tekerleri geçmektedir.

GÜZEL KIZ KALBİ

MEVLÂNÂ, *Mesnevî*'de anlatıyor:
Semerkand'daydık ve Harzemşah, Semerkand'ı muhasara etmiş, askerleri de savaşa başlamıştı. O mahallede pek ziyâde cemâl sahibesi bir kız vardı. Öyle ki; o şehirde onun benzeri yoktu. Muhasara başladıktan sonra "Ya Rabb, düşmanların eline benim teslimimi nasıl revâ görürsün? Bunu câiz görmeyeceğini ben bilirim ve sana itimadım vardır" dediğini işitir oldum. Vaktâ ki şehri yağma edip ahalisini esir ettiler ve o kızcağız da esirler arasındaydı. Onu izledim, hiçbir elem erişmedi ve bütün göz alıcı güzelliğine rağmen kimse ona ilişmedi, hatta dönüp bakmadı. Burdan biline ki her kim kendisini Hakk'a tevdî ederse, belalardan emin olup selâmette kalır ve O'na bildirilen hacetler hiç zayi olmadan yerine getirilir. Çünkü samimi ve kutsal sözcükler kör kalplerde kalmazlar, geldikleri ışığa geri dönerler. Şeytanın sözleri eğri kalplere gider; eğri bir ayakkabının eğri bir ayağa olması gibi. O kızın kalbi dosdoğruydu.

KIZILDERİLİ KALBİ

STONEY Kabilesi Reisi'nin mahkemedeki savunması:

"Kanunları olmayan insanlardık biz; ama her şeyin yaratıcı ve yöneticisi olan Yüce Ruh'la iyi geçiniyorduk. Siz beyazlar bizim vahşi olduğumuzu düşündünüz. Bizim dualarımızı anlamadınız, anlamaya çalışmadınız. Biz kalbimizden güneşe, aya veya rüzgâra şarkılarla şükranlarımızı sunarken siz bizim onlara taptığımızı söylediniz. Hiç anlamadan; yalnızca bizim ibadet şeklimiz sizinkinden farklı diye bizi kayıp ruhlar olarak nitelendirdiniz. Oysa kalbimiz Yüce Ruh'un eserlerini her şeyde görüyor; güneşte, ayda, ağaçlarda, rüzgârda ve dağlarda hissediyordu. Bazen bunlar aracılığıyla O'na yaklaşırdık. Bu çok mu kötüydü? Bence; biz Yüce Varlık'a, bize şaman ve putperest diyen beyazların çoğundan daha güçlü bir sadakatle, gerçek bir inançla bağlıydık. Doğaya ve onun yöneticisine yakın yaşayan Kızılderili kalplerimiz karanlıkta değillerdi.

(...) Ağaçların konuştuğunu bilir miydiniz? Evet; konuşurlar. Birbirleriyle konuşurlar ve eğer dinlerseniz sizinle de konuşacaklardır, kalbinizle... Asıl sorun beyazların onları dinlememeleridir. Kızılderilileri dinlemeyi hiçbir zaman öğrenemediler; bu yüzden, doğadaki başka sesleri dinleyeceklerini de hiç sanmıyorum. Oysa kalbim ağaçlardan çok şey öğrendi; bazen hava, bazen hayvanlar ve bazen de Yüce Ruh hakkında" (*Bâb-ı Elbâb*, s. 82).

*

Shoshone Kabilesi'nden derleme:

"Beyaz adama bir iyilik yaptığınızda aklıyla beğenip diliyle onaylar. Kızılderili'ye iyilik yaptığınızda onu yüreğinde hisseder; yüreğin ise dili yoktur ama bin lisanda konuşur" (*Bâb-ı Elbâb*, s. 84).

DEYİMLER VE ATASÖZLERİNDE KALP

ÇOCUKLUĞUMDA Uşak'ta bir kunduracı vardı. Yalnızca bizim evin değil, bütün mahallenin, belki de şehrin yarısının ayakkabılarını tamir eder, herkese tatlı dil ve güler yüz gösterirdi. Küçücük dükkânının duvarlarında satılmak üzere bekleyen birkaç iskarpin ile onların arasında derme çatma bir çerçeve hatırlıyorum. Çocuk eliyle iki karışa bir karışlık bu çerçevenin içindeki gelişigüzel yazılmış acayip cümleyi ne zaman okusam kunduracı amcaya hiç yakıştıramadığım davranış ve ameller hayal ederdim: "El işte, gönül oynaşta!"

Yıllar sonra üniversiteye varıp da divan edebiyatı ve tasavvufla ilgilenmeye başladığımda bu sözün öyle gözü dışarıda hovardalıkla alâkası olmadığını, insanın eli iş yaparken gönlünün Allah zikriyle meşgul olup gitgide tecelliyi oynaş edinebileceğini öğrendim. Yıllar sonra Tebriz'de bir halıcı dükkânında bir hat levhası gördüm. "Dil be-yâr, dest be-kâr" yazılıydı. Bu bizim kunduracı dükkânındaki yazının yakın tercümesiydi ve "El işte, gönül sevgilide!" diyordu. Gönülle alâkalı bir deyimin farklı dillerde ve coğrafyalarda aynı biçimde söyleniyor olması belki gönlün bir kader olarak bu coğrafyalara yazılması da demekti. Büyük zenginlik!..

Doğu medeniyetinin kalple olan derin bağıdır ki Doğu dillerindeki sözlüklerin de kalp sayfalarında sayısız deyimler ve atasözleri biriktirmiştir. Batı dillerinde olmayan "gönül" kelimesini de buna ilave ettiğimizde gerçekten de Doğu'nun bir gönül medeniyeti olduğu kendiliğinden anlaşılır. Kalbin lisanı olan şiirin saltanat sürdüğü bu coğrafyada mısralar kadar deyimler ve atasözleri de kalbe ihtimam göstermiştir. Sözlüklerde "kalp" hakkında elliye, gönül hakkında da iki yüze yakın deyim yer alır. Kalbi kararmaktan gönül aydınlığına, kalbi yanmaktan gönül çelme veya gönlü akmaya, kalbini çalmaktan gönül hırsızına, kalbi güm güm atmaktan, kuşça gönlüne kadar çok zengin bir dağarcıktır bu. Bir gönül ülkesidir ki orada nice gönül sultanları, nice yufka yürekli gönül erlerinin gönlüne ateş bırakıp onları gamze oklarıyla kalplerinden vurarak gönlü yaralı kalp dilencilerine döndürdüklerinden bahsedilir. Orada kalp kıranlarla gönül yapanlar elbette bir olmayacak, kalbini Kâbe sayanlarla kalbini karartanlar yan yana gelmeyecektir. Orada herkes bilir ki, gönül sultandır, ferman dinlemez, kalp kalbe karşıdır ve gönül kimi severse güzel odur. Oradakiler bir gönül yapmayı Kâbe yapmaktan yeğ bilirler, kalpten kalbe yol açarlar. Onlar kalbe yürüyen erlerdir, gönül bilir, hicran bilir, "Gönül kalsın yol kalmasın!" derler. Elbette orada gönlünü, her gördüğünü isteyen bir çocuk sayıp nazını çekenler, "Gönül düştü kediye, kedi düştü duduya (tûtîye/papağana)" teranesiyle hevasına ve hevesine uyanlar da vardır. Her ne ki, gönül bağlamında hiç değişmeyen iki gerçek; birincisi "Gönül Allah'ın evidir" ve ikincisi "Gönül asla kocamaz!" Belki de bize düşen, ev sahibine gönülsüz davranmamak ve O'na gönlümüzde yer vermek. Yoksa kocamayan gönüller insanı gönül maskarası eder de kalp ülkesini haraba verir.

Bizim eski şairlerimiz kalp hırsızlarının yağmasına uğramış gönüllerinden yine gönül diliyle şikâyet üstüne şikâyet etmişlerdir. Birkaçını rahmetle analım:

Kabul etmez benim virane gönlüm gayrı hiç tamir
Yıkıldı hatırım şimden gerü âlem harab olsun
(Enderunlu Vâsıf)

Ömer sevdasını başdan aşırmış
Hayal-i yar ile kendin şaşırmış
(Âşık Ömer)

Şunda bir güzele gönül düşürdüm
Aşkın deryasını boydan aşırdım
(Gevherî)

Bu meseldir fukara kalbine her kim dokuna
Dokunanın dokunur sinesi Allah okuna
(Remzi Dede)

Kâbe-i kalbini tavaf eyle
Ki bu haccın safası ömre sürer
(Cevrî)

Senin yolun varıp menzile ermez
Gönülden gönüle yol olmayınca
(Muhiddin Abdal)

Hışm eyledin yüreciğim kopardın
Hatırcığım yapsan Kâbe yapardın
(Kul Mustafa)

KALB: SÖZ SANATI

KALB, bir sözün lafız veya mânaca ters çevrilmesini ifade eden belâgat teriminin adıdır. Şair, birçok konuyla ilgili olarak sözünü lafız veya mâna bakımından ters çevirebiliyorsa bir sanat yapıyor demektir. Bu durumda *kalb*, "bir terkip veya cümlenin sondan başa doğru okunduğunda da aynı ibareyi vermesi"ne denir. Eskiler, şairin ortaya attığı bir fikrin daha sonraki şair tarafından ele alınıp tersinin savunulmasına da "anlam kalbi" demişlerdir. Maamafih kimileri buna aks (yansıma, tersinden görme) olarak bakar. Mâna kalbi, "süt emen bir çocuğa entelektüel bir kimse gibi hitap etme"ye benzer, muhatabın makamını ve şanını yüceltmeye yönelik anlatım taşır.

Türkçe belâgat kitaplarına göre *kalb*, tecnîs-i kalb, cinâs-ı kalb ve cinâs-ı maklûb adlarıyla da anılmıştır. Osmanlı harflerine dayalı bir sanat olan *kalb* ise, harfleri aynı, harf dizilişleri ayrı olan kelimelerin aynı beyitte kullanılmasını esas alır. Asıl kelimeye nazaran maklûb durumunda olan ikinci kelimedeki harflerin düzenleniş biçimine göre kalb, kalb-i kül ve kalb-i ba'z olmak üzere ikiye ayrılır. Kalb-i kül, kelimede harflerin düzenli biçimde sondan başa doğru sıralanması yoluyla yapılır. Hilâl ile lâle, şitâ ile âteş, kelâm ile mâlik kelimeleri gibi.

Kelimede harf sırasının düzenli olmayarak değişmesiyle yapılan kalbe de kalb-i ba'z denir. Nâcî ile cânî, irem ile mâr veya emr kelimelerinde de böyle bir durum söz konusudur. Elem ile emel birbirinin tersidir. Kasr ile raks, huld (cennet) ile dahl (girmek) gibi. Lâmiî'nin, "Mûr gibi emrine kılmış itâat halk-ı Rûm/ Râm oluptur nitekim Mûsâ'ya ey şeh sihr-i mâr"* beytinde "mûr" ile "Rûm" ve "râm" ile "mâr" kelimelerinin kullanılması bir kalb sanatını doğurur.

Hâmiş: Galiba kalp halden hale girdiği içindir ki belâgat âlimleri bir sanat olarak halden hale girişlere de kalp adını vermişler.

* Ey sultan! Rum (Anadolu) halkı mur (karıncalar) gibi senin emrine itaat etmişlerdir. Bu tıpkı mar (yılan) sihirbazlarının Hz. Musa'ya (ait asânın mucizesini görünce ona) râm olmaları (tutulup itaat etmeleri) gibidir.

GÖNÜL DİLİ:
ŞİİR

İNTERNETE girip şiir kelimesinin karşısına kalp veya gönül yazdığınızda size binlerce kalp şiiri bulup getirebilir. Sebebi, kalp dilinin şiir olmasındandır.

Bilmem dikkat ettiniz mi; ne zaman gönlümüz konuşacak olsa şiir devreye girer ve kalbin şiir biçiminde söyledikleri, aslında ölümün elinden bir şeyleri kurtarmak için dile getirilmiş mısralara dönüşür. Bunun sebebi kalbin unutmayışı, şiirin de unutulmayışıdır. Kand-i mükerrer (çifte kavrulmuş) lezzet gibi.

İnsan, aklıyla konuştuğunda meramını düzyazıyla anlatır, ama eğer kalbiyle konuşmak istiyorsa kelimeler muhataba şiir olup ulaşır. Ve kalp diliyle söylenen sözler kalbe dokunur, karşılığını kalpte bulur. Kalp hafızasının akıl hafızasından daha kuvvetli olması dolayısıyla da kolay ezberlenir. İsterseniz beş yüz kelimelik bir şiir ve beş yüz kelimelik bir düzyazı (nesir) ezberleyelim. Bir müddet sonra hafızamız nesir cümleleri değiştirmeye, dönüştürmeye, eksiltmeye ve nihayet birkaç yıl sonra unutmaya başlar. Oysa ezberlediğimiz şiir kafiyeler (uyak), redifler, vezin ve ahenk dolayısıyla zihnimizde çakılı kalır. İlkokulda ezberlediğimiz şiirleri olduğu gibi hatırladığımız halde ilkokul öğretmenlerimizin cümlelerinden aklımızda hiçbir şey kalmaması bu yüzdendir. Çünkü şiir kalbin zarafetine, estetiğine, güzelliğine, aşka, sevgiye pek münasiptir, bu yüzden unutulmaz.

Eskiler şiir için "nazm" kelimesini kullanırlar. Bu kelimenin anlamı "inciyi ipliğe dizmek"tir. Şimdi düşünelim, önce inciyi bulacaksınız (anlam), sonra elinize bir iğne alıp onu en narin yerinden ve kırmadan, israf etmeden deleceksiniz (mecaz, kinaye vb. sanat haline getirmek), sonra onu ipliğe dizeceksiniz (vezin), yanına da mücevherler, pırlantalar (başka kelimeler) koyacak, bunu iki (beyit) veya dört dizi (kıta) halinde bir gerdanlık yapacaksınız. Yeşim ile yakutun, inci ile elmasın ahengini öyle verecek, dizilişini öyle gerçekleştireceksiniz ki (üslup) sizin gerdanlığınız diğerleri arasında fark edilsin. Velhasıl kalbiniz ne kadar mahir ise, diğer ifadesiyle kalbinize ne kadar sevgi, nezaket, zarafet ve aşk koyabiliyorsanız sizin şiir sarraflığındaki titizliğiniz de o ölçüde olacaktır. Hayatı bu zarafette yaşamayanların kalplerine Allah kabalık verir. Şiir, kütük kalpler ile o kütüğün içindeki heykeli gören kalpler arasında bir ölçüdür. Onun içindir ki İsmet Özel "Önce kalbim lanete çarpa çarpa gümrah/ Sonra kalbim gümrah ırmakları tanımaktan kaygulu" derken Mevlana İdris "kalbimiz dediğin nedir ki/ aşk var, aşk yok..." hükmüne varır. Hilmi Yavuz da bu hoyratlıktan nasibini alan kalbi yadsır:

kalbimdir mâsivâyı tüketti,
kendini savura savura...
kalbimdir, arzulara tercüman;
yara yok, görünmüyor,
ama kan akıyor, hâlâ akıyor,
tenimi kavura kavura

kalbimdir, şiire dönüştü
gül yarası olup her yerde;

aşklar kalkıp şimdi burdan gider de
yaraya tuz vura vura...

Edip Cansever'in kalbi de aynı soğukluktan şikâyetçi:

Üstüme kar yağıyor. Kalbimin
Atışlarında eriyor kar
Üşümüyorum, üşümek elimde değil
Hiçbir şey elimde değil
Sevmek istiyorum, sevemiyorum
Çarpıyor birbirine kalbimin kapıları

Kalbe ve gönle bigâne kalmış hiçbir şair tanımıyoruz. Söz gelimi Sezai Karakoç "Senden umut kesmem, kalbinde merhamet adlı bir çınar vardır" derken seven kalp ile merhameti birbirine yakıştırıyor. O sevgili ki Ahmet Kutsi'ye göre "Çırpınır göğsünün içinde kalbi/ Bir yaşlı ağaca sinen kuş gibi." Ve kalbine seslenirken İbrahim Tenekeci lirizmin zirvesine yükseliyor:

A benim
Oğulotu bitmeyen topraklarda
Şaşırıp kalan kalbim
Senin Türkçen yok mu, anlatıyorum işte
Bir kuş kalbi misin ki ürkmek için bahane
Arayıp duruyorsun.

Şiirin kalbe çok yakışmasının en önemli sebebi aşktır. Aşk söz konusu olunca da aşkın has bahçesi hükmündeki klasik Doğu şiirine bakmak gerekir. Divan edebiyatı dediğimiz Osmanlı şiiri olsun, tekke edebiyatı denilen sûfî seslenişler olsun, aşkı katman katman, derece derece hallac kemanına koymuş ve kabarttıkça kabartmıştır. Bu kitap için birkaç şiir seçeyim dediğimde önüme külliyatlar yığılması bu yüzdendi. Eski şairlerden kime selam versem, hangisinin divanını veya şiir mecmuasını karıştırsam yığınla kalp ve gönül şiiri karşıma çıkıyordu. O kadar ki eğer birileri gönül veya kalbe dair şiirlerden müstakil bir antoloji hazırlayacak olsa işi çoktan daha çok zordur. Eşrefoğlu'ndan "Aşk oduna yanmayanın/ Kalbi safi olmaz imiş" hükmü dillendirilmeden böyle bir antoloji eksik kalır mesela. Yahut Fatih'in, Ahmet Paşa'nın, Melihî'nin ortak sesleni̇şlerindeki "Gönül, ey vay gönül, vay gönül, ey vay gönül" coşkusu verilmeden olmaz. Hele Galib Dede'nin her bendinde tekrarladığı "Ah mine'l-aşkı ve hâlâtihî/ Ahraka kalbî bi-harârâtihî"* çığlığındaki yanık edası hatırlanmadan veya Estergon türküsündeki o "Gönül yar peşinde yar ondan ırak" nağmesini yüreklere sindirmeden kalbin şiirini anlamakta eksik kalınır zannederim. Nedim'in, "Esdikçe bâd-ı subh perîşansın ey gönül/ Benzer esîr-i turre-i cânânsın ey gönül"** matlalı gazeliyle Şeyhülislâm Yahya'nın "Erdi bahar sen dahi şâd olmadın gönül/ Güllerle lâlelerle küşâd olmadın gönül"*** gazelini okumadan hiç olmaz. Ama hepsinden ötesi gür sadalı Nef'î'nin "Hem kadeh hem bâde hem bir şûh sâkîdir gönül/ Ehl-i aşkın hâsılı sâhib-mezâkıdır gönül"**** matlalı gazeliyle çıkılacak küçük bir yolculukta zihinler mest, ruhlar baygın saatler geçirebilecektir.

---

* Ah aşktan ve aşkın elinden... Kalbimi ateşiyle yaktı yandırdı...

** Sabah yeli estikçe (sevgilinin taradığı saçlarının sümbül veya misk gibi kokularını alarak) perişan (darmadağın) oluyorsun ey gönül! Galiba sen de sevgilinin kaküllerine bağlanıp tutsak olmuşsun ey gönül.

*** Ey gönül, bahar geldiği halde sen yine de şad olmadın; yani ki güller açıldı, laleler açıldı ama (sevgiliyi göremediğin için) sen açılmadın ey gönül.

**** Gönül hem kadeh hem bade hem de şuh bir sâkîdir (sevgilidir). Velhasıl aşk ehli arasındaki yegâne zevk sahibi gönüldür (Güzelin de badenin de sâkînin ve şarabın da en âlâsını seçmiştir).

GÖNÜLDEN GAZEL

KLASİK şiirimiz kalp ile o kadar hemhaldir ki şairler kalp veya gönül adını anmadan dahi içlerindeki duyguları, kalplerdeki tecellileri, arzuları, emelleri anlatıverirler. Şeyhülislâm Bahâî'nin (1601-1651) aşağıdaki sesine kulak verirsek bir söz sanatçısının bilhassa âşıkâne duygu ve heyecanları terennüm eden sade, samimi ve zarif ifadelerine rastlarız. Gönül üzerine düşüncelerin yoğunlaştığı gazeli küçük dokunuşlarla izaha çalışalım:

Sakın hâkisterim çiğnetme esb-i nâza bî-pervâ
Komaz elbette hâlî aşk ocağın bu dil-i şeydâ

(Ey sevgili!) Sakın (aşkının ateşiyle bedenimin yanması sonucu ortada kalan) küllerimi naz atına pervasızca çiğnetme ki çılgın (bir âşık olan) gönlüm, elbette (o) aşk ocağını boş bırakmaz (orada kendi külleri arasında seni beklemektedir ve naz atı gönlümü çiğnemesin).

O mürg-i âşiyân-sûz-ı belâdır dil ki yandıkça
Teni hâkisterinden mürg-i âlem-sûz olur peydâ

Gönül, (kendi) belâ yurdunu yakan öyle bir (Kaknus) kuşudur ki, yandıkça bedeninin küllerinden (inleyiş ve çığlıklarıyla) âlemi yakan (bambaşka) bir kuş peyda olur.

Dil-i sûzânı zülf-i pür-hamında bî-karâr etme
Hazer kıl âteş-i has-pûşu tahrîk etmeden cânâ

Ey sevgili şu yanan gönlümü, büklüm büklüm saçlarında dur-duraksız eyleyip de sakın üzeri çalı çırpıya dönmüş varlığım ile örtülü ateşi alevlendirme.

Duhân-ı âh ile şem'-i ruhundan tazeler tâbın
Sönerse gam değil bâd-ı fenâdan dil çerâğ-âsâ

Gönül, yokluk rüzgârının esintisiyle bir kandil gibi sönse de dert değil; (çünkü o) ışığını, (kendi) ahının dumanı ve (senin) yanağının mumundan (devamlı) tazelemektedir.

Bahâî âdeme gam sûretin göstermese gâhî
Aceb mir'ât idi mir'ât-ı câm-ı pür-safâ hakkâ

Ey Bahâî; arada sırada insana gam sûretleri göstermemiş olsaydı, esenliklerle dolu şu kadeh aynası, gerçekte ne güzel bir ayna olacaktı.

Kalbin Kitabi

Kitab-ı 'aşkdan feyz olmayınca
Teselli virimez kalbe resayil

Manastırlı Celâlî

Aşk kitabından bir ilham içermiyorsa okunan
kitap kalbi teselli etmez...

HİLMİ YAVUZ, *Hüsn ü Aşk*'taki Kalp Kalesi'nden bahis açtığında, "kalp kalesi! / her dize bir gizli bahçedir / sevda senin hisarın" der. Onun her dizeyi gizli bir bahçe olarak gördüğü *Hüsn ü Aşk*'ı Şeyh Galib yazdığında henüz yirmili yaşlarındaydı ve dünya edebiyatına muhteşem bir miras bırakacağını bilmeden, yalnızca kalbindeki aşkı anlatmak üzere divitini hokkasına bandırmıştı. Bir arayışın hikâyesiydi *Hüsn ü Aşk* ve kişiye kendi içindekini bulduruyordu.

Hüsn ü Aşk'ta olayların nirengi noktasını Kalp Ülkesi'ne (Diyar-ı Kalb) yapılan bir yolculuk oluşturuyordu. Aşk isimli delikanlı Sevgioğulları Obası'nın ileri gelenlerine varıp Allah'ın emri peygamberin kavliyle Hüsn'ü istediğinde bilge adamlar önce kendisine vuslatın bu kadar kolay elde edilemeyeceğini anlattılar ve eğer Hüsn'ü mutlaka istiyorsa Diyar-ı

Kalb'e gitmesi ve oradaki Kimya'yı bulup getirmesini söylediler. Kimya, sırlarla dolu gizli ve sihirli bir ilimdir ve herkes onu anlayamamaktadır. Üstelik Kalp Ülkesi'ne ulaşmak da o kadar kolay değildir. Hatta binbir engel ve tehlikelerle doludur. Dev kuyulardan tılsımlı iplerle kurtulmak, gam harabelerinde cadılara esir düşmek, sûret kalelerindeki zincirlerden kurtulmak, mumdan gemilerle ateş denizlerini aşmak falan gerekmektedir. Aşk bütün bunları başarır ve Padişah'ın Diyar-ı Kalp isimli sır dolu sarayına gelir. Görür ki o sarayda Hüsn diye aradığı aslında kendisinde imiş. Çünkü Kalp Kalesi'nde Hüsn, Aşk'tır; Aşk da Hüsn; yani seven sevgilidir, sevgili seven...

Hüsn ü Aşk'tan evvel Fuzûlî üstat kalbi ele alan bir "Enîsü'l-Kalb" (Gönül Dostu) kasidesi yazmış ve aşk sırlarını çözmeye çalışmıştı; daha birçokları gibi. Gerçekten de Doğu literatüründe başlığı kalp kelimesini taşıyan pek çok kitap veya risale bulunabilir. Bu kitabın sonundaki bibliyografya bile bizim ulaştığımız kalp kitaplarını göstermeye kâfidir. Demek istediğimiz odur ki Doğulu milletler kalp üzerine çok bilgiler üretmiş, bunları da satırlara dökmüşlerdir. İbn Teymiyye'nin *Kalp Amelleri,* İmâm-ı Gazzâlî'nin *Mükâşefetü'l-Kulûb* (Kalplerin Keşfi) veya *Kalp Risalesi* bunlardan ilk akla geliverenlerdir. Batı literatüründe Frithjof Schuon'un *Kalp Gözü,* Louis L. Hay ve David Kessler'in ortak yazdıkları *Kalp Gücüyle Tedavi,* ünlü kalp cerrahı ve ilk kalp nakli ameliyatını gerçekleştiren Dr. Barnard'ın *Kalbiniz ve Siz* adlı çalışması ve bilhassa Louisa Young'a ait *Kalbin Kitabı* dikkate değer eserlerdir. Bu son kitap kalbe dair oldukça kapsamlı bir kültür çalışması olup tarihten bugüne kalp üzerine değerli bilgi ve teorilerle doludur.

Bir de adında kalp kelimesi geçen edebî eserler vardır. Bir kitaba kalple ilgili isim konulması yalnızca romantizmin değil kalbe karşı ilgisiz kalamayan insanın da ihtiyacı olsa gerektir. Hüseyin Rahmi Gürpınar'ın *Billur Kalp,* Reşat Nuri Güntekin'in *Dudaktan Kalbe* ve Halide Edip Adıvar'ın *Kalp Ağrısı* isimli eserleri bunlar arasında ilk akla geliverenlerdir. Keza Edmondo Amicis'in *Çocuk Kalbi* ismini taşıyan kitabı da bütün dünya çocuklarının hatta yetişkinlerin bile okuması gereken bir kitaptır.

Bİr Kalbİn Ölümü

STEFAN ZWEİG *Bir Kalbin Ölümü* adlı kitabına şöyle başlar: "Bir kalbi, bir daha onarılamayacak şekilde çökertmek için, kaderin, her zaman, öyle büyük bir çalışmaya, keskin ve acı bir kuvvete ihtiyacı yoktur; şu muhakkak ki kaderin o söz dinlemeyen şekilci iradesi, üstünkörü bir sebeple, ölümü meydana getirmekten, özel bir zevk duymaktadır. İnsanoğlunun o karanlık dilinde bu ilk ve ehemmiyetsiz sebebe biz 'vesile' ileti adını veriyor ve hayretler içinde, onun göze görünen o azıcık önemini kendisinden çıkan ve çokluk büyük de olan neticelerle karşılaştırıyoruz. Sonra şu da var ki, hastalık teşhisin konulduğu andan itibaren başlamadığı gibi insanın kaderi de görünür hale geldiği ve gerçekleştiği andan itibaren başlamaz. Kafada ve kanda, ruha dıştan dokunmazdan çok evvel, için için kaynaştığı olur. Kendini tanımak, daha o an kendini korumak ve çokluk da faydasız yere korumak demektir" (*Bir Kalbin Ölümü*, s. 3-4).

KALP FİLMİ

HAYIR, hayır... Ne nükleer kardiyoloji laboratuvarından ne kalp sintigrafisinden bahsedeceğiz. Meramımız içinde kalbe dair gözyaşlarının, duyguların ve aşkın olduğu sinema filmlerinden bahsetmek.

Çocukluğumda Uşak'ta yazlık sinemalar vardı ve birbirine kalaslarla çakılmış düzine sandalyelerin oturulacak yerlerine tüneyerek ayçekirdeği çitlenilen aile filmleri izlenirdi. Filmin bir kitap kapağını andıran afişi hala gözlerimin önündedir: Gülümseyerek uzaklara bakan Cüneyt Arkın ve onun göğsüne şefkat talebiyle yaslanan hüzünlü dilber Belgin Doruk. Ve filmin en üstte kalın harflerle yazılan adı: *Satılık Kalp*. Filmi Türker İnanoğlu çekmişti. Senaryosu Safa Önal'a aitti ve geceleri bir gazinoda şarkı söyleyerek okumaya çalışan Cüneyt Arkın ile onunla aynı pansiyonda kalan Belgin Doruk'un aşkı anlatılıyordu. Cüneyt Arkın şarkıcı rolündeydi. Filmden çıktığımda Cüneyt Arkın sosyeteye karışmak için aşkını mı feda ediyordu, yoksa aşkı için ait olmadığı sosyeteye ayak uydurmak zorunda mı kalıyordu ikilemi zihnimdeydi. Ve bir kalbin aşk uğruna satılığa çıkarılması çocuk zihnimde binbir soru oluşturmuş, kalbimi incitmişti.

Yetmişli yıllarda artık genç idim ve Türkiye'de sinema yıllarıydı. O günlerden hatırladığım birkaç film var. Şımarık zengin bir kızla, açık yürekli bir mühendisin aşk öyküsünü anlatan *Yaralı Kalp* bunlardan biridir. Filiz Akın için Ediz Hun'un masum çabaları yüreğime işlemişti. Yine Ediz Hun ile Hülya Koçyiğit'in oynadıkları *Kalbimin Efendisi* galiba beni afişiyle etkilemişti. İftiraya kurban giden bir kadın ile gerçeğin ortaya çıkmasından sonra tekrar bir araya gelen kocasının hikâyesini anlatan filmin afişinde iki ucundan yaralanmış şeffaf bir kalp çizimi ve kalbin ortasında iki âşığı buluşturan hüzünlü bir sahne vardı.

Reşat Nuri Güntekin'in romanından yakın geçmişte televizyona uyarlanan ve tam 75 bölüm süren *Dudaktan Kalbe* dizisi de bir kalp hikâyesiydi. Kınalı Yapıncak Lamia'nın bestekâr Hüseyin Kenan ile yıllarca süren aşklarının konu edildiği dizinin kitabından daha fazla lezzet aldığımı da ilâve etmeliyim elbette.

Son yıllarda Osman Yağmurdereli'nin *Taştan Kalp*'i ile Ali Özgentürk'ün *Kalbin Zamanı* adlı filmleri de kalbe dokunan çalışmalar arasında sayılmalıdır.

Dünya sineması da kalbe kayıtsız kalamamıştır. Polonyalı yönetmen Krzsztof Zanussi'nin *Kalp Hırsızı* isimli bir filmi vardır mesela. Romantik bir film zannetmeyin, kalp nakli gereken bir oligarkın sıra dışı hikâyesini anlatır. Keza bir kalp nakli macerası da Edgar Allen Poe'nun hikâyesinden Lena Headey ile Josh Lucas'ın oynadıkları *Gammaz Kalp*'te anlatılır. Nakil sonrasında bir kalbin donörünün katilini bulmaya yönelmesini anlatan gerilim dolu bir dramdır. Huysuz bir ihtiyar ile onun himayesine giren bir garibanın hayatından bir kesiti anlatan *The Good Heart* (İyi Yürek) ile herkesin bildiği Mel Gibson'lı *Cesuryürek* (Braveheart) birer aşk filmi. Ve sinema meraklısıysanız Robert De Niro'nun döktürdüğü *Angel Heart*'ı da *Aşk Yüzünden* adlı komediyi de kaçırmayın derim.

Son dönemlerin Hint ve Endonezya sinemasından da iki film kalbe gereken önemi vermekle ünlendi. Birisi *Heartstone,* diğeri *Heart to Heart*.

KALP ŞARKILARI

BAKİ SÜHA EDİPOĞLU "Her şarkıdan bir kalp ağrısı kaldı/ Karanlıkta geçen gemiler gibi" der. Gerçekten de şarkılar insanlara çok şey anlatır. Özellikle de kalbe dokundukları düşünülünce...

1970'lerin pop müzik furyasında bir ara "Ah kalbim, ben senden çok çektim" sözleriyle bütün gençlerin diline düşmüş bir şarkı vardı. Kendilerine "Cici Kızlar" diyen, İskoçya'dan ithal edilmiş ekose mini etekleri, sol bellerine yakın iri kalp desenli lacivert, sarı ve kırmızı yelekleri, dizlere kadar çekilmiş renkli çorapları, kalın topuklu siyah ayakkabılarıyla bugün insana komik, hatta kitch gelen ama o yıllarda Türkiye'nin severek dinlediği ve hatta bir filmde yardımcı oyuncu rolüyle izlediği liseli üç Cici Kız'ımız durmadan tekrar ediyordu: "Aaah Kaaalbim... Valla sen delisin, delisin!"

Kalp ile mûsiki şeker ile su kadar birbirine yakışır. Şekeri suda eritmek için de müziğin her çeşidi aynı bir üslup oluverir. Neşet Ertaş, "Gönül dağı yağmur yağmur boran olunca/ Akar can özümde sel gizli gizli/ Bir tenhada can cananı bulunca/ Sinemi yaralar dil gizli gizli" derken Orhan Gencebay, "Nedir bu çektiğim senden/ Gönül derdin hiç bitmiyor" diye içlenerek başlar, "Hepimiz bir misafiriz/ Zaman gelince göçeriz/ Ecel acı can alırken/ Her şeyimizden geçeriz gönül" diye noktalar. Onun gönlü uzayıp giden üüü'lerle ifade edilir ayrıca.

Beri yandan Dede Efendi'ye kulak verirsiniz, "Yine bir Gülnihal/ Aldı bu gönlümü" diye nezaketle halini arz eder, Safiye Ayla, Ramazan Gökalp Arkın'ın dizeleriyle "Ah bu gönül şarkıları" der. Ne güzeldir "Seninle doğan güldür bu gönül şarkıları/ Dilimdeki bülbüldür bu gönül şarkıları."

Kalp şarkıları için önemli bir isim Fikret Kızılok'tur. "Yapma dedim yaptın gönül" diyerek kalbe dair bir ünlem (O bir yolcu sen bir hancı / Gördüğün en son yalancı / İçindeki derin sancı / Gitmez dedim kaldı gönül) bıraktı, "Bu kalp seni unutur mu?" ile de soru işaretini hayatımıza soktu. Tarkan ise "Beni Çok Sev" başlıklı şarkısında "Sevdanı bulmak yıllar sürdü/ Hoş geldin gönlüme kaderim güldü (...) İyi günde kötü günde sakla göğsünde/ Sen bu kalbe iyi geldin benden hiç gitme" diyordu.

Kalpten bahsedip de Yıldırım Gürses'in *Aşk Yüzünden* dediği eserini veya *Kırık Kalp* adlı şarkısındaki "Aşkın bahardı, ümitler vardı/ Sen gittin diye gönlüm karardı" dizelerini ve Ömer Bedrettin Uşaklı'nın şiirine Kaptanzade Ali Rıza Bey'in bestesini ekleyen nihavend şarkıdaki "Benim gönlüm sarhoştur/ Yıldızların altında" diyen romantik mısraları unutamayız. Hele sonuna doğru "Yanmam gönül yansa da/ Ecel beni alsa da/ Gözlerim kapansa da/ Yıldızların altında" derken kim kalbini yoklamaz ki!

İsterseniz sözü Erkin Koray ile tamamlayalım. Ne diyordu?

Gönlüm söz dinlemiyor
Sevdiğimi ver diyor
Kim görse şu halimi
Bir daha sevme diyor
Off... Aşk yüzünden...
Arapsaçına döndüm

KALP ŞEHRİ

Ey cemâl iklîminün şâhı bu gönlüm şehrine
Bir nazar kıl zulm-i bîdâdunla vîrân olmasun

İshak Çelebi

Ey güzellik ülkelerinin sultanı! Şu gönül şehrime bir kerecik bakıp feth eyle de (aşk askerlerinin) adaletsiz zulümleriyle viraneye dönmesin.

ESKİ şairler bazen sevgilinin kalbini bir şehir telakki eder ve orayı fethetmek üzere çeşitli gayretlere girişir, gam askerleriyle orayı kuşatır, gözyaşı ordularıyla sele verir, bölük bölük ve dizi dizi şiirleriyle içine girmek isterler. Gönlün bir şehre benzetilmesi, içinde olup biten şeylerin çokluğundan, genişliğinden, değişkenliğinden ve çeşitliliğinden olsa gerektir. Bir şehirde neler olup bitiyorsa aslında bir kalpte de onlar vardır ve kalpler de şehirler gibi türlü hallere açıktırlar. Bu durumda her organizma gibi şehrin de bir kalbi vardır. Bazen şehrin merkezi, bazen sevilenin bulunduğu yer, bazen bir maksadın gerçekleştirileceği mekân... Yerine göre küçük bir ilgi, bütün şehrin kalbi oluverir.

Şehirlerin kalbe teşbihi, coğrafya veya tarih ölçeğinde de kullanılmıştır. Söz gelimi Mekke İslâmiyet'in kalbi, İstanbul İslâm dünyasının kalbi, Semerkant Asya Türklüğünün kalbi, Pekin Uzakdoğu'nun kalbidir. Bir de tarihin kalbi sayılacak şehirler vardır. Kudüs gibi, Roma gibi, Medine gibi. Şimdilerde sanatın kalbini Paris, finansın kalbini New York, teknolojinin kalbini Tokyo, politikanın kalbini Londra'da varsayabiliriz.

Bilmem dikkatinizi çekti mi; modern şehirlerin her biri bir organizmanın kalbi olabilmek adına yarış içindeler. Ve ilginçtir, kalp olmaktan taviz vermeyen ve bunun için büyük reklamlar, yatırımlar yapan şehirlere nazaran hiçbir şehir falanca alanın beyni olayım, filanca sektörün midesi olayım, feşmekân alanın akciğeri olayım demiyor. İşte size kalbin önemi!..

İKİNCİ BÖLÜM

KALP KALP MUHTEVİYATI

Hasret Çeken Kalp

Eger böyle kalursa âteş-i hasret derûnumda

Mezâkî

Eğer kalbimde hasret ateşi böyle yanmaya devam ederse…

HİKÂYE edildiğine göre, Sultan Mahmud bir gün sarayında oturuyordu. Bir adam elinde bir tepsi tuzla Mahmud'un saray toplantısının ortasına daldı ve "Tuz alan var mııı?" diye yüksek sesle bağırmaya başladı. Sonra da sultanla arasında şu tartışma yaşandı:

"Bu küstahlık neyin nesi? Sultan Mahmud'un sarayında tuz alınıp satıldığını nereden çıkardın?"

"Sultanım, öfkelenmeyin hemen, benim işim Ayaz'la; tuz bahane."

"Sen kendini ne sanıyorsun ki, sultanla aynı kadehe el uzatıyorsun? Benim Ayaz'ı hak etmek için yedi yüz filim, dünya çapında bir saltanatım ve hükümdarlığım var; seninse bir gecelik yiyeceğin bile yok!"

"Hikâyeyi uzatma Mahmud, senin bütün bu sahip olduğun ve sayıp döktüğün şeyler aşkın değil, vuslatın aracıdır.

Oysa aşka giden yol hasretle yanan bir gönülden geçer. Bu durum bizde eksiksiz ve bütün şartlarıyla bulunmaktadır. Hayır, Mahmud! Bizim gönlümüzde yedi yüz fil, tedbir (yönetim) ve hesap gibi şeylere yer yoktur. Bizim sadece Ayaz için hasret çeken bir gönlümüz var."

Sultan Mahmud mırıldandı:

"Tuzun sırrı şimdi anlaşıldı."

(Ahmed Gazzâlî, *Aşk'ın Halleri*, s. 71)

Hasret ve Vuslat

Öyle korkutmış durur Hamdîyi yârün hasreti Kim
visâlinde dahı kalbine ol korku gelür

Hamdullah Hamdî

Sevgilinin hasreti Hamdî'yi öyle korkutmuş
ki korkarım vuslat ânında bile kalbine yine o
korku gelecek…

KALBİN en temel duyguları vuslat ve hasretle alâkalıdır. Kalp söz konusu olunca sonunda özleyişlerden, ayrılışlardan, hasretlerden ve vuslatlardan söz edilir.

Her hasret bir vuslatı özler, her vuslat da bir hasret sebebidir. Vuslat özleyişin sonu, hasret ise vuslatın sonucudur. Kalbe akan bir görüntünün, eylemin, tecellinin ilk ânı bir vuslat sayılır ve her vuslat kapısı bir ayrılığa, dolayısıyla tekrar görmeye, özleme ve hasrete açılır.

Vuslat kelimesi yerine günümüz gençleri buluşma ifadesini kullanıyorlar. Oysa buluşma bir görüşme, vuslat ise hissediştir. Buluşma gözü, vuslat kalbi ilgilendirir. Bu yüzden her buluşma mutlak görüşmeyle gerçekleşmez. Mecnûn'un Leylâ'nın hayalini daima içinde taşıması bir vuslat halidir. Bu bakımdan eski şairler sevgilinin hasretinden şikâyet etmeyi aşk edebine aykırı sayarlar. O hasret ki kalbin içinde sevgilinin daha sağlam bir mekân tutmasına yol açar. "Aşk derdiyle hoşem el çek ilacımdan tabib/ Kılma derman kim helâkim zehr-i dermanındadır" diyen Fuzûlî üstadımızın dermanını içinde barındıran aşk derdi yalnızca bir hasretin adıdır. Şair burada vuslat istemezmiş gibi görünse de meramının vuslata ermeden evvel hasret ateşiyle pişmek ve yüce sevgilinin aşkını taşıyabilecek kıvama gelmek olduğunu imaya çalışır. İşte bu yüzden hasret aşkın ilacı, gıdası, azığıdır (bk. Ayrılan Kalp).

Vuslatın zemini yokluk, hasretin zemini varlıktır. Vuslat sevgiliyle birlikte bulunulduğunda vuslat olur ama hasret onun yokluğu sayılır. Sevgilinin varlığı vuslatın vasıtası, sevenin varlığı ise hasretin vasıtasıdır. Hasret, vuslat için kalbin sevgiliye dokunması veya onunla ilgili bir şarkı söylemesi gibidir. Sevgiliyi özleyen, onu çağırmalıdır.

Hasret, sevgilinin özlemiyle onu hissetme arzusunun karşılığıdır. Bunun için sevgilinin uzakta olması veya görünmemesi gerekmez; yanyanayken de hasretlik yaşanır. Yazık ki nice insanlar sevdikleri yanı başlarındayken bile ona hasrettirler. Nice dargınlıklar vardır sevgili fiziken oradadır ama kalben hasretlik duyulur. Nice insanlar yanıbaşındaki sevdiğine, dostuna, hayat arkadaşına ulaşamayacak kadar kendi benlikleri ve kibirleri içinde hasretlikler çekmektedir. Şairin "Ben ta senin yanında bile hasretim sana" demesi bu şaşkınlar için de geçerlidir.*

Kalbin hasretini destekleyen başka haller de vardır. Bunlardan birisi firkattir. Firkat, sevgiliden fiziken ayrı bulunma halidir. Bir diğeri hicrandır. Bu da sevgilinin gurbetinde olma halidir. "Ben gurbette değilim, gurbet benim içimde" şarkısın-

* Bu beyitte şairin asıl kastı, sevgilinin yanındayken bile hasretini duyacak kadar onu sevme ve içinde hissetme talebidir.

daki gurbet âşığın sevgiliden değil kalbinden şikâyetini bildirmek için anılmıştır.

Hasretin âşık bir kalbi olgunlaştırması için âşığın hayaliyle dolu olması gerekir. Âşık hayalen bildiği, tanıdığı ve hissettiği sûreti bilgi olarak zihnine yerleştirir ve aklını kalbinin hizmetine vermiş olur. Bu hayal ediş kemâle erdiği vakit sûret gönül perdesine yansır ve bilgi devreden çıkıp hayalin kendisi hayalin mahalli haline gelir. Aşk âşığın kalbini bütünüyle kaplamazsa kemâl oluşmaz. Kemâl oluştuğunda da sır perdesi devreye girer ve vuslat o sır perdesinin arkasında gerçekleşir. İşte bu yüzden hasret, vuslattan bir derece üstündür. Ta ki âşık hasret çekerek kendini bulsun, önce kendine sonra sevgiliye kavuşsun. Ayrılığı isteyen bir âşık vuslatı da hak etmiş demektir. "Kim ayrılığı ister ki?" denilecek olursa cevabımız odur ki sevgiliyi daha çok özlemek için ayrılığı isteyenler, kıskançlık yüzünden sevgiliden ayrı duranlar vardır. Bu tür ayrılıklarla özlemi arttırmanın değerini bilenlerdir onlar.

Vuslat arzumuz veya hasretlerimiz bize kalbimizin nasıl bir hedefe yönelmek istediğini gösterir. Kalbimizde özlem uyandıran pek çok şeyi o yüzden gerçekleştirmek isteriz. Bu istek bazen çocuksu ve doğrudan olabildiği gibi bazen de daha derin ve asil görünebilir. Aslında ikisi arasında fazla da bir fark yoktur. Gönlünce yaşamak elbette herkesin hakkıdır. Kalbinin gerçeğine göre yaşayan bir insandan kimseye ziyan gelmez. Önemli olan kalbin hakikiliğe veya hakikat özlemine yoğunlaşabilmesidir.

Hâmiş: Bazen hasret, önünde tatlı su pınarı olan birinin susuzluğudur.

Korku ve Umut

Kalbimde bîm-i cevri ümîd-i visâli var
Râh-i emelde havf ü recâ meşrebimcedir

Erzurumlu Zihnî

Kalbimde eziyetinin korkusu, vuslatının da umudu var. Emel yolunda korku da umut da bana yoldaştır vesselâm…

KALBİN içinde birbirini kovan en önemli duygulardan birisi korku, diğeri umuttur.

Kalp bugünü, bu zamanı, bu ânı yaşamayı tercih eder ve geçmişe yönelik kazanımlarını kaybetmekten korkar. Bu korkunun temeli geleceğe ait kazanım umududur. Seven kalp daima bu iki duyguyla çalkanır. Bazen biri diğerini, bazen de öteki bunu bastırır.

Bir kalbin sevip sevmediğini anlamak için içinde bir korku olup olmadığına bakmak lâzımdır. Eğer kalp, sevgiliye dair bir korkuyu içinde sürekli taşıyorsa o kalp seviyor demektir. Sevgilinin âşığa ihsan ettiği nimetlerin şükrünü gereği gibi yapmayıp bu nimetlerden mahrum kalma korkusu sevginin de temelidir. Kalp, korku ile umut arasında olduğu sürece sevgiliye hizmetten ve itaatten geri durmaz.

Bir kalp vardır, sevgilinin kendisine hoşgörüyle bakacağını umar. Bir başka kalp vardır, sevgiliye itaatini azalttığı için korkar. Her iki kalp de sağlıklıdır ve zaten de böyle olmak gerekir. Bir sevgili, pek çok âşık edinme potansiyeli var iken bir kalbe iltifat gösteriyor onu önemsiyorsa âşığın da ona karşı umut ve korku arasında titreyerek yaşaması, üzerine bir aşk borcudur. Çünkü sevgili, bir kalbe sevgisini emanet ettiyse o sevgiye lâyık olmak için sevenin umut ve korku vasıtasıyla bütün dizginlerini tutması ve kalbi sevgiliye adaması gerekir.

İbn Teymiyye, "Havf ve reca sahibi kişinin; korkusu Allah'ın kendisine örtülü olmasından, ümidi de Allah'ın ona tecelli etmesinden ileri geliyorsa bu, Allah'ı sevdiğinin sonuçlarından biridir. Sevginin kendisi, tecelli etme sevgisini ve örtülü olma korkusunu doğurmuştur" der.* Buradan korku ve umudun kalpte yer etmesinde en önemli faktörün sevgi olduğunu çıkarabiliriz. İnsanın sevdiğinden korkması kadar tabii bir şey olmadığı gibi umduğunu da sevgiliden ummasına şaşılamaz. Nitekim Allah'ın "*Onlar korku ve umut içinde Rablerine dua ederler!*" (Kur'ân-ı Kerim, Secde, 16) âyeti müminlere bir müjde gibidir ve müminin korkuyla umut arasında, daha doğrusu korku ve umut ahlâkıyla yaşaması gerektiğini gösterir. Buradaki korkunun ahiret azabını, umudun ise cennet nimetlerini kapsadığı düşünülebilirse de beis yoktur.

Korku ile umut, biri itaate çeken, diğeri kötülükten sakındıran iki iptir. Uçan kuşun iki kanadı gibi; biri olmazsa uçuş yok. Bunlardan biri kalbi terk ederse isyan tehlikesi belirir. Korkmayan veya umudu olmayan bir insanın işlemeyeceği suç yoktur. Gerçekten de korku ve umut kalbimize bir lütuf diye verilmiş olsa gerektir. Bir an ikisinden birinin veya her ikisinin yokluğunu hayal edin... Dehşet!

* İbn Teymiyye, *Kalp Amelleri*, s. 116.

Kalbin korkusu titremekten ibaret olan korku değildir. Bilakis kararlar aldıran bir korkudur. Kalpteki umut, sahibine tembellik veren boş bir umut değil, bilakis o umudun gerektirdiği gibi davranmaktır.

Bir âşığa "Sevgiliye karşı kalbinde olan sevginden ve miktarından haber ver!" dediler, "İşte benim gibi!" deyip kestirdi. Maksadı, "Bunu ölçmek nefsin işi, kalbim bunu ölçemez!" demekti. Keza, "Kalp için korku mu önceliklidir, umut mu?" diye sorulan bir bilge, "Ben buna cevap veremem, çünkü bu nefsin işidir ve nefis kalbi ölçemez!" buyurdu. Sonuç şu, eğer sevgi bir kalbi kaplamışsa, umut veya korku, ikisi de o sevgiyi büyütmek için oradadır. Biri olmazsa, diğeri... Umut veya korkunun olmadığı bir sevgi taşıyanlar o sevgiyi hemen terk etsinler, değilse kalpleri onları terk edecektir.

Kalbin Vefası

Dürlü sûretlerle 'uşşaka geçer nakş ol sanem
Deyr-i kalbi âh kim nakş-i vefadan sadedür

Zâtî

O put gibi güzel sevgili, değişik sûretler takınarak âşıklarını aldatır durur. Kilise kalbinde her sûret çizilmiş ama nedense vefanın bir sûreti yok...

"VEFASIZ ve sözünde durmayanı sevme. Onların sözleri yel gibidir. Bunun için sen yel kovma. Her kim o tuz ekmek hakkını bilmezse ve yapılan iyiliklerin ve ihlasların şükrünü eda etmezse, yediği ve yiyeceği ne olursa olsun köpek bile o kişiden daha üstündür. Ey yiğit! Köpek, insana sadakat ve vefa gösterir. Bundan dolayı bir it bile yüz münafıktan üstündür. Şimdiye kadar münafıklık yapmayan bir kimseye rastlayamadık. Uygun ve temiz bir insan göremedik. Kimsenin ekmeğini yeme. Yersen de şükürden başka bir şey yapma. Ekmek yemeyen insan nerede bulunur? Sağlık, ekmek yiyip de şükrünü eda edenedir. Sen dünyada kendine vefalı insanları dost edin. Vefasız insanlarla asla oturup kalkma. Devletsiz, bahtsız kişilerden sürekli kaç. Talihli insanların çevresinde bulun. Kimse dünyayı bozulup dağılmaz sanmasın. Münafıklara dünyada kimse kulak vermesin."

(Ferîdüddin Attâr, *Mantıku't Tayr*, s. 274-5)

Vefali Kalp

El-aman ne fena vakte yetiştik
Ahde vefa eder yârân kalmadı

(Karacaoğlan)

LEYLÂ'nın âşığı Kays kendini kaybedip de çöllere düştüğü vakit adı Mecnûn'a çıkmıştı. Nevfel isminde bir yiğit onun hikâyesini öğrenip Leylâ'ya kavuşturmayı içinden geçirdi. Bunun için önce kızı babasından istedi. "Bende bir inci, sende bir deli var. Kim incisini deliye teslim eder?" cevabını alınca da kılıcı çekti. Leylâ'nın obasıyla Nevfel'in askerleri arasında meydan savaşı başladı. O sırada Mecnûn da bir kenara çekilmiş kendisi için savaşan cengâverleri seyrediyor ve onlardan biri daha öldükçe seviniyordu. Sonunda Nevfel bunu fark edip "Biz senin için canımızı ortaya koyar, kanımızı akıtırken sen diğer ordunun zafer kazanmasını istiyorsun ha?" deyince şöyle cevap verdi:

"Sizinle savaşanlar Leylâ'nın askeri olduğu müddetçe ben onun zaferini istemezsem buna vefa denir mi?"

Sevenin sevgiliye vefası işte!..

Vefa hakkında pek çok söz edilebilir. Asıl hatırlanması gereken şey vefanın nasıl ve hangi şartlarda vefa olduğudur.

Bu bağlamda eskiler vefanın üç kademesinden söz ederler. Birincisi sıradan insanlarla alâkalı olup bize vefa gösterene vefa göstermektir. Vefanın tabii şekli budur. İnsan kendisine bağlanana bağlanma eğiliminde yaratılmıştır. Buna rağmen bizi seven, bağlılık gösteren, iyiliğimizi isteyen samimi insanlara karşı vefasızlık etmek ancak hayırdan yoksun, soyu bozuk ve ahlâkı düşük insanların işidir. Böyle dostları olduğuna şükretmek gerekirken onları çantada keklik görüp başkalarına yaranmaya kalkışmak şahsiyet eksikliğidir. Karşılıklı vefa sevgi bağının da bir göstergesidir. Özellikle birbirini seven iki insan arasında vefa hem bir sorumluluk hem bir mutluluktur çünkü.

Vefanın ikinci kademesi asil insanlarla alâkalıdır ve bize hainlik edene vefa göstermeyi gerektirir. Pek çok insan bunu başaramazsa da vefakârlık bundan ibarettir. Bize vefa gösteren birine vefalı davranmak belki bir borcu ödemektir ama bize hainlik edene vefalı davranmak bir mürüvvettir, yüceliktir. Anlatırlar ki vaktiyle bir hükümdar sudan bir sebep bulup vezirini önce azletmiş, sonra da hapse attırmıştı. Zindanda geçen birkaç yılın ardından bir gün vezire bir ziyaretçi gelip "Falanca ülkenin hükümdarı sizin çok değerli olduğunuzu biliyor ve sizi buradan kaçırtıp kendisine vezir edinmeyi istiyor, hazırlanın!" yollu bir teklifte bulundu. Vezirin ziyaretçiye cevabı nazikçeydi:

"Sultanınızın hakkımdaki iltifatkâr düşünceleri benim sahip olduğum meziyetlerden daha değerlidir. Ancak bu soylu teklifinizi kabul etmem mümkün değildir. Bu yurdun ekmeğiyle büyümüş, devletin imkânlarıyla yetişmiş hiçbir fert, küçük bir gönül kırgınlığıyla velinimetine vefasızlık etmez, beni mazur görünüz." Bu hikâyeden kastımız odur ki hainliğe misliyle mukabele etmek kişinin elindedir ve bunun için ayıplanmaz, lâkin hainliğin cevabını vefa ile göstermek yiğitliktir. Bu hususta "Kötülüğe karşı kötülük her kişinin; kötülüğe karşı iyilik er kişinin kârı" denilmiştir.

Vefaya muhatap olan insanların kalplerindeki mutluluğu ölçebilir misiniz? Peki ya vefa gösteren bir kalbin mutluluğunu? Buradan yola çıkarak vefa görmeyen kalp ile vefa göstermeyen kalbin mutsuzluğunu da hesaba katmak gerekir. Birinden vefasızlık gördüğümüzde mümkünse susmak en hayırlısıdır. Beklemek, düşünmek ve dostluk bağını koparmamaya gayret etmek de önemlidir. Dönüş kapılarını daima açık tutmakta yarar vardır. Geçmişin güzel anılarını hatırlamak da bir vefanın kalpteki cevherini açığa çıkarabilir. Birilerinin bize ihanet ederek sırlarımızı dedikodu malzemesi yapması veya aradaki bağları zedelemesi bizim de aynı şekilde davranmamız için ruhsat değildir. Özellikle bize laf taşıyan birilerinin kışkırtmasıyla vefa bağlarını çözmek ucuzluktur. Yapılması gereken şey, bize geçilen dostumuzun sırlarını saklayacağımıza dair teminat vererek dedikoducuyu mahcup etmektir.

Vefanın üçüncü derecesi kalpteki aşkla alâkalıdır. Âşık, –eğer gerçekten seviyorsa– sevgilisine dair tüm umutlarını yitirse, aşkı reddedilse, sevgili kendisinden yüz çevirse, uzaklaşsa, gurbete gitse, hatta felâkete uğrasa veya ölse bile ona karşı hâlâ vefa göstermek durumundadır. Sevgiliye kavuşma umudu kalmadığı veya sevgili dünyadan göçtüğü halde bile ona vefa göstermek kalbin aşka inandığını ve hakiki vefayı gösterir. Mademki sevme, bağlanma, sevgiyi arttırma gibi şeyleri isteyen âşıktır, o halde sevgiliye sonuna kadar vefa göstermek zorundadır. Başlangıçta kimsenin onu bunlar için zorlamaması, sonuçta da vefayı onun borç hanesine yazmaktadır. Anadolu, kocası askere gidip dönmeyen nice annenin bir ömür aşkına sadık kalarak hiç evlenmediğinin hikâyeleriyle doludur. Sevgiliye karşı verdiği "Bir yastıkta kocama" sözünü bir ömür sadakatle yerine getiren kocalar ve kadınlara karşın nikâh memuru huzurunda "bir ömür boyu" diye söz verip ikinci senede o sözüne ihanet eden modern

Türkiye'nin nice sancılı ilişkileri vardır. Aşk bahsinde vefadan söz edilecekse yapılması gereken şey, öncelikle en başta verilen sözlerin tutulması, güvenin yitirilmemesi, sevgilinin özel veya genel hatalarının gizlenmesi, kusuru varsa örtülmesi, onun güzel ve iyi yanlarının övülüp yayılması, yanılgılarının değil başarılarının dillendirilmesi gibi yollar izlenebilir. Bir âşık -veya âşıklık iddiasında bulunan kişi- bunları yaptığında sevgilinin de saçlarını ona süpürge etmeyeceğini kim iddia edebilir?

Vefa, küçücük gölgeleri karanlık bir geceye döndürmemek, iplik iplik yağan yağmuru sağanağa çevirmemek için hassasiyetle korunması gereken bir duygudur. Vefa, kalbe dair en imrenilecek duygulardan biridir. İnsaniyetin en güzel hamuru, insan olarak yaratılışın en özel nimetidir. Balarısı için bal neyse kalp için vefa odur. Özünde vefaya programlanmış bir kalbin vefasızlığı ise eşekarısının bal üretmesinden öte nedir ki?

KALBİN MERHAMETİ

Merhametden güzelüm kalbüni hâlî dirler
Yok durur âşıka kıymakda misâlî dirler

Gelibolulu Âlî

A güzel, senin için kalbi merhametten arınmıştır diyorlar... Hatta âşıklarına kıymakta bir benzeri görülmemiştir de diyorlar...

MAHLÛKUN merhameti dertten doğar, Hâlik ise rahmetiyle sevince boğar. Merhamet ok ok yürekler kanatır yaratılanda; merhamet eseri olarak yağmur yağmur sevindirir kulunu Yaratan da. Merhamet bir gözyaşıdır, gözyaşı dökende merhamet sicim sicim; merhametini rahmet rahmet dağıtınca Rahman ve Rahim, elbet annenin yavrusuna merhametinden çok ötedir, hem çok Kerim!.. Kışın mağaralarında barındığı dağlara da, güneşin sessiz vadilerde kavurduğu çağlara da; toprağın yarıldığı kuraklıklara ve yolları yollara bağlayan aklıklara da eşittir merhamet. Güneş ışığını yayar gibi, ay nurunu salar gibidir. Ozanların sözcüklerinde içli mânalar yüklenir, kanadı kırık kuşun yarasını sardıkça büyüklenir. Dudakları açlıkla kızarmış bebelerin de şahmaranları cangıllara resmeden perdelerin de sınavı merhametle olur. Toprağı deşerken saban, garibi büyütürken de yaban merhamet damıtır. Bazen o, yaşayamadan ölenlerin ve ölmek için doğanların uykusuz kirpiklerine sığınmak ister de kapı bulamaz; bazen da zaman saatini geriye almak isteyenlerin bahar şarkısına girmek için yapı bulamaz. Göç etmeye korkan güvercinleri yuvadan merhamet uçurur, umutlarına yaslanan mahkûmların yürekleri gözlerine merhamet vurur. Güvercin kanatlarında yedi iklime ulaşan muştuların tadıdır bazen; bazen de namluya sürülmüş kurşunların en kızıl yerinden vurduğu zulümlerin adıdır. Oysa şimdi şirazesi dağılmış elyazması kitapların sayfalarında yazılı bir kelimeye döndü ve merhamet menkıbelerinin dağıldı meclisleri, babları, fasılları ve yekpare cümleleri.

Yumurtanın içinden çıkan yavru kuşun ıslak tüylerini kurutmasaydı ve son durak göz mesafesine girince en derin uyku gözleri tutmasaydı nerden bilirdik ki merhameti.

(*Kırk Güzeller Çeşmesi*'nden)

Merhametli Kalp

Müminlere imdada yetiş merhametinle
Mülhidlere lâkin daha çok merhamet eyle

Mehmed Âkif Ersoy

HZ. PEYGAMBER şöyle buyuruyor:

"Adamın biri bir gün yolda giderken susuzluktan yanacak gibi olur, bir kuyu bulur, basamaklarından inerek suyun yanına ulaşır, kana kana içerek yukarı çıkar. Bu arada gözüne susuzluktan dili sarkmış bir köpek ilişir. İçinden 'Bu zavallı köpek az önce benim olduğum gibi şiddetli bir susuzluk çekiyor' der, yeniden kuyuya iner, ayakkabısına su doldurur ve köpeğe bu suyu verir, hayvanın susuzluğunu giderir. Adamın hareketi Allah'ın hoşuna gider, karşılık olarak onun günahların affeder."

Gazzâlî bu kıssayı, *Mükâşefetü'l-Kulûb* (Kalplerin Keşfi) adlı çalışmasında merhametli olmanın faziletlerini anlatırken zikrediyor (s. 113). Merhametin her an ve mekânda bizimle olması gerektiğinin altını çizerek üstelik ve insanın onunla güzelleştiğini de ilâve ederek...

Merhamet... Türkçede "acımak, esirgemek, korumak, affetmek, bağışlamak, iyilik, ihsan" karşılıklarıyla bilinen kelime. Bunların dışındaki anlamı ise "kalp inceliği". Demek ki merhamet kalplerimizi inceltiyor, onu kabalıklarından yontuyor, kas yığınının içindeki zarafeti gösteriyor.

Hepimizin günde yüzlerce defa dillendirdiğimiz Besmele'deki "Rahim" ve "Rahman" isimleri merhamet ile aynı köktendir ve Allah, "erhamürrâhimin" (merhametlilerin en merhametlisi)dir. Bu da bize, merhamet duygusunun Allah tarafından kalplere bir lütuf olarak verildiğini gösterir. Bir kimsenin gerçek anlamda merhametli olabilmesi için acıma duygusunun ahlâkî bir değer olarak kalbine yansıması gerekir. Ancak o vakit merhamet ettiği kişinin ihtiyacını gidermek kalbine yük gelmeyecektir. Kalplerimizdeki evlât sevgisi, ana babaya saygı ve itaat, sıla-i rahim, yaşlılara, yoksullara, hastalara, sakatlara, yetimlere, kimsesizlere yardım etme gibi erdemler hep merhamet duygusunun yansımalarıdır.

Çağımızda insanlık merhamet eksikliğinin sınavını veriyor. Çevremizde bunca acı, üzüntü, yoksulluk, trajedi var iken kalplerimizde bir parça olsun merhamet yoksa insaniyetimizi kaybediyoruz demektir. İnsanın beden uzuvlarından biri hastalandığı vakit nasıl diğer uzuvları da elem çekerek uykusuz kalıyorsa, insanlık da merhamet hastalığı yüzünden acı çekmekte, uykusuz kalmaktadır. Özellikle Müslüman dünyada insanlar birbirlerine merhamet gösterme konusunda bu hastalığı tedaviye mecburdur.

Merhamet yalnızca yoksullar ve mazlumlara yardım edip destek olmayı teşvik etmek değildir; merhamet, kötülüğe yönelenlere acıyıp onların kötülük yapmalarını engellemeye de çalışmaktır. Kötülüklere dalmış insanlara şefkatle yaklaşmak, şiddete başvurmadan diyaloğa geçmek, ihtiyaç sahibine malıyla, mevki ve itibariyle yardıma koşmak, bunlara gücü yetmiyorsa onun için dua edip üzüntüsünü izhar ederek sıkıntı ve ihtiyacına ortak olduğunu kendisine hissettirmek, hepsi birer merhamet çeşididir. Eğer bunları önemsemiyorsak merhametsizliğin kol gezdiği bir dünyada bir utanç da bizim için yazılmış demektir.

SABIRLI KALP

Acısın bu yaranın bir pare teskin eyleyüp
Kalbümüz lutf-i Huda sabr ile mu'tâd eylesün

Nev'î

Allah'ın lutf u keremi, kalbimizdeki aşk
yarasının acısını bir parçacık olsun
dindirip onu sabr edenlerden eylesin...

BİR AYDINLIK, bir teselli... Büyük Sahra'ya yağmur, istiridyeye inci... Göz pınarlarını kurutan ferahlık veya hüzünler kulübesinin ışığı... Eyyub ile Yakup, derviş ile sultan... Yani ki sabır... Hep sabır.

Sûfîler sabır için bir meyve benzetmesi yaparlar ve onun meyve gibi olgunlaştığını, kalbi olgunlaştırdığını ve kıvama erdirdiğini söylerler. Çileler, riyazetler, zikirler hep sabırla ve sürekli yapılırsa tesiri olur. "Sabır ile koruk helva olur" sözü hemen her işte sabrın önemini göstermeye yeter de artar bile. Nasıl olgunlaşmamış meyvelerin tadı ekşi, acı veya mide bozucu ise, sabırla olgunlaşmamış bir kalp de, sabırsız yapılan işler de aynı kekrelik veya nahoşluğu taşır.

Sabrın ne olduğunu hepimiz biliriz. Çünkü hepimiz zaman zaman bir şeylere sabretmiş, "ya Sabır!" çekmişizdir. Dayanma gücü, dayanıklılık göstergesidir sabır. Sabır, başa gelen belâlardan dolayı Allah'tan başkasına şikâyet etmemenin, yakınıp sızlanmamanın adıdır. İnsan nefsine ağır gelen hususlara dünya ve ahiret yararını düşünerek sabrederse kalbi huzura erer, sükûnet bulur. Sabır kalbin dayanma gücüdür. Dayanıklı bir kalbimizin olması her hususta başarıya giden yolu da açar. Acelecilikten veya mukavemetsizlikten dolayı kalplerimizi zedelememeliyiz.

Sabır üç tavırla ortaya çıkar: 1. Sebat. Doğruluk ve dürüstlükte devamlı sabır gösteren kişi sebat etmiş olur. 2. Direnme. Yasaklanan şeylerden uzak durmakta sabreden kişi nefsine mukavemet içinde direniyor demektir. 3. Katlanma. Bir musibete karşı sabreden kişi o şeye katlanmış sayılır. Hz. Eyyub başına gelen belâlara katlandığı için Kur'an'da *"O ne güzel kul!"* diye övülmüştür.

Yunus Emre'nin Tapduk kapısında kırk yıl sabrettiğini, bu sabrın neticesinde erenler halkasına yükseldiğini hepimiz biliriz. Sûfîler sabır sayesinde gönülleri ve kalpleri Allah'a yaklaştırmanın, sabır sayesinde kalbin içine Allah'ı koymanın, mâsivâ dedikleri her şeye karşı sabır ile mücadele etmenin pek çok yolunu, yordamını ve formülünü geliştirmişlerdir. Bu uğurdaki söylemleri ise "Sevgiliden başka her şeye sabretmek"tir. Bir âşığın sevgilisinden gayrı her şeye sabrı mümkündür ama sevdiğine karşı sabrı yoktur. Gelgelelim bu sabırsızlık hali bile âşığın aşk yolundaki derecesini arttırır ve âşığı daha büyük bir vuslata erdirir.

KALBİN KANAATİ

Tutmaz kanâ'at ehli müsellem gedâlıgın
Kalb-i selîmin olmayıcak şeh Selîm isen

Nâilî-i Kadîm

Yavuz Sultan Selim dahi olsan, kalbin selim olmadıktan sonra kanaat eden kalpler sana lâyıkıyla kulluk etmezler...

RÂVİYÂN-I âsâr şu gûnâ rivâyet ve nâkilân-ı ahbâr bu nev'a hikâyet ederler ki... O iller bizim iller, orada söylenen diller bizim diller iken... İran başka İran, Tûran başka Tûran, devrân da başka devrân iken... Türk illerinde Kanaat adında bir yiğit yaşarmış... Kırlarda çiçek gibi, kovanda petek gibi herkesin sevgilisi, gönülde sevda, kaderde ferda gibi herkesin sesi imiş. Ona bakan, "Bu yiğit suyunu bulutlardan içer, aşını güneşte pişirir" der; onu seven bahtına minnet edermiş. Nimet isteyenler onun eteğine yapışır, yücelik isteyenler ondan yardım dilenirmiş. İsteyen herkesin, ama herkesin yardımına koşar; yad olsun, biliş olsun, ona uyanlar kalplere girer, tevazuda yaşar hikmete erermiş...

Yıllar dillere, günler güllere, aşklar gönüllere gire gire akarken zaman; ilde, obada birden devran dönmüş, güneş sönmüş.

Açgözlülük ülkesinde hüküm süren İhtiras Kral askerlerini sürüp gelmiş bizim yurtlara. Ebemkuşağında med-cezirler kaplamış mâsivâları, kanatları kırılmış güzelliklerin, tebessümle girilen gündüzlere şavkımadan kalmış yüzler. Yıllar yılı sürmüş istila, umut çocukları sokaklarda giryan, bereket başakları tarlada perişan, aylar hep muharrem olmuş. Kan uykularda uyumuş sonra geceler, kör kuyularda büyür olmuş heceler.

Neden sonra, nice geceden sonra... Gökleri kanayan kentlerde sabra müptela serdengeçtiler toplanıp derlenmiş birer ikişer. Başkaları için yaşayıp pazarlıksız ölecek yiğitlermiş bu yiğitler... Çılgınlıklarının yamaçlarında açan en muhteşem çiçeğe biat ile başlamışlar akmaya, ve Kanaat'in emrine girerek koşmuşlar dünyada iyi bir ad bırakmaya...

Açgözlülük ülkesinin ejderha başlı ifritleri de zincirini sürüyen devleri de süpürgesiyle koşan cadıları, rengarenk yılanları, akrepleri ve çiyanları da alay alay, bölük bölükmüş meğer. Zaman ki vuruşmaya and içmiş Kanaat yiğitlerinin sırtında en büyük yükmüş. İhtiras Kral'ın her bir ifriti bir şuh güzel, her acüzesi bir taze gelin gibi dolaşırmış kentin sokaklarını. Delikanlılar ve genç kızlar aldanıp birer birer, baygın gülümseyişlerine ve şuh kahkahalarına, akıtmışlar kanlarını; kanlar ve irinler içinde olduğunu göremeyen gözler, ırmak zannedermiş akanlarını. Hüzünleri soluyan buruk yüzlerinde bir mevsimlik vicdanlarını hiç uğruna satılığa çıkardıklarının farkında değillermiş. Obanın suyuna ısıtmalar bulaşmış, kentin ciğeri sökülmüş.

Dert kıblesi, elem Kâbe'si... Herkesin kararmış bahtı ve sararmış benizleri.

Neden sonra, nelerden sonra, niceden ve nice geceden sonra Kanaat, sevgisini isyanlarında ölümsüzleştirmek istemiş ve yağız delikanlı Fakr'ı da yanına alarak düşüp gitmiş yollara, açgözlülüğü açıkgözlülük diye satan İhtiras Kral'ın boynunu vurmaya and içerek. Az gitmişler uz gitmişler, kâh ateşe tapınan pervaneler gibi yana yana kâh Mecnûn-misal divâneler olup Leylâları ana ana, dere tepe düz gitmişler. Âh dedikçe bir âh daha ederek, âh u vâhı dağı taşı delerek Açgözlülük kalesinin kapısına yetmişler. Cenk başladığında ömre bedel hançerler saplanmış yüzlerce kez bağırlarına; Cercisleyin yüzlerce kez ölüp yüzlerce kez yine dirilmişler yeniden ölebilmek için. Hayber önünde Şâh-ı Merdan aşkına, Malatya kalesinde Battal Gazi aşkına, Belgrat surlarında Malkoçoğlu aşkına... Saklı sevdalarını toprağa düşürmemek için bir yandan kılıç çala çala, her adımda yüz bin baş ala ala en son yalan gazelin en son kafiyesinde teslim etmişler ruhlarını...

Onlar öldüler geride bir destan bırakarak, öldüler ruh iklimlerine ercesine akarak. Sonraki zamanlarda balalarımız oyunda oynaşta onların türkülerini söylediler; anneler bebelerine süt verirken ninnilerini dediler:

Kanaat ilmin başı
Fakir onun yoldaşı
Huzur isteyen kişi
Kanaati bulmalı

Atalardan dedelerden böyle işittik, böyle yazdık. Doğrusu böyledir bu hikâyet, gerisi ya dizmedir ya bozmadır nihâyet. Biline ki az tamah çok ziyan getirir. Son gemi de ufuklardan geçmeden, gelin Ebâbiller uçurarak Ebû Leheb soylu İhtiras Kral'ın şehrine, sicciller düşürmek üzere Kanaat'in atıyla atılalım son hücumda, kanaattan kanatlar takalım uşmağa... Gidimli gelimli dünya, son ucu ölümlü dünya... Topraktan geleni toprak yoğuracak, açgözlüleri toprak doyuracak...

(*Kırk Güzeller Çeşmesi*'nden)

KANAATLİ KALP

Ele girmezse eğer sevdiğimiz
Ne çare eldekini sevmeliyiz

(Lâedrî)

SA'DÎ, *Bostan* adlı eserinde bir hikâye anlatır: "Güya büyüklerden gönül ehli olan biri, hepsi hepsi kendi boyunca bir ev yaptırmış. Ona, 'Biliyoruz ki, sen bundan daha iyi bir ev yapabilirdin' demişler. Ve aldıkları cevap; 'Burada misafir değil miyiz? Yüksek köşk, saray yaptırmaktan ne çıkar? Bırakıp gitmeye bu da kâfidir'" (s. 226).

İşte gerçek kanaat!.. "Yetinme" yani; kalbin yetinmesi... Hırs sahibinin zorlandığı, istemediği, yüzünü buruşturduğu davranış biçimi... Kalp yetinmezlik etmeye başladığında hırsın ve istemenin sonu bulunamaz çünkü. O yüzden "Yetinme, değerini bilenler için büyük bir hazinedir" denilmiştir.

Kalp kanaate sahip olduğu müddetçe her türlü güzelliğe, iyiliğe, tecelliye ve ihsana açık bulunur. Bu yüzdendir ki kanaat sahibi insanlar gitgide melek huyları edinir, günden güne yerden göklere yükselirler. Tıpkı bir şahin gibi, bir anka gibi. Ancak şahinin kanatlarına taş bağlanırsa yerden bile havalanamayacaktır. Her kim gönül kuşunun kanadından hırs taşlarını çözerse, arşa yükselmesi işten bile değildir.

Kanaat kalple olduğu kadar mideyle de alâkalı bir kelimedir. İnsanın kanaati yeme içmeden vazgeçerek başlar. Mide yalnızca fazla kilolar için değil, ilim, zikir ve gönül için de kontrol edilmeli, kanaate alıştırılmalıdır. Midesi her daim dolu olanlar kalplerine hikmetin giremeyeceğini bilmelidirler. Doymak bilmeyen bir karın, insaniyetin gereği olan hemen her türlü erdemden yoksun, nefsin ise esiri olarak yaşar. İmâm-ı Âzam Hazretleri'ne birisi soruyor;

"Ya İmam, bir günde ne kadar yemeliyiz?"

"İşte şu kadarı yeter!" diye yerden avucuna bir taş alıp gösteriyor, İmam. Adam bir taşa bakıyor, bir İmâm-ı Âzam'a. Taş avucunun içinde neredeyse kaybolmakta ama İmam'ın yüzünde bir ciddiyet. Hayretle soruyor:

"İnsaf edin ey İmam, bu kadarı bir gün için yeter mi?"

Cevap ibretlik:

"Bu kadarı seni taşır, fazlasını da sen taşırsın!"

Modern dünya materyalizmin açgözlülüğüyle baktığı için obezite ile açlık arasında bir kanaat imtihanı verdiğini maalesef göremiyor. Yeri geliyor nice aslan yaratılışlılar bir lokma için fareler gibi kapana düşüyor, nice Anka yaratılışlı kartallar dünya denen leşe konuyor. Fuzûlî bu konuda:

Cife-i dünya değil kerkes gibi matlubumuz
Bir bölük Ankâlarız kaf-ı kanaat bekleriz

diyor. Aşağı yukarı şöyle demektir: "Peşinde olduğumuz şey, kerkenez kuşları gibi dünya leşine konmak değil; bilakis biz Anka yaratılışıyla kanaat denilen Kaf Dağı'na talibiz."

En kanaatsiz kalp aşka düşüp de sevgiliye kavuşmak isteyen kalptir. Çünkü o sabırsız, kararsız ve sevgili hasretiyle açgözlüdür. Eskiler, böylesine arzu dolu bir kalp için bile kanaati önermişlerdir. Âşık, sevgiliye kavuşamıyorsa bulduklarıyla yetinmeli, hayaliyle kanaat etmeli, böylece kalbini oyalamalı, teselli bulmalıdır. Değil mi ki kanaat, "verilene razı olmak"tır; o halde kişi bir âşık gibi eline girenle yetinmiyor, kısmetine düşene şükretmiyorsa kalbinde manevî sancılar başlamasına razı olmalıdır. Sûfîlere göre kanaat şükrün en ulvi biçimidir. İnsan dünyada çok şeye sahip olarak değil az şeyle kanaat ederek mutlu yaşayabilir. Kalbimize yerleştireceğimiz kanaat hissi bize o mutluluğu verecektir.

Kalbin Şükrü

Zebânum bir nefes zikründen ırma
Safâ vir kalbüme şükründen ırma

Manisalı Câmî

Dilimi bir nefes zikrinden ayırma da kalbime
safa verip şükründen ayırma...

TUĞRUL ŞAH, bir kış gecesi sarayda teftişe çıkmıştı, gezerken saray bekçilerinden Nikbaht adlı bir Hintliye rastladı. Zayıf, ihtiyar birisiydi. Kar, yağmur ve sel yüzünden adamcağız Süheyl yıldızı gibi titreyip duruyordu. Tuğrul Şah'ın bu biçareye yüreği sızladı, sırtındaki kürkü ona vermek, onu sevindirmek, şükrettiğini görmek istedi: "Şu benin kürklü kaftanımı sen giy, üşüme. Yalnız şu köşede biraz bekle de köleyle ben sana bunu göndereyim" dedi.

Bu konuşma esnasında soğuk bir rüzgâr esmeye başlayınca Tuğrul Şah hemen saraya girdi. Âğuş adlı, peri yüzlü, tavır ve hareketleri hoş bir cariyesi vardı. Şah onu görüp sohbete dalınca, zavallı Hintliyi de onun yapacağı şükrü de unuttu. Aklında ne bekçi ne de kürk kaldı. Talihsiz bekçinin yüzü gülemedi, kulağından bir kürklü kaftan sözü geçti ama gözü geçmedi.

Akşam soğuğunun sıkıntısı yetmiyormuş gibi felek ona birde bekleme derdini yüklemişti.

Sabahleyin sultan kürkü gönderdi, zavallı bekçi bunun üzerine şunları söyledi:

"Sultanım, sevdiği Âguş'u derâguş edince Nikbaht'ı unuttu. Senin gecen zevk ü sefada geçerken bekçinin ne çektiğini nereden bileceksin?"

Çadırda kalp huzuru ile rahat rahat uyuyanlar yolda aç kalanların ne çektiğini bilir mi? Hemen şükretsinler!

(Sa'dî-i Şîrâzî, *Bostan*, s. 276)

Şükreden Kalp

Hamdü li'llâh çok şükür ihsânına yokdur 'aded
Şâkiriñ kalbinde her dem şükr ider Mevlâsı var

Ümmî Sinan

Allah'a hamd olsun, şükür ki bağışlarının sınırı yoktur; şükür sahibi kulların kalbinde çok şükür ki her dem şükrettikleri bir Mevlâ var.

ANLATIRLAR Kİ yol arkadaşlarından geri kalmış bir yaya, "Şu sahrada benden daha bedbaht birisi var mıdır?" diye ağlıyordu. Yük taşıyan bir eşekten şöyle bir uyarı geldi: "Hey düşüncesiz adam! Ne var da feleğin cevrinden şikâyet ediyorsun? Allah'ına şükret, evet eşeğe binmemişsin, ama hiç olmazsa benim gibi yük altında da değilsin!"

Peki, nedir şükür?

Şükür, en basit anlamıyla minnetdarlıktır, teşekkürdür. Yapılan iyiliği bilmek, onu yaymak, iyilik edeni iyiliğiyle övmektir. Yaratıcı ile kulu arasında bir samimiyet, nimet ve iyiliği verene alanın minnet arzıdır.

Şükür sözle olduğu gibi fiille, sakınmakla, gereğini yapmakla da yapılabilir. Allah'a karşı şükür, insanlara karşı teşekkür... Allah'a karşı şükretmeyen küfranda, insana teşekkür etmeyen nankörlüktedir.

Şükür teşekkür edeceğimiz zattan ziyade kalbimize lâzımdır. Nimete şükreden kalp başka nimetler istemeye kendinde yetki bulabilir ama teşekkür etmeyi unuttuğumuz (nankörlük ettiğimiz) birinden tekrar bir iyilik istememiz imkânsızdır. Bu yüzden çok şükredenler daha fazla maddî nimet elde ederler. Çünkü şükür berekettir.

Şükür veya şükürsüzlük kalbimizden şahsiyetimize yansıyan bir kimlik özelliğidir. Kalbimizin şükrü bizi ne derece mutlu ederse, şükürsüzlüğü de o derece hasar verir, başımıza bela açar, farkında olmadığımız musibetlere kapı aralar. Nimete şükrederek sevap kazanabilir, şükürsüzlükle de bundan mahrum olabiliriz. Şükreden zengin ile sabreden fakir arasında fazla bir fark yoktur çünkü.

Şükür, var olan her şeyin nimet olduğunu bilmekle bilinçleşir ve şükreden kişi nimete değil nimeti verene yönelmiş olur. Böylece kalbimiz bütün yaratılmışlar için iyilik düşünmeye, dilimiz Allah'a minnettarlığını ifade etmeye, organlarımız da verilen nimetleri O'na itaat sayılacak şekilde kullanmaya yönelir. Bu bakımdan her azamızın görevli oldukları hususlarda şükretmesi üzerine borçtur. Söz gelimi gözün şükrü başkalarında görülen kusuru örtmekle, kulağın şükrü duyulan kusurları ifşa etmemekle, ayağın şükrü hayırlı yerlere yürümekle, midenin şükrü haram yememekle yapılabilir. İnsanın bu konudaki sorumluluğu her organını iyi ve güzel şeylerde kullanmak ve kötülüğe kapı açacak şeylerden uzak tutmakla tamamlanmış olur.

Şükrün en büyüğü, kişinin peş peşe gelen nimetlerden dolayı bu kadarına lâyık olmadığı için mahcubiyet duymasıdır. Bu sebepledir ki nimet veren veya bir sıkıntıdan kurtaran Allah'a şükran ifadesi olarak yapılan secdeye şükür secdesi denir.

KALBİN KİBRİ

Ben diyûp benlik gururuna düşürme kendini
Kibr ü kini kalbine alma bırak şeytaniyyeti

Râşid

"Ben, ben..." diyerek kendini benlik gururuna kaptırma. Kibri de kini de kalbine sokma, bırak şu şeytan işlerini...

RİVAYET ederler ki Kemalpaşazâde, ilimde mütebahhir ve allâme olunca bir ara kendisine bir kibir ve gurur gelmiş. Öğrencilerinden birisi bu hali ayıplayıp ona bir oyun oynamak istemiş ve bir ders sonrası sormuş:

"Hocam! Bir sualim var: Allah'ın ilmine nispetle kulların ilmi ne kadardır?"

" Be hey torlak molla; bu söylediğin kıyas kabul etmez şeydir."

"Öyle de üstadım, farz ederek de mi ölçemeyiz?"

Bunun üzerine Kemalpaşazâde, ders tahtasına kocaman bir yuvarlak çizip içine de küçük mü küçük bir nokta koyarak:

"Bak a molla, demiş, bu daire Allah ilmi olsun, işte kulların bildiği de ancak şu noktacık kadardır."

Molla, fırsatı kaçırmayıp taşı gediğine koymuş:

"Hocam, kerem buyurup şu noktanın içinde siz de kendi ilminizi bize gösterseniz!.."

Kemalpaşazâde o günden sonra kibri kalbinden söküp atmış ve tevazuyu hiç terk etmemiş.

*

Ve bir zamanlar bir şair de şöyle buyurmuş:

Neşv ü nemâ bulamaz düşmeyicek hâke nebât
Mütevâzı olanı rahmet-i Rahmân büyütür

(Lâedrî)

"Nasıl ki tohum, gelişip büyümek için toprağa düşmek zorundadır; tıpkı bunun gibi Rahman olan Allah'ın rahmet yağmurları da kibri bırakıp tevazu ile hareket edeni (başını toprağa koyanı) geliştirip yükseltir."

KİBİRLİ KALP

Kibre uyma sîret-i şeytânidür
Kıl tevâzu kol sıfat insânidür

Ahmed-i Rıdvan

Kibre gitme ki şeytanın içi kibirle doludur. Sen tevazu yolunu seç, çünkü tevazu (Âdem'den dolayı) insanın sıfatı olmuştur.

RAHMET dediğimiz yağmur suları dağ başlarında değil, alçak vadilerde birikir. Kibirli insanların kalpleri de böyledir ve rahmet onların kalplerinden akar, alçak gönüllülerin kalplerinde toplanır.

Kibir, kişinin kendini üstün görmesi ve bu duyguyla başkalarını aşağılayıcı davranışlarda bulunmasıdır ve elbette kalbin en kötü hastalığıdır. Kabristanlar, maalesef "Küçük dağları ben yarattım" havasında yaşamış insanlarla doludur. Ve aramızda onlardan çok çok vardır. Büyüklenme, böbürlenme, başkalarını küçük görme hastalığına tutulmuş insanlar... En kötüsü de inancı reddedip Allah'a karşı kibir taşıyan, yendisini yaratmış olana karşı boyun eğip kulluk etmeyi kendine yediremeyen kibirliler... Sahip olmadığı meziyetlerle övünerek kendini olduğundan farklı göstermeye çalışanlarsa başka bir âlem. Kendinden başkasını beğenmeyen narsist ruhlar...

Kibir üç kademedir. En az zararlı olanı gururdur. İnsan geçici değerlere aldanıp onlarla avunuyorsa gurur sarhoşu olmuştur. Bunun bir derece zararlısına "ucb" derler. İnsan başkasını küçük görmeden kendini ve yaptıklarını beğenerek böbürleniyorsa ucba müptela sayılır. Bunlar narsist bir duygunun içindedir. Üçüncüsü ise kibirdir; yani insanın kendini büyük görmekle birlikte karşısındakini de küçük görmesi halidir. İşte kalpleri karartan da budur. Çünkü bu tamamen şeytanın uşağı olmaya benzer. Nitekim şeytan da kendisinin Âdem'den daha üstün olduğunu ileri sürerek secde etmemiş ve lanetlenenlerden olmuştu.

Kibir insanın manevî yardım almasını engelleyen önemli bir hastalıktır. Bunun giyim kuşamla, mevki makamla, para pulla alâkası yoktur. Sofrasında akşam yemeği bulunmayan nice fakirlerde de, herkese hidayet yolu gösteren nice şeyh efendilerde de bulunabilir. Kişinin sorumluluğu, başkasına göre değil kendi nefsine göre kibrini sorgulamak ve yanlıştan dönmektir. Gazzâlî kibrin, insanın müminlere yaraşır huylar kazanmasını önlediğini ve cennete girmeye engel olacağını; bunun da asıl kaynağının kibirli kişinin kendisi için istediğini başkaları için isteyememesine bağlar...

Kibrin tedavisi için yalnızca bir yol vardır: tevazu. Kibir yüzünden kalbimizi istila eden katılıklar, kabalıklar, sertlik ve soğukluklar hep tevazu ile arındırılır. Gerçekten iyi bir insan kibirli olamaz. Kibirli ise iyi olamaz. Kibir kalbimizi olduğu gibi ruhumuzu da bozup hasta eder. İnsan her daim zayıf ve âciz bir varlık olduğunun bilinciyle hareket ederse Allah onun itibarını hem insanlar arasında hem de kendi katında günden güne büyültür. Bir damla sudan yaratıldığını bilen birinin kendini yaratana karşı veya kendisi gibi bir damla sudan ibaret olan birine karşı kibirlenmesi ne ola ki? Sonunda yan yatmış bir mezar taşı mı?

Hani denilmiştir: "Gururlanma padişahım, senden büyük Allah var!.."

SOĞUYAN KALP

FERÎDÜDDİN ATTÂR anlatıyor:

"Bir erkeğin kalbi bir kadına akmıştı. Onu çok sever ve görmek için yanıp tutuşurdu. O kadının evi nehrin diğer yanındaydı. Kadının aşkı erkeği sarmış kalbini yakıyordu. Ve nihayet cesaret bulup nehri geçmeye azmetti. Nehre ilerlediğinde gönlünün o kadından tarafa uçtuğunu hissediyordu. Yüzme bilmiyordu ama kadına olan aşkından suyu yararak ilerliyor, bu arada elleriyle ve ayaklarıyla çaba sarf edip çok yoruluyordu. Kalbi kadından yana uçtuğu için adam bütün yorgunluklarını unutuyor, her gece aynı meşakkate katlanıp nehri geçiyor, sevdiği ile yüz türlü eğlenceler yapıp vakit geçirdikten sonra tan yeri ağarırken tekrar nehre yürüyordu. Yıllar böyle böyle geçip gitti. Ve günlerden birinde sevgilisinin yanında otururken aniden onun yüzüne baktı ve gözbebeğinde bir aklık gördü. Bundan dolayı adam çok üzüldü.

Kadına, 'Bugün gözünde bir tuhaflık var. Gözbebeğinde bir beyazlık görünüyor' dedi.

Kadın, 'Bundan sonra buraya gelmek için nehre girme ve kendini tehlikeye atma!' diye cevap verdi.

Erkek, 'On yıldan beri nehri geçmekte ve âdeta nehri bir yudum su gibi içmekteyim. Ateş gibi her gün suya düştüğüm halde şimdi niçin suya girme diyorsun?' deyince kadın cevap verdi:

'A canım! O aklık on yıldan beri benim gözümde vardır. Ancak senin aşkın çok fazla olduğu için kalbin onu hissetmiyor, yalnızca beni hissediyordu. Yanı benim için nehri yürüyerek geçerdin ve gözümdeki akı da görmezdin. Ancak, senin bana olan aşkın ulvi dereceden maddeye inmeye yüz tutmuş olmalı ki gözümde zaten var olan akı gördün, beni salt sevgili olarak görmeyi bırakıp kadın olarak algıladın, yani yarın nehri geçebileceğinden umutlu olma'" (*Mantıku't Tayr*, s. 44-45).

KALBİN TÖVBESİ

Tövbe ya Rabbi hata râhına gittiklerime
Bilip ettiklerime bilmeyip ettiklerime

Abdurrahim Rûmî

RESÛLULLAH Efendimiz buyurmuştur:
"Yüce Allah mümin kulun günahlarından tövbe etmesine şu adamdan daha çok sevinir.

Adam tehlikeli bir çölde konaklamıştır. Yanında yiyecek ve suyunu taşıyan bir binek hayvanı vardır. Başını yere koyar ve bir müddet uyur.

Uyanınca görür ki binek hayvanı ortalıkta yoktur. Onu aramaya koyulur. Fakat uzun uzun dolaşmaları neticesinde açlıktan, susuzluktan ve buna bağlı çeşitli sıkıntılardan bunalır ve 'Varayım gideyim konak yerinde yatıp uyuyayım ve öylece öleyim!' diyerek konak yerine varıp çöker. Başını dizlerine dayar ve öleyim diye gözlerini yumar.

Fakat (ölmez ve) uyandığı vakit binek hayvanını yanıbaşında görür. Yiyeceği ve suyu da hayvanın sırtındadır.

İşte yüce Allah tövbe eden kulu için, hiç ummadığı zamanda binek hayvanını karşısında buluveren bu çöl yolcusunun duyduğu sevinçten daha artık bir sevinç ile sevinir."

(İmâm-ı Gazzâlî, *Mükâşefetü'l-Kulûb*, s. 104)

Tövbekâr Kalp

Bahş eyleyip günâhımı mesrûr eder misin
Yâ Rabb harâb kalbimi mamûr eder misin

Enderunlu Vâsıf

Allah'ım! Günahımı bağışlayıp beni sevindirir misin; böylece yıkık kalbimi yapar mısın!

"EĞER Allah'a tövbe ederseniz kaymış olan kalpleriniz düzelmiş olur" (Kur'ân-ı Kerim, Tahrîm, 4).

Hamuru iyilik ve itaatle yoğrulan kalbe ancak kötülükten ziyan erişir. Hangi türlüsü veya hangi boyutu olursa olsun hiçbir kötülük kalbe iyi gelmez; çünkü kötülüğün mayasında günah vardır. Onun kalbe etkisi bir zehrin bedene etkisi gibidir, öldürmediyse bile mutlaka tedavi gerektirir. Tedavinin yegâne adı vardır: tövbe.

Dünyanın hangi sancısına yahut derdine baksanız, derinlerde bir yerde ona sebep olan bir günahı görürsünüz. İlk insandan itibaren her günah kalpte bir kötülüğe kapı aralamış ve o kötülüğün ziyanları ancak tövbeyle önlenebilmiştir. Âdem atamızı cennetten çıkaran da Azazil'i meleklikten iblisliğe düşüren de bir günahın etkisidir. Tevbe eden kurtulur, etmeyen hüsrana gider. Günah bozdukça tövbe tamir eder, günah çirkinleştirdikçe tövbe güzelleştirir, günah cehenneme giderken tövbe cennete çıkarır, günah Allah'tan uzaklaştırırken tövbe yaklaştırır, günah yalan işler, tövbe doğrultur.

Kötülük bir ateşe benzer, her ne şekilde yanarsa yansın dumanı kalpte bir is bırakır. Kişi tövbe etmediği müddetçe de bu is kalbi karartmaya devam eder. İnsan bir evde otuz yıl, kırk yıl, elli yıl ateş yaksa o evin duvarları nasıl is tutar, düşünmelidir. Unutulmaması gereken ise bütün o karalıklar içinde bir ak noktanın, bütün gecelerin içinde bir aydınlığın bulunduğudur. Önemli olan karalıkları badanayla temizlemeyi ve karanlıktan sonra aydınlığın geleceğini, yani tövbe kapısının daima açık olduğunu bilmektir. Kim Allah'ı severse Allah da onu sever. Kim Allah'ı bırakırsa Allah da onu bırakır. Kim Allah'a karşı gelirse Allah da onu kendi haline bırakır. Kim bütün bunlardan sonra yeniden Allah'a dönerse Allah onu yeniden karşılar, kabul eder, ikramda bulunur. Bu kabulün dört basamak şartı vardır: Önce pişmanlık duygusu. İkincisi, kötü hale bir daha dönmemek. Sonraki, o hal üzerindeyken kırdığı kalpleri onarmak (inandırıcı biçimde özür dilemek). Dördüncüsü, hakkına girdiklerinin hakkını teslim etmek. Buna imkân bulunamıyorsa kendi adına dilediği mağfiret ve bağışlanmayı onlar için de yapmak.

Kalp bazen tövbeden kaçar. Bunun sebebi, nefsin arzusuna boyun eğmektir. Mesela özür dilemek kalbe iyi gelir ama nefis bunu hiç istemez. Teşekkür etmek, borç ödemek, yardımda bulunmak vs. de böyledir. Nefsi yenip tövbeye yönelmek için ilk atılacak adım, günün sonunda aynaya bakmaktır. Eğer kendimizi iyilik, yararlılık, kulluk ve insaniyet konusunda yeterli buluyorsak buna şükretmeliyiz. Yok eğer aykırı davranışlarımız, sapmalarımız var ise önce aynada bize bakan kişiyi kötülemek, sonra da tövbe etmek zorundayız demektir. Nefsin yüzüne gülüp de ardından onu kötülemeyi önermiyoruz size, bilakis asık bir suratla aynadaki kişiyi eleştirmeyi, azarlamayı ve hatta yüzüne tükürmeyi tavsiye ediyoruz. Aksi takdirde tövbelerimiz hep bir sonraya kalacak ve ömür bitecektir. Unutmamak gerekir ki tevbe kapısı her daim açıktır.

Rivayet olunur ki Hz. Âdem cennetteki günahından dünyada yıllar yılı tövbe edip de tövbesi nihayet kabul edildiğinde bunu bildirmek için melekler yanına varınca Cebrail ile Mikail sözcü olup demişler ki;

"Ey Âdem, gözün aydın, Allah tövbeni kabul etti!"

Hz. Âdem sevinmiş:

"Ey Cebrail, tövbem kabul edildiğine göre bundan sonraki durumumu öğrenmek istiyorum."

Allah vahiy yoluyla şöyle buyurmuş:

"Ey Âdem, soyundan gelenlere sen sıkıntı ve kederi miras bırakıyorsun; ben de onlara tövbeyi miras sayıyorum. İçlerinden hangisi bana yönelirse senin dileğini yerine getirdiğim gibi onun da duasını öylece kabul edeceğim. Kim benden günahlarına bağışlanma isterse bağışımı ondan esirgemem."

Hâmiş: Tevbe ettiğiniz hal artık size cazip gelmiyorsa tövbeniz kabul edilmiştir, hâlâ cazip geliyorsa tövbenin dört şartını tamamlamaya bakın.

KALBİN HAYÂSI

ŞÎRAZLI SA'DÎ anlatıyor:

"Köyün genç delikanlılarından biri kötü bir işe dadanmıştı. Büyük bir zat, delikanlı bir gün o iş ile meşgulken yanından geçti ve o kötü işi yaparken gördü. Delikanlı çok utandı, kan ter içinde kaldı, o büyük zattan af diledi. Sonra da orada burada, 'Köyün büyüğü yanında rezil oldum' diye yakınmaya başladı. İrfan sahibi olan o büyük zat bu sözü işitince fena halde öfkelendi:

'Hey delikanlı, her yerde hazır ve nâzır olan Allah'tan utanmayıp da benden mi utandın? İşte asıl utanılacak şey budur' dedi."

(Sa'dî-i Şîrâzî, *Bostan,* s. 310)

ARSIZ KALP

Edeb kanda haya kanda resûle iktida kanda
Begüm sıdk ü safa kanda dutup kalbi kasavetler

Hakîkî

Edep nerde kaldı, utanma nerde kaldı. Ya Peygamber'e uyma? A beyim, kalpleri kasvetler istila etmiş, doğruluk ve esenlik ne gezer!

ESKİLER hoşlarına gitmeyen bir hale şahit olduklarında "el-hayâ ve el-edep!" diye hayıflanma nidası salıverirlerdi. Buradaki edep kelimesi terbiyeli olmayı, hayâ ise kalpteki utanma duygusunu karşılar. Hayâ karşılığı olarak Türkçemizde "ar" diye bir kelime vardır. Ar ve hayâ örneği insanlar veya arsız insanlar... Ve arsızlaşan kalpler... Allah'tan, akraba ya da yabancılardan, vicdanından utanmayan pervasız kalpler...

Kalp nefse daima arlı olmayı, hayâyı önerir; nefis ise yasaklı bir işe bulaşarak veya iyi bir şeyi terk ederek kalbe mukavemet gösterir. Hayâ sahibi olan kalp, arsızlaşan ise nefistir. Çünkü hayâ kalbin hamurunda mevcuttur ve yerinde kullanılırsa insanın ruhunu da tabiatını da güzelleştirip onu ahlâk örneği haline getirir. Bu konuda kişi kendini daima kontrol etmekle yükümlüdür. Söz gelimi nefsimiz çirkin davranışlardan rahatsız olup onları terk ediyorsa bu bizim ar sahibi olduğumuzu gösterir; buna şükredilir. Değilse zaten arsızlık insanın yüzünü kızartacaktır.

İslâm tarihinde hayâ örneği olarak bilinen kişi Hz. Osman'dır. Resûlullah Efendimiz, Hz. Ebû Bekir ve Hz. Ömer hâne-i saadete ziyarete geldiğinde rahat davranır, öyle karşılar ama Hz. Osman geldiğinde hemen derlenip toparlanır, bunu merak edenlere de "Meleklerin bile hayâ ettiği insandan benim hayâ etmemem doğru olmaz" açıklamasını yaparmış.

Müslüman toplumların en önemli vasıflarından birisi kalplerindeki hayâ vasfıdır. Ahlâk ve terbiyenin esasları yüzyıllar boyunca hep ar duygusuyla yoğrularak sürüp gitmiştir. *"Eğer utanmıyorsan istediğini yapabilirsin"* (Buhârî, "Enbiyâ", 54) hadisi dillere peleseng olarak hâlâ toplumsal hayata yön vermektedir. Öyle ya, kişi ar duygusundan sıyrılmışsa, ayıplanmaktan kaygı duymuyor, utanmıyorsa artık onu kötülükten ne alıkoyabilir? Oysa kalbinde hayâ hisseden birisi, yapacağı işin doğru olup olmadığını önce vicdanında sorgulayacak, kötü ise utanacak, yapmaktan vazgeçecektir. Bu bakımdan kalbin hayâsı insanın gidişatında da belirleyicidir. Çünkü kalp bir olay, söz veya oluşum karşısında kendine "Sonunda bundan utanır mıyım?" diye sorar. Utanılacak bir şey ise yapmaktan vazgeçer, utanılmayacak bir şey ise yapar. Demek ki kalpteki hayâ, hayatın da belirleyici unsurudur. Yani insan, kötü olabileceğinden şüphe edilen şeylerden ancak hayâ sayesinde uzak kalabilir; kanunlar, polisiye tedbirler ve jandarma korkusuyla değil.

İnsan hayâ duygusunu kalbinden aklına da indirirse ona uygun bir düşünme ve muhakeme yeteneği kazanır. Toplumda "Benim kalbim temiz!" diye gezen nice insanlar vardır ki düşünme ve muhakemeleri temiz değildir. Oysa kişinin düşüncesi temiz olmadan kalbinin temizliği bir işe yaramaz. Hayâ sahibi olmadan, ar damarı çatlayan biri için kalp temizliği meziyet midir ki?

Sûfîler hayâyı ikiye ayırırlar. Kulun her hal ve tavrında Allah tarafından görüldüğü bilincinden doğan hayâ veya Allah'a yakınlıktan doğan hayâ. Birincisi dervişe katlanmayı, belâlardan şikâyet etmemeyi; ikincisi ise Allah ile olup halk ile ilişkiyi koparmayı öğretir.

ÜÇÜNCÜ BÖLÜM

KALP SPEKTRUMU

KALBİN ADALETİ

Bana cevr eyleyüp agyâra keremler nice bir
Tutalum şâh-ı cihān oldun adâlet bu mıdur

Bağdatlı Rûhî

Ey sevgili! Bütün cihana sultan olsan ne, bunca zamandır bana zulümler edip rakiplerime de bağış üstüne bağışlarda bulunuyorsun... Adalet bu mudur?

MAHKEMELERDE adaletiyle büyük bir şöhret kazanmış Aristidis, Roma hükümdarı Temis Toklis'le mücadele ediyor, adalet için elinden geleni yaparak senatonun kararlarına bile karşı duruyordu. Aristidis kuvvetli bir bahriye oluşturmanın önemini savunuyor ama hükümdar onu bu davasında çıkar gözetmekle itham ediyordu. Oysa ada devletleri için iyi bir donanmanın kıymeti kadar Aristidis'in adaletini de bütün halk biliyordu. Dava büyüdü, senato çekimser kaldı. Sonunda ostrasizm, yani iki taraftan birinin on sene müddetle sürgüne gönderilmesi için oylama usulüne müracaat edildi. Aristidis, oylama sonucunu bekleyerek sokaklarda dolaşıyorken yanına o civar çiftçilerinden garip davranışlı bir adam yaklaştı. Yazı yazmasını iyi bilmediği için elindeki kiremidi ona uzattı ve üzerine "Aristidis" yazmasını söyledi. Aristidis sordu:

"Peki niçin? Aristidis sana bir kötülük mü etti?"

Vatandaş cevap verdi:

"Hayır, kendisini hiç görmedim ama âdildir dediklerinden onun adını saklamak istedim."

Aristidis, hiç sesini çıkarmadan kiremide ismini yazdı. Kendisini ona tanıtmadı bile. Ama kalbinde büyük bir haz hissetti.

ADALET

FARKINDA olalım veya olmayalım, kalbin en ziyade istediği ve hoşlandığı şey adaletli olmak ve adaleti sağlamaktır. Adalet hissi kalbe haz verir. Şair;

Bulunmazsa adalet milletin efrâdı beyninde
Geçer bir gün zemine, arşa çıksa pâye-i devlet

diyor. İşte anlamı: "Vatandaşlar arasında adalet ve eşitlik kaybolunca, itibarı arşa çıkmış olsa da devlet bir gün yerin dibine geçer."

Fransız İhtilali üç önemli kavram üzerine bina olunmuştur. Hürriyet (liberte), müsâvat (eşitlik, egalite) ve uhuvvet (kardeşlik, fraternite). İkinci Meşrutiyet'in önemli kavramları da bir fazlasıyla aynıdır. Yani atalarımız kalplerinin sesini dinleyerek bir ülke için bu üç kavramı yeterli bulmamış ona adaleti de ilâve etmişlerdir.

Adalet, toplumsal hayat için olduğundan daha ziyade insanın şahsi hayatı için gereklidir. Çünkü kalpler adaletten haz duymak dışında adaletle hükmetmek, adaletle iş görmek, adaleti uygulamakla da vazifelidirler. İnsaflı olmak, doğru olmak, doğru davranmak, zulmetmemek, eşit olmak, eşit tutmak, her şeye hakkını vermek, düzeltmek, mutedil olmak, her şeyi yerli yerinde yapmak, istikamet ve hakkaniyet gibi duyguların tamamı kalbin adaletli davranma refleksinin gereğidir. Kalbimiz ifrat ve tefrit arasında orta yolu takip etmek, hak yol üzere dosdoğru olmak, emirleri yapıp yasakları terk etmek, içi ve dışı eşit olmak, haklıya hakkını, haksıza cezasını vermek gibi hususlarda bizi yönlendirir. Bu da bize verilen ile bizim hak ettiğimiz arasındaki dengeden kaynaklanır. Sözde, yönetimde, şahitlikte, yargıda, barışın sağlanmasında, borçlanmalarda, senet tanziminde ve aile hayatında adil olunması bilhassa önemlidir. Bunlarda adalet olduğu sürece toplum hayatında ve varlık düzeninde âhenk ve estetik kendini gösterir. Adaletin olmadığı yerde ise eziyet ve zulüm hemen kapıdadır.

Ağladım, Yalnızca Ağladım

KUNG FU TSE (Konfüçyüs) diyor ki:
"Herkes gibi ben de ağlayarak dünyaya geldim. Çocukken çok ağlardım. 15 yaşında; kendimi öğrenmeğe verdim… 30 yaşında; irademe sahip olabildim… 40 yaşında; şüphelerden uzaklaştım… 50 yaşında; göğün emrini öğrendim… 60 yaşında; seziş yoluyla her şeyi kavradım… 70 yaşında; doğru olan şeylere zarar vermeden kalbimin istediklerini yerine getirebildim… 80 yaşında kalbimi dinleyip ağladım; yalnızca ağladım… Bütün ömrümün bir ağlamadan ibaret olduğunu o vakit anladım."

(*Bâb-ı Elbâb*, s. 69)

*

Rehâyî (XVII. yy.) isimli şair de diyor ki:

Heman ağlayı geldim âleme ağlayı gittim ben
San ol nilüferim kim suda bittim suda yittim ben

"Şu cihana hemen ağlayarak geldim, sonunda ağlayarak gittim. Sanki bir nilüfer çiçeğiyim de suda bittim, suda yittim."

AĞLAMAK

Âşıkın kalbinde evvel derd-i 'aşk mihmân gerek
Gözleri giryan her dem ciğeri püryân gerek

Hulûsî-i Celvetî

Âşığın kalbinde ilk olması gereken şey, aşk derdini misafir edinmektir. Sonra gözleri durmadan ağlamalı, ciğeri de yandıkça yanmalı...

RİVAYET odur ki ilk gözyaşları insanlığın atası Hz. Âdem'e aittir. Cennetten çıkarılıp yeryüzüne indirilince, işlediği günahın pişmanlığıyla akıtmış gözlerinden. Sonra bütün Âdemoğulları ağlamayı bir arınma veya pişmanlık olarak devam ettirmişler. Hz. Yakup'un gözyaşları hasretten, Hz. Peygamber'in gözyaşları ümmetinin geleceğinden…

Semavî dinlerin, felsefî öğretilerin ve toplumsal yönetimlerin hemen hepsinde ağlamak tavsiye edilmiş, aşırı derecede gülmek ise hoş karşılanmamıştır. Ağlama ve gülme eylemlerinin kalp ile doğrudan bağlantısı vardır ve kalbin inceliği yahut hassasiyeti vesilesiyle göz harekete geçer ve göz ağladığında, ister sevinçten ister üzüntüden olsun, huzur bulan da acı çeken de hep kalp olur. Hz. Peygamber'in "Benim bildiğimi siz bilseydiniz az güler, çok ağlardınız" (Buhârî, "Küsûf", 2; Müslim, "Küsûf", 1) buyurmasına bakarak ağlamayı kalbin en önemli erdemlerinden biri olarak anlayabiliriz. Hele de pişmanlıktan dolayı akan gözyaşlarının gözden değil kalpten geldiğini söylemeye gerek yoktur.

Atalarımızın ağlamanın zayıflık göstergesi olduğu, erkeklerin ağlamasının ayıp sayıldığı gibi yanlış anlayışlarına kapılmamak gerekir. Her insan bedenî, ailevî, dünyevî felâket ve acılarla karşılaşabilir. Sabretmesi elbette bir metanet örneğidir ama taşkınlığa varmayacak şekilde ağlaması, özellikle de gözyaşlarını içine (kalbine) akıtması o kişiyi kalpsiz yapmaz, bilakis gitgide gönül adamı yapar. Kalbin bir şeye üzülmesinden dolayı gözyaşı dökmek neden mahzurlu olsun ki? Hz. Peygamber, oğlu İbrahim'in ölümüne ağladığı için kendisine hayretini ifade eden bir sahâbîye, "Kalbimizde acı, gözümüzde yaş var; ama dilimiz Allah'ın rızasına aykırı bir söz söylemez" (Buhârî, "Cenâiz", 43) buyurmuştur.

Elbette başkalarını kendine acındırmak için gözyaşı dökmek yahut olura olmaza ağlayan bir sulugöz olmak iyi değildir ancak sabır ve tahammül göstermekle birlikte yeri ve zamanı gelince ağlamak da bir erdemdir ve gözyaşı kalbe iyi gelir, onu kıvama erdirir, hatta cilâlar.

GÜZEL AHLÂK

İBRAHİM EDHEM bir grup derviş arkadaşıyla birlikteydi. Gündüzleri çalışıp kazandığını onlara harcar, akşam olunca da oruçlu olarak onlarla bir zaviyede toplanırlardı. İbrahim Edhem daha çok kazanmak ve arkadaşlarına daha fazla yararlı olmak için her seferinde işten geç dönerdi. Arkadaşları bir akşam birbirlerine, "Gelin bu akşam da iftarı onsuz yapalım, geldiğinde kendisine yiyecek bir şey kalmadığını görür ve bundan sonra zamanında gelmeye çalışır" dediler.

İbrahim Edhem zaviyeye dönünce arkadaşlarını uyur vaziyette buldu. Kendi kendine: "Zavallılar, herhalde yiyecek bir şey bulamadılar" dedi. Ve oradaki undan bir miktar alıp yoğurdu. Fırının ateşini yaktı ve yoğurduğu çöreği fırına attı.

İbrahim dirseklerini toprağa koymuş ateşi üflerken arkadaşları uyandılar ve ne yaptığını sordular. İbrahim cevap verdi:

"Siz uyuyordunuz. Muhtemelen akşam yiyecek bulamayıp iftar etmeden yatmış olmalılar, dedim. Fırına çörek attım. Niyetim de çörekler pişesiye kadar sizi uyandırmamaktı."

Herkes mahcup birbirlerinin yüzüne baktılar. Çünkü birilerinin aç bıraktığı, o birileri aç kalmasın diye çırpınıyor!..

AHLÂK

Anun ki ola kalbi pâk u tâhir
Hulk-i hüsn eyler anı zâhir

Edirneli Nazmî

Her kim ki kalbi temiz ve berraktır; güzel
ahlâkı onu hemen gösterir…

AHLÂK, "kalbin iyi veya kötü olarak nitelendirilmeye sebep olan manevî vasıfları, huyları ve bunların etkisiyle ortaya koyduğu iradeli davranışlar bütünü"dür. Atalarımız kalbin bu tür davranışlarını inceleyen bilim dalına da ilm-i ahlâk demiş, bu konularda sayısız kitaplar yazmış ve ilmihal kitaplarında bile ahlâktan bahsetmişlerdir. Müslüman toplumlarda dinî ve dünyevî hayatın kurallarının başında ahlâk gelir. Çünkü Allah insanı yaratırken kalbine hem yüce ve ulvi hassasiyetleri hem de süfli ve aşağılık devinimleri yüklemiş, insanın bedeniyle ruhu arasında bu özellikler birbiriyle mücadele halinde kalmıştır. Bu münasebetle, kalbimizde iyiliğin de kötülüğün de tohumu mevcuttur, hangisini yeşerteceğine insan karar verir. Bunun için nefis ile ruh arasında sonsuz bir mücadele yaşanır ve ahlâk, kazanan tarafın mükâfatıdır. İnsan güzel ahlâk sayesinde yolunu melekliğe çıkarır.

Hâmiş: Kalbin güzelliği ahlâkın güzelliğindendir. Kalbi güzel insanlar elbette ahlâkı da güzel olan insanlardır.

CEZBE

O bahr-ı cezbede kim gönlüm ıztırâba gelir
Güher derûn-ı sadefden çıkıp habâba gelir

Şeyh Galib

O cezbe denizinde her ne vakit gönlüm sancıyla dalgalansa sadefin karnından bir inci kopar ve denizin üstünde bir kabarcık oluverir...

HZ. ÖMER, Resûlullah'ı öldürme kastıyla kız kardeşinin evine vardığında kulağına içerde okunan Kur'an'dan âyetler çalınmış, Ömer de o anda kendinden ve maksadından şaşmıştı.

İbrahim Edhem ceylan avladığı bir sırada üç defa "Sen bunun için mi yaratıldın?" seslenişini duymuş ve başka bir İbrahim olmuştu. Her ikisinin kalbi de o sırada duydukları sözün cezbesine kapılmış, cezbeyi ta kalplerinde yaşamışlardı. Mevlânâ Celâleddin, sarraflar sokağında altın işleyenlerin çekiç seslerini duyunca vecde geldi, sema etmeye başladı. Onu semaya yönlendiren bir coşku oluşmuştu kalbinde. Cüneyd-i Bağdâdî sohbet esnasında kalbindeki aşkın duygulardan dolayı nâra atan bir genci, "Böyle yapacaksan bir daha benim meclisime gelme" diyerek uyarmış, genç ise kendisine hâkim olmaya çalıştığı halde titreye titreye ve damarları şişip gerilerek yeniden bağırmış, kendine hâkim olamayıp üçüncü naralanışta ruhunu teslim etmişti.

Bütün bunlar birer cezbenin eseri olarak yaşanmıştır; yani içsel coşkunluk hali, kalbin kabına sığmayacak derecede coşması... Sûfîler bu hali, Allah'ın kulu kendine çekmesi ve yüce huzuruna yükseltmesi diye tanımlar. Bunun için her tarikat cezbeye giden yolda farklı farklı perhizler, zikirler, ibadetler tertiplemişlerdir.

Kul cezbe haline yükseldiğinde kalbinden perde kalkar ve manevî makamlar açılır. Kalbin cezbeyi istemesi, arzulaması ve özlemini duyması ancak dosdoğru olmasıyla mümkündür. Bu olunca kalp cezbelenir ve Allah'ın dışında her şeyi unutuverir. Hatta bazıları cezbe sayesinde kul olduğunu bile unutur, coşku ve aşkınlık haliyle ruhunun yükseldiğini hisseder, öyle yüksek perdeden konuşur veya davranır. Sûfîler arasında zikir, sohbet veya sema esnasında cezbeye tutulan bazı dervişlerin kendinden geçip, sıçramaları, bağırmaları, hatta bayılmaları hep kalbin cezbesindendir.

Hakiki sûfîler cezbeyi bir amaç değil yalnızca bir hal olarak görür ve cezbe için kendilerini zorlamazlar. Çünkü hangi kalpte tecelli edeceğini ve Allah'ın kimi kendine çekeceğini yine Allah bilir. "*Allah dilediğini kendisine çeker*" (Kur'ân-ı Kerim, Şûrâ 42/13).

DUALI KALP

HZ. MUSA ellerini açıp yalvardı:
"Ya Rabbi, cennette benim komşum kim olacak, bana bildir de gidip onunla görüşeyim."

Hz. Musa'ya vahiy geldi ki "Falan beldeye git! Orada, çarşının başındaki dükkânda bir kasap var. İşte o senin cennetteki komşundur."

Hz. Musa hemen bildirilen yere gitti. Kasabı buldu ve ona: "Ben sana misafir geldim" dedi. Kasap Hz. Musa'yı tanımıyordu. Ona "Hoş geldin" deyip yer gösterdi. Dükkândaki işi bitince de alıp evine götürdü. Onu baş köşeye oturtup ikramda bulundu. Hz. Musa adamı dikkatle takip ediyordu. Önce çömleğe et koyup onu pişirdi, sonra etleri küçük lokmalara ayırdı, hepsini bir tabağa koyup tezgâha bıraktı. Sonra bir et parçası daha çıkarıp Hz. Musa'ya ikram ederek dedi ki, "Benim önemli bir işim var. Sen beni bekleme, yemeğini ye!" Sonra da tezgâhtaki tabağı alıp yanından ayrıldı. Hz. Musa önemli işi merak ediyordu. Kasabı gözetlemeye başladı. Adam yandaki odaya geçti ve duvarda asılı duran büyük bir zembili indirdi. Zembilde çok ihtiyar, mecalsiz bir kadın vardı. Kadına küçük küçük parçaladığı etleri yedirdi. Karnını güzelce doyurduktan sonra, altındaki kirlenmiş bezleri aldı, yerine temizlerini koydu. Sonra kirli bezleri tertemiz yıkayıp astıktan sonra Hz.

Musa'nın yanına geldi. Onun daha yemeğe başlamadığını görünce sordu:

"Niçin yemeğe başlamadınız?"

"Bana zembildeki sırrı söylemedikçe bir lokma bile yemem."

"Ey misafir, zembildeki benim annemdir. Yaşlılık onu takatten düşürdü. Ona bakacak kimsem yok."

"Evlensen?"

"Alacağım hanım, annemi incitir diye korkuyorum. Ben işteyken herhangi bir hayvan ona zarar vermesin diye böyle zembilde tutuyorum. Dükkânımdan gelip iki öğün yemek yediriyor, ihtiyaçlarını görüyor ve ancak o zaman gönül rahatlığıyla işime gidiyorum."

"Anlamadığım bir şey daha var. Sen annene yemek yedirip su içirdikten sonra, dudaklarını kıpırdatıp bir şeyler söyledi, sen de âmin dedin. Annen ne söylemişti?"

"Önemli bir şey değil, yaşlılığına verdiğim bir cümle, üzerinde durmaya değmez."

"İyi ama merak ettim, nedir?"

"Annem ihtiyaçlarını karşıladığım her seferde benim için 'Oğlum, Allah seni cennette Hz. Musa'ya komşu eylesin!' der, ben de öylesine âmin derim."

DUA

Her vakt-i seherde bin lutfı gelür Allâh'un
Ol vakt uyanur kalbün yalvar güzel Allâh'a

Niyâzî-i Mısrî

Her seher vaktinde kullara Allah'ın binlerce lütfu gelir. O vakit kalbini uyanık tutup güzel Allah'a yalvarmaya bak...

DUA, Allah ile kulu arasında bir diyalog, bir buluşma, bir fısıldayıştır. Sınırlı, sonlu ve âciz olan varlığın sınırsız ve sonsuz kudret sahibi ile kurduğu bir köprü. Dua esnasında fısıldayan da hisseden de kalp değilse dua hakikate eremez. Kalbin gafil olduğu yakarışlar veya yalnızca dilden tekerleme gibi söylenip duran dualar hâşâ ki muhatabımızla alay etmeye benzer. Düşünün, değer verdiğiniz veya itimat ettiğiniz bir amirinizle, üstünüz veya öğretmeninizle konuşuyorsunuz ama ona kalbinizden geçeni değil de dilinize takılıp kalmış kelimeleri sayıklıyorsunuz. Size nasıl bir karşılık vermesini umarsınız?

Dua şükür için olabildiği gibi bir şeye kavuşmak için de olabilir. Buna hayır dua denir. Ancak insanların hayır dualarının dışında nadiren bedduaları da görülmektedir. Ne hazindir ki kişi Allah ile konuşmakta veya fısıldaşmaktadır ama O'ndan kötü şeyler ister; olacak şey mi?!.

Her inanç sistemi ve dinde dua ve duanın ritüelleri oluşmuştur. Ayakta durma, diz çökme, eğilme, secde etme, başını eğme, elleri gökyüzüne doğru kaldırma, iki yana açma, kavuşturma, kenetleme, gözleri yukarıya dikme vs. Yine de bunların hiçbiri kalbin samimiyeti kadar önemli değildir.

Dualar, bütün şartları yerine getirildiğinde daha kabule şayan olur. Söz gelimi, önce ders çalışıp sonra sınavda başarılı olmak üzere el açılmalıdır.

KALBİN GAZABI

BİR ZAMANLAR çok çabuk öfkelenen, bu yüzden insan ilişkilerinde hüsrana uğrayan bir delikanlı varmış. Mürşidine varıp bu huyundan şikâyetçi olmuş. Mürşidi ona bir kese dolusu çivi vermiş ve her öfkelendiğinde, bahçe kapısına bir çivi çakması gerektiğini söylemiş. Derviş daha ilk gün kapıya 37 çivi çakmış. İlerleyen haftalarda öfkesini kontrol etmeyi öğrendikçe, kapıya çaktığı çivilerin sayısı da her geçen gün azalıyormuş. Gün gelmiş, öfkesini kontrol etmenin, kapıya çivi çakmaktan daha kolay olduğunu keşfetmiş. Ve bir gün derviş kapıya hiç çivi çakmadan durmayı başarmış. Koşup şeyhine durumu anlatmış. Şeyh efendi bu sefer başka bir görev vermiş. Öfkesine her hâkim oluşunda, kapıdan bir çivi sökmek.

Günler geçmiş. Derviş, kapıdaki tüm çivilerin söküldüğünü mürşidine söylemiş. Mürşid onu bahçe kapısının karşısına getirip "Aferin sana" demiş, "çok şey başardın. Ama bir bak, kapının üstü delik deşik oldu. Bu kapı asla eskisi gibi olmayacak. Bir insana bıçak sapladıktan sonra bıçağı çekip alabilirsin ama yara hep orada kalacaktır. Bunun için daha işin başında bıçağı saplamamayı öğrenecek şekilde öfkeni kontrol etmelisin!"

GAZAP

ÖFKE zihinde başlar ve kalbe indiği vakit gazaba dönüşür. O yüzden kalbe inen gazap öfkenin en aşırı biçimidir. Bazen kalbimizde acı veren kötü bir davranışın uyandırdığı kızgınlık, intikam alma duygusu ve cezalandırma isteği belirir. Kalbin yaratılışında var olan bu özelliğin kalpten kazınıp atılması mümkün değildir. Mümkün olan ise, bu duygunun etkisiyle yanlış kararlar, hükümler ve eylemlerden kaçınmaktır. Eğer kişi kalbindeki öfkeye mağlup olursa felâket kapıdadır. Öte yandan kalbindeki öfkeyi yenebilen pehlivan da bütün pehlivanlardan güçlüdür.

Kalpteki öfke ve gazabın bir de olumlu tezahürü vardır. Eğer kalbimiz onurumuza, milletimize, değerlerimize karşı bir saldırı karşısında öfkeleniyorsa buna "şecaat" veya "hamiyet" denir. Hamiyet insanda olması gereken ılımlı bir öfke biçimidir. Ama ılımlı da olsa bu öfkeyi şiddetle, cahillikle, kırıp dökerek değil, mantık ve bilgelikle yönetmek lâzımdır.

Gurur Sarhoşu

Gurûr âyînesinde hîç görinmekden safâmuz yok
Müberrâyuz riyâdan kalbi sâf pârsâyuz biz

Gelibolulu Âlî

Gurur aynasında görünmekten hiç
hazzetmiyoruz, çünkü biz ikiyüzlülükten
uzak temiz kalpli dinibütün biriyiz.

FAKİHLERDEN biri yolda yığılıp kalmış bir sarhoşun yanından geçti. Kendi haliyle sarhoşu kıyasladı ve kendi halini sarhoştan daha iyi gördüğü için gururlandı. O sırada sarhoş yerden başını kaldırarak, "Hey dostum" dedi, "içerisinde olduğun nimetten dolayı haline şükretmen gerekirken niçin gururlanıyorsun? Unutma, gurur mahrumluk getirir. Bir başkasını zincire vurulmuş görünce gülme; olur a, bir gün sen de zincire vurulabilirsin. Yarın senin de bencileyin sarhoş olup yıkılman mukadderat dâhilindedir."

(Sa'dî-i Şîrâzî, *Bostan*, s. 279)

Gurur

ŞAİR NÂBÎ bir beytinde;

Çok da mağrur olma kim meyhane-i ikbâlde
Biz hezârân mest-i mağrurun humarın görmüşüz

diyor. Anlamı şöyle: "Ey insan, dünya denen şu meyhanede (küçük dağları ben yarattım havasıyla) çok da gururlanma ki biz bu dünyada nice gurur sarhoşunun, sarhoşluğu geçince baş ağrısına yakalandığını görmüşüz..."

Gurur, insanın kendini beğenmesi, böbürlenmesi ve kibre kapılması halidir ve kalbin hastalıklarından biri olarak görülür. Bozuk ve yanlış bir görüşe dayandığı halde kendisinin iyi yolda olduğunu sanan ve bu zannını savunan kişilerde daha sık görülür. Farklı derecelerde yanlışlık yaptıkları halde kendilerini doğru yolda gören ve o gaflet içinde aldatıcı bir güven hissi duyan insanlar –ki bunlar devlet adamları, ilim adamları, ibadet ehli, tasavvuf ehli yahut servet sahiplerinden olabilir– gurur hastalığının potansiyel muhataplarıdır. Manevî ve ahlâkî bakımdan değersiz sayılan şeylerin cazibesine kapılarak onlarla avunmaya başlamak, yetki ve gücünü bu alana yöneltmek gururun ilk adımıdır. Dünya hayatı aldatıcı bir meta olduğu halde onunla gururlanmak insanı yoldan saptırır, kalbi bozduğu gibi insanî ilişkileri de bozar. Yani tam bir aldatma ve aldanma hali... Nitekim gurur kelimesinin sözlükteki karşılığı "aldatma, kandırma, kapılma, gaflet, bilgisizlik" demektir.

Şu koca evrende, milyonlarca ibret ve hikmet çevresini kuşatmışken, bir damlacık sudan yaratılmış insanın "Sen benim kim olduğumu biliyor musun?" cümlesiyle söze başlaması ne kadar boş ve abestir. Oysaki mezarlıklar, kendilerini vazgeçilmez zanneden insanlarla doludur.

NEFRET

KALBİMİZDE bir varlığın kötülüğünü istiyorsak bu bizim ondan nefret ettiğimizin göstergesidir. Nefret edilen şey bir olay veya eşya ise kalbimiz ondan kurtulmayı arzular; bir kişi ise kalbimiz onun mutsuzluğunu ister.

Nefret hissi sevgiyle doğrudan bağlantılıdır ve sevdiğimiz birinin ihanetini gördüğümüzde yahut güvendiğimiz birinin bize sırtını döndüğünü hissettiğimizde kalbimiz ondan nefret etmeye başlar. Nefret için, kalpteki sevginin ters yüz edilmiş hali denir. Hatta sevgi ne derece yüksek ise ihanetten sonraki nefretin de o derece yüksek olduğu söylenir. Aslında bu koca bir aldatmacadır. Çünkü nefret bir başkasından ziyade kendimizi, kalbimizi ilgilendiren bir duygudur. Biz bir insandan veya olaydan nefret ettiğimizi düşünürken aslında o insan veya olayla ilgili kendi içimizdeki bir şeyden nefret etmekteyizdir. Zaten ucu kendimizde olmasaydı bizi öfkelendirmezdi. Ne var ki nefret kalpteki sevgiyi sürüp çıkarır. Tanımadığımız birini sevebiliriz ama nefret ettiğimiz birini artık sevemeyiz.

İnananlar birbirlerini Allah için sevdikleri gibi birbirlerinden de yine Allah için nefret ederler.

Bana göre insanın nefrete harcayacağı bir enerjisi var ise onu sevmeye harcamalıdır. Sevecek pek çok insan, sevilmeye lâyık pek çok varlık, olay ve düşünce var iken birinden veya bir şeyden nefret etmeye değer mi? Araplarda bir atasözü vardır: "Huz mâ safâ, da' mâ keder!" Demek olur ki; "Safalı olanı al, kederli olanı bırakıver gitsin!"

İKİ DARGIN ADAM

İKİ kişinin arası açılmıştı, sürekli kavga edip duruyorlardı. Birbirlerine karşı kafaları kaplan gibi kibir, kin ve nefretle doluydu. Birbirlerinden öyle ürkmüşlerdi ki, şu koca dünya sanki ikisi için dar geliyordu.

Ecel birisinin başına asker gönderdi, adamcağızın hayatı ansızın sona erdi. Düşmanının keyfine ise diyecek yoktu. Adam sevincinden çıldıracaktı. Tam ağzının tadı yerine gelmişken bir süre sonra yolu kabristana uğradı. Çalımlı çalımlı yürüyerek ölen kişinin kabrine geldi, dudaklarını açarak kıs kıs güldü ve kendi kendine şöyle dedi:

"Düşmanını toprağa verdikten sonra yaşayıp sevgilisinin koynunda yatana ne mutlu! Düşmanı öldükten sonra bir gün dahi olsa yaşayan kimsenin ölümüne ağıt gerekmez."

Adam kinini dizginleyemedi, mezarın üzerindeki tahtalardan birini tutup zorla çekti çıkardı. O da ne? Hasmının başı ve bedeni öylece karşısındaydı. Vaktiyle kendisine bakan gözlerin içine topraklar dolmuş, tenini karıncalar ve kurtlar yemiş, kemiklerinin içine topraklar girmiş... Velhasıl zaman zorlu pençesini yerlere sermiş, el ayasının bağlarını çözmüş. Bunu görünce gönlünden kinini attı ve ölene karşı acıma hissiyle ağlamaya başladı. Gözyaşlarıyla mezar toprağını çamur ediyordu. O sırada yaptıklarına ve kötü huylarına pişman oldu, ayrılırken mezar taşına şu beyti yazdı:

"Kimsenin ölümünden dolayı sevinç duyma! Felek ondan sonra seni de dünyada çok fazla bırakmayacaktır."

(Sa'dî-i Şîrâzî, *Bostan*, s. 300-301)

KİN

Ucb ile buhlı ırag it sîneden
Kalbüni sâf eyle kibr ü kîneden

Ahmed-i Rıdvan

Kınama ile cimriliği sinenden at, kalbini kibir ve kinden temizle…

KALBİMİZDEKİ nefretin bir adım ilerisi kin gütmedir. "Düşmanlığı ve hıncı kalbinde saklamak" anlamına gelen kin bütün din ve öğretilerde yasaklanmıştır; çünkü kalbin temel vasıfları olan sevgiyi ve dostluğu düşmanlıkla değiştirir. Kalbin yadırgadığı şeye karşı kin duyması tabiatında vardır. Modern çağın kin ve nefret duyguları daha ziyade menfaat, sempati veya antipati gibi sübjektif sebeplere dayanmaktadır.

Kin erdemsizliktir. Düşmanlık duygusu sebebiyle kalbe yerleşen sûizan ve öfkeyle beslenir ve gitgide kalıcı hale gelir. Bu da iradeyi boşa çıkarır. Bu yüzden içimizdeki kinleri normal davranışlarımızı engellemeyecek şekilde dizginlememiz gerekmektedir. Bunu da kin beslediğimiz kişiye iyilik yapmak için nefsimizi zorlamakla başarabiliriz. Unutmayalım ki kin beslediğimiz kişi de bize hak ettiğimiz şekilde karşılık verme hakkına sahiptir. Biz onu hoş görüp normal ilişkileri sürdürmeye çalışırsak o da aynı şekilde davranabilir. Kinde aşırıya gitmek zulüm, kine kinle karşılık vermek adalet, kini iyilikle bertaraf etmek ise fazilettir.

ÖNYARGI

HAYATIM, daha önce hiç tanımadığım insanların önyargıları arasında harmanlandı. Her konuda fikri olan insanlardı bunlar ve etiketleme işini iyi yapıyorlardı. Hatta bazılarına göre her sakallı hacı, her bıyıklı ülkücü, her parkalı solcu, her gözlüklü inek, her sarışın aptal olurdu. İçlerinde öylesine önyargılara saplanmışları vardı ki kendisinde önyargı olmadığına dair önyargısını asla terk edemiyordu. İnsanları gördükten sonra tanımlamak yerine tanımladıktan sonra görmeyi tercih eden biri işte...

Kalplerin en büyük hastalıklarından biri önyargılardır. Toplumun paylaştığı bazı algılardan yola çıkarak sosyal hayatı olumsuz etkileyen bu his, aile, mahalle veya sosyal gruplar vasıtasıyla bizi bulur. İnsanların dışa vuramadıkları duygular, günah keçisi yaratma eğilimleri, otoriter kişilik sendromu gibi haller hep önyargıları tetikler. Eskiler buna sûizan (kötü zan) demişler ve bunu da olumlulamak adına hüsnüzannı (güzel zan) türetmişlerdir.

Önyargılar yalnızca kalbimizin sancılanmasında değil, medeniyetin gelişmemesinde de olumsuz etkendir. Önyargılarını değiştirebilen insan her alanda başarılı olacaktır. Çünkü modern dünya imajlara önem vermekte, imaj oluşturmak marifet sayılmaktadır. İmaj, oluşturulmak istenen önyargının bir türüdür ve sahte önyargılarla insanları aldatmanın sonu hüsran olacaktır. Bunun için önyargının her türlüsünden uzak durmak gerekir. Daha doğrusu kalbimize bir görev vereceksek o, başkalarının davranışlarını yargılama değil, kendi ayıplarımızı görme olsun. Unutulmasın ki her insan iyi olmayabilir; ama her insanda bir iyilik mutlaka vardır. Her ermişin bir geçmişi, her günahkârın bir geleceği olması gibi...

VESVESE

Dile râhat mı virür; vesvese-i fikr-i rakîb
Düzd olan hanede hiç hâb-ı ferâgat mı kalur

Nâbî

Sevgilinin rakiplerle buluşma fikri bir vesveseye döndü ve gönlümde huzur bırakmadı... Eh, hırsız tıkırtısı duyulan bir evde rahat uyku uyunabilir mi?

KALBİN hastalıklarından biridir. Kalbimizi istila eden zararlı uyarıcı, kötü duygu ve düşünce, telkin, şüphe, fısıltı, evham gibi hallere vesvese diyoruz. Şeytanın veya nefsin insana kötü ve zararlı telkinde bulunması yahut aşırı davranışlara yöneltmesi kalbi huzursuz eder. Psikiyatrideki adıyla obsesyon (obsession), kalbimize irade dışı bir yolla gelir ve çok zor uzaklaştırılır. Kur'ân-ı Kerim vesveseyi şeytanın ve şeytana teslim olan nefsin ameli olarak görür. Kalp aşağı güçlerin etkisine kapılıp bedensel hazların esiri olursa şeytan nefse vesvese vermeye başlamış demektir. Bu konuda sorumluluktan kurtulmak için aklın ve bilginin gereğine göre davranarak vesvesenin etkisini azaltmak gerekir.

Modern zamanların en büyük vesvesesi "benim kalbim temiz" kuruntusudur. Çünkü akıllarını dünyaya yönlendirenlerin kalpleri şeytanın vesvesesine açık hale gelir. Oysa bize şeytan değil meleğin ilhamına elverişli bir gönül lâzımdır. Kalp erdemlere yönelip marifete ve bilgeliğe kapısını açarsa şeytanın yerini bir müddet sonra melek alacak ve insanlık huzura evrilen bir çağın kapısını açacaktır.

SON SÖZ

"Kalpler ancak Allah'ı anmakla mutmain olur."

(Kur'ân-ı Kerim, Ra'd, 28)

KAYNAKLAR

- Ahmed Gazzâlî. *Aşk'ın Halleri*. Çev. T. Koç, M. Çetinkaya. İstanbul: Gelenek Yayıncılık, 2005.
- Cevherî. *Sıhah*. Beyrut: 1979.
- Christian Barnard. *Kalbiniz ve Siz*. Çev. Semih S. Tulpar. İstanbul: Milliyet Yayınları,1972.
- Ebu Hanzala. *Kalp Katılığının Zararları*. İstanbul: Furkan Yayınları, 2016.
- Ebu Saîd el-Harrâz. Haz. A. J. Arberry. *Kitāb as-Sıdq: The Book of Truthfulness*. Londra: 1937.
- Ebû Tâlib el-Mekkî. *Kalplerin Azığı*. Çev. Dilaver Selvi. İstanbul: Semerkand Yayıncılık, 2003.
- Ebü'l-Hüseyin en-Nûrî. *Makāmâtü'l-kulûb*. Beyrut: 1968.
- Fahreddin er-Râzî. *Mefâtîhu'l-Gayb*. İstanbul: 1307.
- Feridüddin Attar. *Mantıku't-Tayr*. Haz. Enfel Doğan. İstanbul: Kapı Yayınları, 2016.
- Frithjof Schuon. *Kalp Gözü: Metafizik, Kozmoloji, Manevî Hayat*. Çev. Nebi Mehdiyev. İstanbul: İnsan Yayınları, 2012.
- Hakîm et-Tirmîzî. *Kitâbü'l-Fark*. Kahire: 1954.
- Haluk Nurbaki. *Kalp ve Ötesi*. İstanbul: Yeni Asya Yayınları, 1984.
- Hamza Yusuf Raihan. *Kalbin Simyası*. Çev. Abdurrahman Açıkgöz. İstanbul: Timaş Yayınları, 2018.
- Hucvîrî. *Keşfu'l-mahcûb*. Çev. Süleyman Uludağ. İstanbul: Dergâh Yayınları, 2004.
- Hülya Küçük, Z. Arzu Yeğin. *Tasavvuf ve Tıp: Selim Kalbin Fizyolojisi*. İstanbul: Ensar Neşriyat, 2016.
- İbn Arabî. *Fütûhâtü'l-Mekkiyye*. Kahire: 1293.
  –*Tasavvuf Terimleri Sözlüğü*. Çev. Ekrem Demirli. İstanbul: Litera Yayıncılık, 2015.
- İbn Ataullah el-İskenderî. *Gelin Tâcı: Hasta Kalplerin İlacı*. Çev. Osman Arpaçukuru. İstanbul: Üsküdar Yayınları, 2012.
- İbn Hazm. *Güvercin Gerdanlığı*. Çev. Mehmet Hakkı Suçin. İstanbul: Kapı Yayınları, 2018.
- İbn Teymiyye. *Kalp Amelleri*. Çev. İbrahim Sarmış. İstanbul: Guraba Yayınları, 2014.
  – *Kalp Hastalıkları ve Tedavisi*. Çev. Mehmet Yüce. İstanbul: Guraba Yayınları, 2014.
- İbnü'l-Cevzî. *Zekiler*. Çev. Enver Günenç. İstanbul: 1998.
- İbnu'l-Kayyum el-Cevziyye. *Kalbin İlacı. Çev. Savaş Kocabaş*. İstanbul: Elif Yayınları, 2017.
  – *Şeytan Ayartması*. Çev. Savaş Kocabaş. İstanbul: Elif Yayınları, 2003.

- İmam-ı Gazâlî. *Mükâşefetü'l-Kulûb*. Çev. Salih Uçan. İstanbul: Çelik Yayınevi, 1980.
  - *Kalp Risalesi*. Çev. E. Demirli. İstanbul: Ahir Zaman Yayınevi, 2017.
  - *İhyâu Ulûmi'd-dîn*. Çev. Ahmet Serdaroğlu. c. IV. İstanbul: Bedir Yayınları, 2013.
- İsabelle Filliozat. *Kalp Zekası*. Çev. Duygu Dalgakıran. İstanbul: Pegasus Yayınları, 2017.
- İsmail Karagöz. *Dinî Kavramlar Sözlüğü*. Ankara: DİB Yayınları, 2015.
- James Winston Morris. *Kalp Aynası*. Çev. M. Mustafa Çakmaklıoğlu. İstanbul: İnsan Yayınları, 2015.
- Jan-Philipp Sendker. *Kalp Yalnızca İçeriden Açılan Kapıdır*. Çev. Ender Nail. İstanbul: Koridor Yayıncılık, 2013.
- Jean-Pierre Ollivier. *Kalp: Yaşamın Ritmi*. Çev. Elif Gökteke. İstanbul: Yapı Kredi Yayınları, 2012.
- Kabir Helminski. *Bilen Kalp*. Çev. Refik Algan. İstanbul: Dharma Yayınları, 2006.
- Komisyon. *Aşkın Halleri*. Çev. Mehmet Fatih Birgül. İstanbul: Sufi Kitap, 2015.
- Komisyon. *DİA İslâm Ansiklopedisi*. Muhtelif maddeler. İstanbul.
- Komisyon. *Kalplerin Makamları*. Haz. Hacı Bayram Başer. İstanbul: Hayykitap, 2015.
- Kuşeyrî. *Risâle*. Çev. Süleyman Uludağ. İstanbul: Dergâh Yayınları, 2002.
- Lauren Strasnick. *Kalp Kırmanın 16 Yolu*. Çev. Özge Çağlar Aksoy. İstanbul: Hep Kitap, 2017.
- Louise Hay. David Kessler. *Kalp Gücüyle Tedavi*. İstanbul: Altın Kitaplar, 2014.
- Louisa Young. *Kalbin Kitabı*. Çev. Mehmet Gürsel. İstanbul: Dharma Yayınları, 2004.
- Mevlânâ. *Mesnevî. Çev.* Veled Çelebi İzbudak. İstanbul, 1942.
- Molla Câmî. *Sûfilere Armağan*. Çev. Yusuf Öz. İstanbul: Kurtuba Kitap, 2009.
- Muallim Nâci. *Istılâhât-ı Edebiyye*. İstanbul: 1307.
- Mustafa Öztürk. *Kafa Gözü, Kalp Gözü*. İstanbul: Sönmez Neşriyat, 1963.
- Ramazan Kayan. *Kitabu'l-Kalb*. İstanbul: Çıra Yayınları, 2006.
- Recâîzâde Mahmûd Ekrem. *Ta'lîm-i Edebiyyât*. İstanbul, 1299.
- Refik Halit Karay. *Tanıdıklarım*. İstanbul: İnkılap Kitabevi, 2009.
- Robert Frager. *Kalp, Nefs ve Ruh*. Çev. İbrahim Kapaklıkaya. İstanbul: 2011.
- Sa'dî-i Şîrâzî. *Bostan*. Haz. Azmi Bilgin. İstanbul: Kapı Yayınları, 2018.
  - *Gülistan*. Haz. Azmi Bilgin. İstanbul: Kapı Yayınları, 2015.
- Safi Nidiaye. *Kalbin Sesi*. İstanbul: Omega Yayınları, 2005.
- Siraceddin Önlüer. *Kalp Alemi: Kalbin Salih Amelleri*. İstanbul: Semerkand Yayıncılık, 2008.
- Stefan Zweig. *Bir Kalbin Ölümü: Mürebbiye*. Çev. Salah Birsel. İstanbul: İstanbul Yayınları, 1954.
- Şeyh Galib. *Hüsn ü Aşk*. İstanbul: Kapı Yayınları, 2018.
- Vedat Ali Özkan Kayacı. *Bab-ı Elbab*. İstanbul: İlke Yayıncılık, 2009.
- Whital N. Perry. *Kutsal Bilgeliğin İzinde Kalbe Dönüş*. İstanbul: Kurtuba Kitap, 2010.
- Yankı Yazgan. *Kalp Çarpar Beyin Böler*. İstanbul: Kapital Yayınları, 2007.